그들만의

어드벤처

그들만의 어드벤처 6

김성희 판타지 장편 소설

초판 1쇄 찍은 날 § 2003년 6월 24일
초판 1쇄 펴낸 날 § 2003년 7월 1일

지은이 § 김성희
펴낸이 § 서경석

편집장 § 문혜영
편집 책임 § 권민정
편집 § 장상수 · 박영주
마케팅 § 정필 · 강양원 · 이선구 · 김규진 · 홍현경

펴낸곳 § 도서출판 청어람
등록번호 § 제1081-1-89호
등록일자 § 1999. 5. 31
어람번호 § 제1-0394호

주소 § 경기도 부천시 원미구 심곡1동 350-1 남성B/D 3F (우) 420-011
전화 § 032-656-4452 팩스 § 032-656-4453
http://www.chungeoram.com
E-mail § eoram99@chollian.net

값 7,500원

ISBN 89-5505-726-1 04810
ISBN 89-5505-599-4 (SET)

김성희 판타지 장편 소설

그들만의

어드벤처

6 변화, 그리고 마지막
완결

도서출판
청어람

변화, 그리고 마지막

목차

12장

이어지는 이야기

약간의 변화

"라토모, 꼴이 그게 뭐냐?"

눈을 뜨고는 있지만 시체처럼 창백한 그녀의 모습에 실프는 한심하다는 듯한 표정을 지었다. 라토모는 그의 말에 비늘이 떨어져 나간 자신의 하반신이 마치 돌처럼 딱딱하게 굳어짐을 느꼈다. 뭐라 변명이라도 하고 싶었지만 목소리조차 나오지 않았다.

자신의 의지로 할 수 있는 것이라곤 오로지 눈을 깜박거리는 것뿐이었다.

실프는 대답조차 하지 못하는 라토모를 보며 가벼운 한숨을 내쉬었다.

건강하던 혈색은 창백하게 바뀌어 온몸에 푸른 기가 맴돌고 있을 정도였고, 하반신은 비늘이 떨어져 나가 새빨간 살덩어리를 그대로 드러내고 있었다. 그녀의 풍성하던 금발 역시 푸석푸석해져 금방이라도 끊어질 듯한 실 같은 느낌을 주었다.

무엇보다 실프의 눈살을 찌푸리게 한 것은 라토모의 오른쪽 눈이었다.

미관상 안대로 가려져 있던 그녀의 눈동자는… 텅 비어 있었다.

실프가 그녀의 안대를 벗겨내고 텅 비어버린 그녀의 눈동자를 확인할 때까지도 그녀는 계속해서 석고상처럼 굳어 있었다.

"이 상태라면 누가 널 이 지경으로 만들었는지 묻지도 못하겠군."

실프는 가벼운 한숨을 내쉬며 라토모의 옆에 털썩 주저앉았다.

"이봐, 라토모. 내가 질문 하나 해도 되겠냐?"

그는 대답없는 라토모를 향해 생긋 미소 지었다.

"아, 미안. 네가 지금 말을 할 수 있는 상태가 아니라는 걸 깜빡했군. 어쨌거나 이걸로 내가 하고 싶은 말을 속 시원하게 다 할 수 있게 됐으니 나에겐 다행인가?"

그는 라토모의 눈앞에 거대한 환영을 만들어냈다.

환영 속에 비친 실프는 세상에서 자신들이 가장 완벽한 종족이라고 주장하는 듯한 천인들과 얇은 벽을 사이에 두고 그들의 말을 엿듣고 있었다.

그런 실프의 모습을 보면서도 라토모는 여전히 아무런 말 없이 석상처럼 굳어 있었다.

"막아야 하지 않겠습니까?"

날카로운 여인의 목소리에 천인들은 웅성거리기 시작했다.

"무슨 수로 막는다는 말입니까? 더군다나 우리는 아직 아무런 명도 받지 않았습니다."

"쉴드께서 직접적으로 명령을 내리신 일이 한 번이라도 있었습니까?"

한참 동안 서로의 의견만 고집하던 천인들은 저마다 언성을 높이기 시작했다.

"그래서 지켜보자는 겁니까?! 이 세계가 이대로 없어져 버리는 것을!"

트라이던트를 높이 치켜들며 한 천인이 위협적인 목소리로 질문하자 주변은 순식간에 침묵에 잠겼다.

'이 세계의 끝이라니……?'

벽 저편에서 몰래 이야기를 엿듣고 있던 실프는 의아한 표정으로 그들의 말에 더욱 집중했다.

"이 세계를 만드신 분은 쉴드입니다. 우리의 신은 쉴드임을 분명히 해야 합니다. 갑자기 나타나서 이 세계를 쥐고 흔들 생각을 하는 쪽이 분명 악이겠지요."

"그렇다면 막아야 합니다. 그녀의 정체가 무엇인지 명확하지도 않은 이때에 양쪽으로 편을 가르는 어리석은 짓은 그만두고 의견을 하나로 통일해야 합니다."

몇몇의 천인들이 트라이던트를 치켜들고 있는 천인의 말에 동의한다는 듯 의견을 몰아가자 다른 천인들은 조용히 입을 다물었다.

"위들을 주시하라고 말씀하신 쉴드의 도움이 있었기에 우리가 누구보다 더 그녀의 존재에 대해 빨리 눈치 챌 수 있었던 것입니다. 이대로 가다간 조만간 눈치 빠른 마족 녀석들도 그녀에 대해 알게 되겠지요."

"천계를 자유롭게 드나드는 마리드라면 어디선가 우리의 말을 몰래 엿듣고 있을지도 모르고 말입니다."

트라이던트를 문밖으로 던지며 천인은 회의장의 분위기를 자신의 쪽으로 유도해 가기 시작했다.

실프는 아무렇지도 않게 트라이던트를 피해내고는 다시 천인들의 목소리에 귀를 기울였다.

트라이던트를 던진 천인은 자신의 말대로 마리드가 이 회의를 엿듣고 있단 생각은 하지 않는 듯했다. 그저 천인들의 시선을 자신에게 집중시키려는 의도일 뿐이었지만 그의 말에 실프는 기척을 내지 않게 더욱더 주의를 기울였다.

"도대체 우리가 그녀를 두려워해야 하는 이유가 무엇입니까? 지금이라도 지상계로 내려가서 잡아오면 그뿐이지 않습니까?"

성미가 급한 천인 한 명이 자리에서 벌떡 일어나자 트라이던트를 던졌던 천인이 조용한 목소리로 입을 열었다.

"그녀는 고대의 소환서를 가지고 있습니다."

"고대의 소환서라니요?"

"그런 엄청난 것을 일개 소녀가 가지고 있다는 말씀입니까?!"

다시 한 번 회의장이 술렁거렸다.

"빼앗아야 합니다. 그런 위험한 책을 아직도 그냥 두다니요?!"

천인들의 흥분한 듯한 외침에 트라이던트를 던졌던 천인은 더욱더 목소리를 낮게 깔았다.

"당신이 그녀로부터 책을 빼앗아 올 수 있겠습니까?"

"그, 그런……."

그로부터 지목당한 천인이 몸을 뒤로 빼자 그는 다른 천인들을 차가운 눈으로 훑어보았다. 마치 맹수의 눈을 피하려는 것처럼 몸을 움츠리는 천인들을 향해 그는 냉소적인 표정을 지었다. 천인들이란 자신에 대한 자부심이 강한 존재들이다.

창피를 당하고도 가만히 있을 정도로 호락호락하지 않은 성격이기에 천인들 중 울컥한 한 명이 그를 향해 버럭 소리를 질렀다.

"그렇다면 당신이 그 책을 가져올 수 있다는 말입니까?!"

그는 가벼운 코웃음을 쳤다.

"설마… 그런 일이 가능하리라고 생각하시는 겁니까?"

천인은 '그럴 수 없다' 라는 대답에 그를 한껏 비웃으며 망신을 주려 했지만 너무나도 태연한 그의 표정에 오히려 당황하고 말았다.

"아니, 그렇다면 뭘 믿고 그렇게 당당한 겁니까?"

그는 그 말에 또다시 냉소적인 표정으로 천인들을 훑어보았다.

"고대의 소환서가 어떤 책인지는 여러분 모두가 알고 계시리라 생각합니다."

그의 말에 천인들은 모두 고개를 끄덕였다.

보통의 소환사가 계약을 위해 소환수를 불러낼 때는 적어도 그를 불러낼 정도의 능력은 가지고 있기에 다시 원래 소환수의 세계로 돌려보내는 것에도 아무런 제약이 없었다.

그러나 고대 소환서의 위력은 너무나 대단한 것이기에 그것을 차지한 자의 역량과는 상관없이 원하는 대로 소환수를 소환할 수 있게 만들어준다.

소환사의 역량이 부족할 경우 계약을 하지 않고 자신의 세계로 돌아가면 소환수에게 아무런 문제가 없겠지만 문제는 이 소환사가 소환수를 돌려보내지 않을 수도 있다는 점이다.

올 때는 마음대로 왔지만 갈 때는 소환사의 동의가 필요하도록 만든 것이 이 고대의 소환서였다.

더군다나 책 자체가 지닌 마력으로 소환수를 잡아두는 것이니 소환사는 지치지도 않는다. 소환사를 죽여 버린다고 한들 소환수를 직접적으로 제어하고 있는 것은 고대의 소환서이기에 새로운 소환사가 나타나 그를 돌려보내 주지 않는 이상 원래 자신의 세계로 돌아가지 못하고 책 속에 갇혀 버리게 된다.

"누가 고양이 목에 방울을 달겠어? 쥐가 아무리 찍찍거려 봐야 상대가 고양이인 이상 해결책은 없다구."

실프는 작은 목소리로 천인들을 비아냥거렸다.

"그러면 뭘 어떻게 하자는 겁니까?"

"그녀로부터 소환서를 빼앗는 일은… 우리들 중 아무도 할 수 없는 일이니 쓸데없는 논쟁으로 시간 낭비하지 말자는 것입니다."

천인의 말에 주변은 또다시 찬물을 끼얹은 듯 조용해졌다.

"여기 계신 분들께선 누가 누구랄 것도 없이 최고의 실력을 가지고 계신 분들입니다. 언제 그녀에게 소환당한다고 해도 이상할 것이 없을 정도니까 말입니다."

"서론은 빼고 본론부터 말씀하십시오."

성질 급한 천인 하나가 그의 말을 자르고 나서자 그는 살짝 미간을 찡그렸다.

"제안을 한 가지 하겠습니다."

"말씀해 보십시오."

천인들이 그에게로 시선을 집중하자 그는 잠시 천인들을 바라보다 천천히 입을 열었다.

"여기 계시는 분들 중에 누군가가 소환을 당하게 된다면 반드시 그녀를 제거하자는 것. 그것에 제가 생각해 낼 수 있는 최고의 해결책입니다. 생각 같아서는 당장이라도 지상으로 내려가고 싶지만 현재로서는 그녀를 추적할 수 있는 방법이 없습니다. 결국 우리가 할 수 있는 일은… 그녀가 우리를 부를 때까지 기다리는 것뿐입니다."

그의 말에 천인들은 또다시 웅성거리기 시작했다.

"그것은… 소환당한 자는 영원히 그 책에 갇혀 있으라는 의미입니까?"

"운이 좋으면 누군가가 그 소환서를 발견하고 계약을 맺게 될 수도 있습니다."

그의 말에 천인들은 한동안 침묵을 지켰다.

"일이 재밌게 돌아가는군."

실프는 느긋하게 팔짱을 낀 채 천인들의 대화가 이어지기를 기다렸다.

"우리에겐 선택의 여지가 없는 듯하군요. 저는 당신의 뜻에 따르겠습니다."

한참 만에 한 천인이 입을 열자 여기저기에서 그의 말에 동의하는 소리가 들려왔다.

"저 역시 당신의 제안에 찬성합니다."

"저도 당신의 뜻에 따르도록 하지요."

분위기가 자신이 의도한 대로 흘러가자 그는 만족한 표정으로 고개를 끄덕였다.

"누가 그 일을 하게 될지는 모르겠지만 분명히 쉴드께서는 그를 지켜주실 겁니다."

결론이 내려진 듯하자 실프는 재빨리 지상으로 내려왔다.

그리고 그가 만들어낸 영상 역시 그것이 마지막 장면이었다.

"라토모, 천인들이 말하는 그녀가 누구일 것 같아?"

실프는 장난기 섞인 표정으로 라토모를 바라보았다.

"아, 넌 지금 말을 할 수 있는 상태가 아니었지?"

아무런 표정도 지을 수 없을 것만 같았던 라토모의 얼굴이 경악의

빛을 띠었다.

"지금… 뭐라고 하신 거죠?!"

날카로운 여인의 목소리가 날아들자 실프는 깜짝 놀랐다는 듯 과장 섞인 표정으로 너스레를 떨어댔다.

"너, 말할 수 있었던 거냐?"

"제가 묻는 말에 대답부터 해요!"

버럭 화를 내는 목소리에 실프는 피식 미소를 지었다.

"내가 뭐라고 했었냐?"

"네?"

"그러니까 내가 무슨 말을 했었냐고. 요즘 건망증이 심해져서 말이다. 내가 뭐라고 했는지 기억이 나질 않아서 묻는 거다. 어쨌거나 지금 네 상태를 보아하니 죽지는 않겠구나. 회복되려면 하루 이틀 가지고는 어림도 없을 테니 당분간 이 공간에 갇혀 지내긴 하겠지만 죽는 것보다야 낫겠지."

은근슬쩍 말을 돌려 버리는 그에게 라토모는 버럭 소리를 질렀다.

"그런 식으로 말 돌리지 말아요! 난 자신을 쉴드라고 밝혔던 소년에게 당했어요. 그 소년이 정말 쉴드일 리는 없겠지만 분명한 건 그 소년이 마스터와 아는 사이였다는 거예요! 말해 봐요. 마스터는 평범한 인간이 아닌 거죠?"

그녀의 날카로운 외침에 실프의 안색이 굳어져 버렸다.

처음부터 실프가 자신의 말에 순순히 대답해 주진 않을 거라 생각했는지 그녀는 빠르게 자신의 말을 이어 나갔다.

"고대의 소환서를 가지고 있다는 것 자체가 평범하지 않다 생각했지만 그 잘난 천인들이 위치 추적도 못한다니……."

다시 한 번 추궁하는 듯한 라토모의 목소리가 날아들자 그는 정색을
해 보였다.

"넌 더 이상 이 일에 끼어들지 마. 이 말을 전하려고 널 찾은 거다.
회복에만 신경 쓰도록 해."

"무슨 말이 하고 싶으신 거죠?"

라토모의 신경질적인 목소리에 그는 무거운 한숨을 토해냈다.

"그는 쉴드야."

"네?"

그의 말에 라토모는 잠시 의아한 표정을 지어 보였지만 실프는 아무
런 부연 설명도 해주지 않은 채 사라져 버렸다.

"잠깐만요! 실프님?!"

라토모는 이미 사라져 버린 그를 당황한 목소리로 불러댔지만 그는
나타나지 않았다.

"날 이렇게 만든 존재가… 정말 쉴드란 말이야?"

라토모는 엉망이 된 머리 속을 정리하려고 노력했지만 마음속에 자
리 잡아버린 의문은 꼬리에 꼬리를 물고 이어지기 시작했다.

'마스터는 무엇 때문에 쉴드와 천인들에게 쫓기고 있는 거지? 마스
터의 정체가 뭐기에? 실프님은 도대체 무슨 생각을 하고 계신 거야?'

머리 속에서 끝도 없이 많은 의문이 생겨났지만 대답을 들려줄 수
있는 존재는 없었다.

'이럴 줄 알았으면 처음부터 제대로 인사를 해둘 걸 그랬나?'

인간에게 당했다는 사실이 수치스러워 말을 못하는 척했더니, 돌아
오는 것은 혼란스러운 생각뿐이었다.

'마스터께서 무사하셨으면 좋겠는데……'

아무리 마스터가 걱정된다고 한들 회복될 기미조차 보이지 않는 몸으론 이곳에서 단 한 걸음도 움직일 수 없었다.

굳이 실프가 라토모에게 그녀의 일에 개입하지 말라는 당부를 하지 않았더라도 그녀는 마스터의 일에 개입할 수 없었다. 그럴 만한 힘도 없거니와 다시 쉴드와 마주치게 된다면 그때는 정말 죽게 될 거라는 확신이 든 것이다.

'죽고 싶지 않아.'

절대자에게 소멸당할 뻔했다니, 생각만 해도 온몸의 비늘이 곤두설 정도였다.

'실프님께선 어째서 내게 이런 사실을 알려주신 걸까? 어쩌면……'

그가 무엇 때문에 자신에게 이런 충고를 해준 것인지 곰곰이 생각해 보니 거치적거리지 말라는 무언의 경고처럼 느껴졌다.

'실프님은 쉴드를 적으로 돌릴 생각이신가?'

등줄기를 따라 식은땀이 흘러내렸다.

'바보 같은 소리였군. 정신 차려! 그는 마리드야. 처음부터 쉴드 편에 설 리가 없잖아. 게다가 난 이렇게 태평하게 남 걱정 따위나 하고 있을 때가 아니야!'

드래곤 싸움에 끼면 엘프들만 죽어난다고, 상대를 봐가면서 끼어들 일이었다.

결국 라토모는 스스로를 지키는 입장을 취했고, 소환서에 기록되어 있던 그녀의 소환진은 붉은 피를 뿜어내며 책장을 피로 적셔 버렸다.

그리고 피를 뿜어낸 책장이 검게 변해 버린 것은 아주 순식간의 일이었다.

고대 소환서의 두 번째 소환수였던 라미아 족 라토모와의 계약은 파기되었다.

그것이 그녀에게도, 그리고 남주에게도 첫 번째 계약 파기였다.

라토모가 받은 타격이 워낙 컸기에 소환서에 남아 있던 그녀의 기운은 사막에 떨어진 동전만큼이나 찾기 어려웠고, 그런 탓에 남주는 자신의 계약이 완벽하게 파기되었다는 것조차 깨닫지 못하고 있었다.

남주와 계약하기로 마음먹은 그 순간부터 어떻게 보면 실프는 남주를 상대로 일종의 시험을 하고 있었던 것인지도 모른다.

그가 처음 남주의 소환에 응한 것은 순수하게 고대 소환서에 담긴 힘 때문이었다.

물론 남주가 소환사로서의 소질이 높은 점은 인정하고 있었지만 어디까지나 그것은 소질일 뿐이고, 그것을 깨워주지 않으면 그저 평범한 소녀에 불과했다. 그런 그녀가 어떻게 그런 대단한 물건을 손에 넣을 수 있었던 걸까.

실프가 그녀와 계약하기로 결정한 것은 바로 이런 호기심에서 비롯된 것이었다.

무엇보다 자신의 마스터가 쉴드와 동등한 위치에 있는 자라면 그 이유만으로도 충분히 그녀를 따를 각오가 되어 있었다.

현재의 세계를 견딜 수 없을 정도로 지루하게 느끼고 있는 그였기에.

"좋아 보이시는군요."

갑작스럽게 들려온 여인의 목소리에 실프는 피식 미소를 지었다.

"다크 레이디가 무슨 바람이 불어 지상계까지 올라온 건가?"

"훗! 마왕님께서 마계에는 관심이 없으시니 제가 직접 마왕님을 찾아뵐 수밖에요."

코웃음 치며 날카로운 목소리로 실프를 비난하던 여인은 서서히 자신의 모습을 드러냈다.

"레이디란 말이 무색할 정도로 조금도 자라지 않았군 그래."

실프가 미간을 찡그리며 목소리가 들려오는 쪽으로 시선을 돌리자 도저히 매혹적인 목소리의 주인공이라고는 상상할 수 없을 정도로 어린 소녀가 어깨를 으쓱거리고 있었다.

"마왕께서 마계에 관심을 가져주시지 않으니 제가 자랄 수 있겠습니까?"

"다크 레이디는 마계 그 자체니까 다크 레이디인 너에게 신경을 쓰지 않으면 마계도 안전할 수 없다고 협박하러 온 거냐?"

가소롭다는 듯 냉소적인 미소를 지으며 반문하는 그에게 다크 레이디가 생긋 미소를 지어 보였다.

"잘 알고 계시는군요. 그렇지만 그것이 전부는 아니랍니다. 겸사겸사 새로운 협박거리가 있으니 어디 한번 알아맞혀 보시죠."

약간은 버릇없게 느껴지는 다크 레이디의 태도에 실프는 눈살을 찌푸렸다.

"그 새로운 협박거리라는 게 뭐냐? 나로서는 짐작도 가지 않으니 어디 한번 말이나 해봐."

심드렁한 그의 태도에 다크 레이디는 가벼운 한숨을 내쉬었다.

"죄송하지만 마계로 돌아와 주셔야 할 것 같습니다."

"돌아가지 않는다면……?"

피식 미소 지어 보이는 실프를 향해 다크 레이디는 살짝 미간을 찡그랬다.

"마왕의 자리를 반납하셔야 할 것입니다."

"어차피 내가 마왕이란 것을 알고 있는 자도 몇 안 될 텐데 기꺼이 반납해 주지. 차기 마왕으로 생각해 둔 자라도 있는 건가?"

"마왕님!"

다크 레이디가 앙칼진 목소리로 버럭 소리 지르자 그는 피식 미소를 지었다.

"어차피 이 자리야 내가 원해서 있는 자리도 아니니 미련도 없었어. 이봐, 다크 레이디. 협박을 하는 것도 상대를 봐가면서 하는 게 어때?"

그의 말에 다크 레이디는 눈에서 불이라도 뿜어낼 듯한 눈빛으로 실프를 노려보았다.

"후회 없으시죠?"

다크 레이디의 목소리에선 얼음장 같은 냉기가 풍겨져 나오기 시작했다.

"전혀."

두 손을 들어 보이는 실프를 향해 그녀는 어이가 없다는 표정을 지어 보였다.

"좋아요. 그럼 공식적인 마왕의 자리는 비워두겠습니다. 역대 마왕님, 당신을 지금부터 대공이라 부르도록 하지요."

"좋으실 대로."

여유롭게 미소 짓고 있는 실프를 보고 있자니 다크 레이디는 울화가 치밀어 오르는 것을 느낄 수 있었다.

"정말 마계에 관심이 없으신 겁니까?"

"그럴 리가… 다만 마계보다 더 관심이 가는 것이 생겼을 뿐이다.

더 이상 용건이 없다면 난 이만 가보도록 하지."

자신으로부터 등을 돌리는 실프를 보며 다크 레이디는 낮은 목소리로 차갑게 말했다.

"인간이 마왕이 될지도 모릅니다. 그래도 후회하지 않겠습니까?"

"인간이라… 나쁠 건 없겠지."

실프의 머리 속에 자연스럽게 남주의 얼굴이 떠올랐다. 다크 레이디는 너무나도 무성의한 그의 대답에 질렸다는 듯한 표정으로 그의 곁에서 사라졌다.

*   *   *

"이제 어떻게 할 거야?"

침대에 늘어져 있는 설아를 향해 빈의 진지한 목소리가 날아들었다.

"케니에게 목소리를 돌려줘야겠지."

설아는 검은 구슬을 들어 보이며 생긋 미소를 지었다. 불빛에 반사된 구슬은 마치 보석처럼 예쁜 빛을 뿜어내고 있었다.

"그거 직접 건네줄 생각이야?"

빈의 질문에 살기등등한 블랙 드래곤을 떠올린 설아는 고개를 저었다.

"나는 그 아줌마 감당 안 돼."

"그럼 어떻게 하려고?"

계속되는 빈의 질문에 설아는 또 한 번 생긋 미소를 지었다.

자신의 생각이 뒤죽박죽 엉켜 버린 탓에 이야기는 이어지지 않고 조각조각나 버렸다. 조각난 이야기들이 각각 처음 의도와는 전혀 다른 방향으로 전개되고 있다는 걸 깨달은 터라 설아는 이야기들을 정리해 나가기로 마음먹었다.

"일단은 너희들부터 처리해야지."

"처리? 설마 우리를 땅에 파묻는다거나 강에 빠뜨릴 생각은 아니겠지?"

설아의 말에 가희가 특유의 엉뚱한 상상력을 발휘하자 남주와 빈은 못 말리겠다는 듯 고개를 절레절레 흔들어댔다.

"하여간 엉뚱하다니까."

"누가 가희를 말리겠어."

설아가 어쩔 수 없다는 듯한 표정으로 미소를 짓자 빈은 어깨를 으쓱거렸다.

"자, 그럼 지금부터 우릴 어떻게 할 생각이냐?"

빈의 질문에 설아는 눈을 반짝거렸다.

"여차하면 가희 말대로 해보는 것도 좋을 것 같은데?"

"에엑?!"

소녀들의 표정이 굳어지자 그녀는 생긋 미소를 지으며 손사래를 쳤다.

"농담이야, 농담."

빈은 '딱!' 소리가 나도록 그녀의 머리를 쥐어박으며 살짝 눈을 흘겼다.

"꼭 매를 번다니까."

"으으윽! 그렇다고 정말 때릴 것까진 없잖아."

설아가 눈물이 그렁그렁하게 맺힌 눈으로 항의하듯 빈을 바라보자 그녀는 다시 한 번 주먹을 들어 보였다.

"묻는 말에 대답이나 하시지?"

설아는 살짝 미간을 찡그리면서도 천천히 입을 열었다.

"일단 가희는 숨어야지, 유이랑 똑같이 생겼으니까. 다시 관찰자로 돌아가서 지켜보는 수밖에 없어. 그리고 빈이는 뮤 좀 찾아줘."

"어이, 거기 있는 녀석이 뮤 아니야?"

의아한 표정을 짓고 있는 빈에게 설아는 고개를 끄덕이며 자신의 옆에서 심드렁한 표정을 짓고 있는 뮤를 들어 올렸다.

"이 녀석 말고 우리가 데리고 있던 녀석 말이야."

"그 녀석은 찾아서 뭐 하려고?"

"우리 물건 되찾으려고 그러지, 뭐 하려고 그러겠어."

설아의 말에 빈은 난감한 표정을 지었다.

"어디서 찾아?"

"찾는 사람이 알아서 찾아야지."

"그걸 말이라고 하냐?"

설아의 성의없는 대답에 빈이 눈살을 찌푸리자 남주가 얼른 둘 사이에 끼어들었다.

"그럼 난 뭐 해?"

"남주는 일단 소환서를 찾으면 실프를 소환해서 유이에게 가줬으면 좋겠어."

"유이에게?"

"응, 그리고 구슬을 그녀에게 건네줘."

"케니에게 넘겨주려는 거 아니었어?"

남주가 구슬을 받아 들며 의아한 얼굴로 질문하자 설아는 고개를 끄덕였다.

"응, 주면 자기들이 알아서 넘겨주겠지."

"…대책이 없는 거냐?"

빈이 어이가 없다는 듯한 목소리로 질문하자 설아는 무뚝뚝한 목소리로 대답했다.

"대책이 있으니까 이러는 거지. 일단은 뮤부터 찾아야 해. 무기랑 돈은 전부 그 녀석이 가지고 있으니까."

"들고 다녀봐야 쓰지도 않는 걸 뭐 하려고 찾아?"

빈이 심드렁하게 질문하자 남주는 살짝 미간을 찡그렸다.

"다른 건 몰라도 소환서는 잘 쓰고 다녔잖아. 유사시에는 실프도 꽤 도움이 되니까. 게다가 너희들은 무기가 없어도 괜찮지만 난 소환서가 없으면 소환사가 아닌걸."

남주의 말이 일리가 있다고 생각한 것인지 빈은 더 이상 설아의 말에 토를 달지 않았다.

"그런데 너, 그 구슬은 언제 챙긴 거야?"

가희가 의아한 표정으로 고개를 갸웃거리자 설아는 생긋 미소 지으며 대답했다.

"아, 그거? 여기 테이블에 있던 거야."

"뭐?"

"여기 있던 거야. 왜, 뭐가 잘못됐어?"

설아의 말에 소녀들은 어리둥절한 표정을 지어 보였다.

"야, 케니의 목소리가 담긴 구슬이 어째서 여기에 있는 건데?"

빈의 질문에 설아는 고개를 갸웃거리더니 이내 생긋 미소를 지었다.

"이거 그냥 장식용 구슬이야. 케니의 목소리가 담긴 구슬은 이노르에 있는 거 너희들도 알면서 뭘 그렇게 놀라고 그래?"

설아의 말에 소녀들은 안도의 한숨을 내쉬었다.

"아무튼 사람 놀라게 좀 하지 마."

빈은 남주로부터 구슬을 받아 주머니에 넣었다.

"설아야, 어차피 그 구슬 찾아와야 하지?"

빈의 질문에 설아는 고개를 끄덕였다.

"응, 난 빈이 네가 좀 다녀와 줬으면 좋겠는데 괜찮겠어?"

"뮤를 마지막으로 본 게 이노르잖아. 이렇게 된 거 내가 가져오지 뭐. 그런데 이렇게 뿔뿔이 흩어지면 나중에 어디서 만나려고 그래? 구슬 찾아서 남주에게 주려면 적어도 장소는 정해야 하잖아."

빈의 질문에 남주가 의아한 표정을 지었다.

"잠깐, 구슬을 어차피 유이에게 줄 거라면 이렇게 복잡하게 굴 필요 없이 내가 직접 움직이는 게 낫지 않아?"

그녀의 말에 설아는 고개를 흔들었다.

"이노르에 없을지도 모르고, 소환서가 없는 남주는 보통 소녀에 지나지 않으니까 위험해서 안 돼."

그녀의 말에 발끈한 빈은 인상을 구겼다.

"뭐냐, 그럼 난 용가리 통뼈냐?"

"알면서 뭘 묻냐?"

설아가 피식 미소 지어 보이자 빈은 고개를 절레절레 흔들었다.

"오냐. 드래곤 코뼈든 용가리 통뼈든 다 좋으니까 어디서 모일지나 말해."

설아는 잠시 생각에 잠긴 듯하더니 여관 탁자 위에 있는 양피지에 '설아가 있는 곳으로' 라고 쓰고는 빈에게 양피지를 내밀었다.

"이걸 펼치면 너희가 어디에 있든지 내가 있는 곳으로 올 수 있을 거야. 그리고 셋 중 한 명만 내 곁으로 온다고 해도 동시 소환될 테니까 서로 어긋날 일도 없을 거고."

그녀의 말에 빈은 알겠다는 듯 고개를 끄덕였다.

"지금 아델라이데가 여기에 와 있는 거지?"

워낙 정신없이 이야기를 되돌려놓느라 아델라이데를 마지막으로 만났던 때를 떠올리기 위해 한참 동안 기억을 더듬어야 했던 설아는 빈을 향해 어깨를 으쓱거렸다.

"아직 이노르로 끌려가지 않았다면 이 마을 어딘가에 있을 거야. 어쨌거나 아데는 인간 소녀의 모습을 하고 있으니까 어른들 말에 따를 수밖에 없겠지. 본인도 자기가 인간인 줄 알고 있고 말이야. 그런데 아데는 왜?"

"일단 아델라이데와 함께 돌아가는 게 좋을 거 같아서. 빈대 붙어 가면 경비도 적게 들고, 자연스럽게 뮤에 대해서도 물어볼 수 있을 테니까. 아델라이데가 저 시큰둥한 뮤랑 친분이 있는 걸 보면 의외로 뮤의 습성에 대해 많이 알고 있을지도 모르잖아."

그녀의 말에 설아도 고개를 끄덕였다.

"혼자 가도 괜찮겠어?"

"뭐, 어쩔 수 없지. 가희는 라이더에게 들키면 곤란하니까 숨어 있는 편이 좋고, 넌 너대로 할 일이 있을 테니 이 언니께서 너그럽게 봐주는 수밖에."

빈이 어깨를 으쓱거리며 인심 쓴다는 듯한 표정으로 바라보자 설아는 가벼운 한숨을 내쉬며 고개를 설레설레 흔들었다.

"내가 지은 죄가 있으니 할 말은 없다만, 언니는 누가 언니라는 거야?"

설아의 말에 빈은 피식 미소 지으며 화제를 다른 곳으로 돌렸다.

"나는 내일 아침에 서둘러서 선착장으로 나가본다지만 너희들은 언제부터 움직일 거야? 우리들 중에서 구체적으로 행동할 수 있는 사람은 어째 나밖에 없는 것 같다?"

빈의 말에 가희와 남주는 서로 어깨를 으쓱거렸다.

"어쨌거나 우리도 뮤를 찾아보도록 할게. 뭐, 함께 이노르에 가주진 못하더라도 설아 말대로 다른 곳에 있을 가능성도 무시할 순 없는 거잖아. 어쩌면 관찰자의 입장인 우리가 더 뮤를 일찍 찾게 될지도 몰라."

남주의 대답에 가희는 동의한다는 듯 고개를 끄덕였다.

아무래도 관찰자의 입장에서 이야기를 지켜보다 보면 뮤가 어디에 있는지 알 수 있을 거란 생각이 들었던 것이다.

"그럼 너 혼자 있게 되는데 괜찮겠어?"

빈이 걱정스럽다는 표정으로 바라보자 설아는 걱정 말라는 듯 고개를 끄덕였다.

"네 말대로 나도 할 일이 있는걸. 너희들이 다시 돌아올 때까지 모든 준비를 끝내려면 슬슬 움직여야지. 이젠 방해할 사람도 없고 괜찮아, 괜찮아."

설아의 말에 소녀들은 왠지 모를 불안감을 느끼며 가벼운 한숨을 내쉬었다.

그녀가 저렇게 대수롭지 않다는 듯이 '괜찮다'라고 말할 때마다 사건이 터졌으니 이번에도 분명히 소동이 벌어질 것만 같은 불길한 예감이 들었던 것이다.

"사고만 치지 마라. 더 이상 일 벌이면 수습도 못해."

빈의 말에 설아는 살짝 미간을 찡그렸다.

"내가 언제 사고 쳤다고 그래? 사고를 당한 거지."

그녀의 말에 소녀들은 못 말리겠다는 표정으로 고개를 절레절레 흔들었다.

"참! 깜빡할 뻔했네. 빈아, 지금은 네가 관찰자 입장이 아니니까 위험한 일이 생기면 바로 도망쳐야 하는 거 알지?"

설아의 걱정스럽단 표정을 그녀는 대수롭지 않게 여기며 고개를 끄덕였다.

"걱정 마. 내가 누구라고 생각하는 거야? 여차하면 관찰자로 돌아가면 그뿐이잖아?"

"그게 그렇게 간단한 일이 아니니까 그러지. 네가 맡은 역할이 끝나지 않는 이상 넌 관찰자로 돌아갈 수 없어. 이 세계의 일부가 되는 거라고. 내 말이 무슨 뜻인지 알겠어?"

설아의 말에 그녀는 잠시 뭔가를 생각하는 듯하더니 이내 가벼운 한숨을 내쉬었다.

"그 말은 묵묵히 네 지시에 따르라는 말이냐?"

"…역시 이해하지 못하는구나. 난 지금 널 챙겨주지 못할 거라는 이야기를 하고 있는 거야. 미리 이야기해 두지만, 난 지금 만들고 있는 이야기가 최우선이야. 만약 네가 위험에 처한다 해도 그것 때문에 이야기를 수정하거나 하진 않을 거라는 말이지."

무덤덤한 얼굴로 자신을 바라보는 설아에게 빈은 그녀와 똑같은 무덤덤한 표정을 돌려주었다. 남주와 가희는 계속해서 이어지는 침묵을 조마조마한 심정으로 참아내며 설아와 빈을 바라볼 뿐 그녀들 사이에 끼어들진 않았다.

"정말이지 너란 녀석은……."

빈은 남주와 가회의 시선을 느꼈는지 가벼운 한숨을 내쉬며 어색한 침묵을 깨뜨렸다.

설아는 빈이 자신에게 화를 낼 거라고 생각했는지 잠시 그녀에게서 시선을 돌렸지만 이어지는 빈의 말은 의외의 것이었다.

"쓸데없는 걱정 좀 하지 마. 내가 누구라고 생각하는 거야?"

난데없는 질문에 설아가 의아한 표정을 지으며 아무런 대답도 하지 않자 빈은 피식 미소를 지어 보였다.

"네가 작가 지망생이면 난 기자 지망생이야. 네 이야기에 걸림돌이 될 거라고 생각해?"

그녀의 말에 설아는 머쓱해진 표정으로 머리를 긁적거렸다.

빈에게 뮤를 찾아달라는 부탁을 한 것도 사실은 그녀가 기자 지망생이기에 작가인 자신이 뮤의 정체에 대해 혹시 놓친 부분이 있다면 발견해 줄지도 모른다는 어떤 기대감에서였다.

"설아는 그냥 몸조심해서 나쁠 거 없다는 뜻으로 한 이야기니까 예민하게 받아들일 거 없어."

남주가 조심스럽게 끼어들자 빈은 어깨를 으쓱거렸다.

"그러니까 쓸데없는 걱정이라는 거지. 누가 감히 이 몸을 해칠 수 있다는 거야?"

빈의 너스레에 설아는 피식 미소를 지었다.

"그래, 그래. 어쨌거나 잘 부탁해. 나중에 무슨 일이 생겨도 난 몰라."

"오냐."

빈의 의기양양한 목소리에 설아는 차마 지금부터 대형 사고를 치려 한다는 말을 꺼낼 수가 없었다.

‘이제부터 시작이라는 말을 하면 저 녀석은 날 죽이려고 할 거야. 절대로 말 못해.’

설아는 계속해서 의미심장한 미소를 지으며 빈을 바라보았다.

"약속한 거다. 나중에 다른 말 하면 안 돼."

빈은 끈질기게 묻는 설아를 향해 살짝 미간을 찡그렸다.

"넌 속고만 살았냐? 네가 무슨 말을 하려는지 이제 잘 알았으니까 그만 해."

그로부터 얼마 지나지 않아 빈은 설아의 집요한 말투를 아무런 생각 없이 단순히 흘려넘겼음을 뼈저리게 후회하게 되겠지만 이제부터 벌어질 엄청난 일들에 대한 것을 소녀들은 아무도 눈치 채지 못하고 있었다.

심지어 설아, 그녀 자신마저도.

밤새 푹 쉬었는지 다들 말끔한 얼굴로 일어나기가 바쁘게 여행 준비를 하고 있었다.

이 여관에 들어와 있을 때는 설아 혼자 체크인 한 상태인지라 빈은 여관에서 자신이 설아와 함께 있었다는 사실을 눈치 채지 못하도록 조심스럽게 빠져나갈 생각이었다.

모습을 감출 수 있단 점에 있어서는 빈이보다 사정이 낫긴 했지만 가희와 남주의 경우도 조심스럽기는 마찬가지였다.

유이를 찾아 나선 라이더 일행이 같은 여관에 묵고 있는 데다가, 이미 설아와 안면을 터버린 상태이기에 언제 설아의 방에 찾아온다 해도 이상할 것이 없었던 것이다.

유이와 똑같은 외모의 가희가 눈에 띄었다는 어떤 소동이 벌어질지 짐작조차 가지 않았다. 공교롭게도 가희는 신성력을 사용한다는 점까지 유이와 똑같았기 때문에 자신이 아무리 부인한다고 해도 유이로 보여질 수밖에 없었다.

유이에 대한 생각이 미치자 가희는 문득 레번의 안부가 궁금해졌다.

유이의 기억을 공유하고 있다는 것은, 마치 그녀 자신이 이야기 속의 인물이 된 것 같은 느낌을 주고 있었다.

유이는 처음부터 가희를 필요로 하지 않았다.

설아를 돕고자 했기에 가희가 '유이'라는 역할을 필요로 했던 것이다.

모든 것이 해결된 지금은 가희가 유이 앞에 나타나지 않는 것이 그녀를 돕는 것이겠지만…….

'…뭔가 서운해.'

말은 하지 않았지만 가희는 이 세계에서 자신만이 할 수 있는 일을 하고 싶었다.

계속해서 상실감이 마음을 채우도록 내버려 둘 수는 없다고 생각했다.

"설아야, 곰곰이 생각해 봤는데 난 유이가 있는 곳으로 가고 싶어. 그래도 괜찮을까? 뮤는 유이가 있는 곳에도 나타났으니까 혹시 거기에 있을지도 모르잖아."

관찰자의 입장이라면 유이나 레번의 눈에 띌 리도 없거니와 어쩐지 그들 곁에 있고 싶다는 생각이 지워지지 않았다.

그들 곁에서 도움을 줄 수 있다면 그것도 좋을 것 같았다.

물론 관찰자의 입장에서 이야기에 개입할 수는 없겠지만 지금 당장 할 수 있는 일이 없다면 우선 자신의 마음에 충실하고 싶었다.

"그래, 그곳에 나타날 수도 있으니까 그것도 괜찮겠다. 남주, 넌 어쩔래?"

"난 그다지 짐작 가는 곳이 없는데… 일단은 가희랑 같이 움직이는 편이 나을 것 같아."

남주의 질문에 설아는 생긋 미소를 지었다.

"혹시나 뮤를 발견하게 되면 조심해. 삼키려 들지도 모르니까."

생각해 보면 뮤를 상대하는 법도 알지 못하는 상태에서 무턱대고 뮤를 잡으려는 것이기에 위험할 수밖에 없었지만 소녀들은 그 점에 대해서 그다지 깊게 생각하지 않는 듯했다.

"그럼 우리 먼저 출발할게."

가희와 남주가 순식간에 시야에서 사라지자 빈은 부럽다는 듯 입맛을 다셨다.

"그럼 난 선착장으로 가볼게."

급조해서 챙겨놓은 배낭을 둘러메고 밖으로 나가는 빈을 바라보며 설아는 조용히 생각에 잠겼다.

이야기는 처음의 의도와 완벽하게 어긋나 버렸다. 지금까지 흘러온 이야기는 자신이 생각했던 것관 전혀 다른 이야기였다.

억지로 이어 나가기도 힘들거니와 이미 달라져 버린 이야기를 같은 이야기인 척 그럴싸하게 꾸며놓는다고 해봤자 몸에 맞지 않는 옷을 입은 것처럼 어색할 뿐이다.

정말 열심히 노력했지만 안 되는 건 안 되는 것이었다.

그렇다고 이야기를 그만두기는 싫었다. 한 번 시작된 이야기는 끝을 맺기 전까지 끊임없이 머리 속을 맴돌다 결국 스스로 마무리 짓게 되는 것을 그녀는 잘 알고 있었다.

이야기꾼들의 어쩔 수 없는 고질병이랄까.

더군다나 자신의 이야기로부터 도망가는 불쾌한 경험은 한 번으로 족했다.

열심히 해도 안 되는 것, 그렇지만 포기할 수 없는 것이라면 본인이 지치지 않는 게 중요하다. 인내심이라는 녀석은 마음이 지쳐 있을 때 훌쩍 달아나 버린다.

지치지 않으려면 어떻게 해야 하는 걸까?

설아는 자신을 향해 질문을 던졌다.

'어떻게 하면 이야기를 즐겁게 할 수 있을까?

앞뒤가 막혀 버린 이야기다.

자신이 의도하지 않은 이야기.

'답은 이미 나와 있는 거잖아? 나밖에 손쓸 수 없을 정도로 멋지게 뒤집어엎어야지.'

설아는 자신이 내린 결론에 흡족해하며 생긋 미소를 지었다.

소녀들의 기척이 전혀 느껴지지 않게 되자 설아는 여관 식당으로 내려갔다.

이른 아침이라 그런지 설아가 차지한 테이블을 제외하고는 손님이 없었다. 주인 아주머니께서 주문을 받으러 오자 '딸랑' 하는 종소리와 함께 식당 문이 열리면서 낯익은 얼굴들이 보였다.

"여어—"

파란 단발을 찰랑거리며 설아에게 아는 척을 해 보이던 피란트는 아예 설아가 있는 테이블로 다가와 의자에 털썩 앉아버렸다.

"합석해도 되겠습니까?"

한스가 사람 좋은 얼굴로 미소 짓자 설아 역시 사람 좋아 보이는 미소를 지으며 고개를 끄덕였다. 숙취가 덜 풀린 듯 라이더는 살짝 미간을 찡그린 채 비어 있는 의자에 몸을 맡겼다.

"몸은 좀 어떠세요?"

"뒤집혀."

엘프의 입에서 아무렇지도 않게 뒤집힌다는 말이 나오자 설아는 자신도 모르게 피식 미소를 지었다.

"엘프는 술에 약하다는 말이 사실인가 봐요? 겨우 그 정도 마시고 속이 뒤집힌다니……."

설아의 말에 라이더는 더욱더 인상을 찌푸렸다.

"인간과 함께 식사를 하려니 속이 뒤집힐 수밖에."

퉁명스럽게 자신의 말을 받아치는 라이더에게 설아는 살짝 미간을 찡그렸다.

"그런 말을 하려거든 숲으로 돌아가요. 여긴 인간들의 구역이에요. 어딜 가도 인간들이 보이는 게 당연하죠."

"죄송합니다. 기분 상하게 하려던 게 아니라, 라이더님의 말버릇 같은 거니까 너그럽게 이해해 주십시오."

설아의 말에 코웃음 치는 라이더를 대신해 한스가 고개 숙이자 설아는 더욱더 미간을 찡그렸다.

"사과하지 말아요. 당신은 인간이잖아요."

"네?"

한스가 의아한 표정을 짓자 설아는 정색을 해 보였다.

"나는 무례한 엘프에게 따지고 있는 거예요. 인간의 사과가 필요한 게 아니라구요. 게다가 당신 잘못도 아니면서 왜 그렇게 쉽게 사과를 하는 거예요? 그러니까 저 바보 엘프가 더 기고만장해하는 거라구요."

"바보 엘프라니?"

라이더는 그렇지 않아도 사나운 눈꼬리를 더욱더 치켜 올리며 설아를 노려보았다.

"흠흠! 주문부터 하시고 다투는 게 어떻겠수?"

계속해서 말 걸 타이밍을 놓치고 있던 아주머니께서 헛기침을 해 보이며 설아와 라이더 사이에 끼어들자 잠시 동안 휴전 상태가 형성되었다.

"과일 한 바구니와 이 집에서 제일 잘하는 음식 넉넉하게 부탁해요."

피란트가 다른 사람의 의견도 묻지 않고 주문을 끝내 버렸지만 아무도 불만을 가진 것 같진 않았다. 아주머니께서 주방 쪽으로 걸음을 옮기고 나자 기다렸다는 듯이 설아가 입을 열었다.

"바보 엘프를 바보 엘프라고 부르지 뭐라고 불러요?"

"이런 무례한 인간 같으니라고! 엘프를 모독하는 거야?"

살짝 언성을 높이는 라이더를 보며 한스는 가벼운 한숨을 내쉬었다.

인간을 우습게 여기는 듯한 라이더의 말투는 문제가 될 소지가 있기에 분명히 몇 번이나 경고를 주었음에도 불구하고 드디어 일이 터지고만 것이다.

다행히도 상대가 소녀이기에 몸싸움으로까지 번지지는 않겠지만 앞으로도 인간들의 마을을 돌아다녀야 하는 입장에서 라이더의 말투는 반드시 고칠 필요가 있었다. 그러나 자신이 라이더를 상대하기엔 역부족이란 걸 잘 알고 있는 한스로서는 부디 설아가 말발로 그를 눌러주기만을 바랄 뿐이었다.

피란트 역시 말릴 생각은 없었는지 눈앞에서 벌어지는 상황이 재미 있다는 듯한 시선으로 설아와 라이더를 번갈아 보며 그들의 대화에 귀를 기울였다.

"무례한 엘프가 인간을 먼저 모독했잖아요. 제 말이 틀렸어요?"

설아가 눈을 치켜뜨자 라이더는 또다시 언성을 높였다.

"인간 주제에 엘프에게 시비 거는 거야?"

탁!

식탁 위에 나이프를 거칠게 내려놓는 소리가 들리자 설아는 잠시 말을 멈추었다.

"요리 나왔수다. 먹고 나서 싸우든지 말든지 하시구랴. 그리고 알픈지, 엘프인지는 모르겠지만 적당히 하슈. 곧 손님들 들어올 시간인데 여기 오는 손님들은 죄다 인간들이니 당신이 하는 말에 밥맛이 떨어져 버릴지도 모른단 말이오."

그녀의 말에 라이더는 입을 다물어 버렸다.

자신의 말투가 어떤 식으로 들렸을지를 생각해 보면 간단한 문제지만 다른 종족도 아닌 인간에게 머리를 숙이고 싶진 않았다.

"아주머니 말대로 그쯤 해두고 식사나 하자구."

피란트는 이야기가 대충 마무리 지어진 듯하자 테이블에 올려진 요리를 보며 입맛을 다셨다. 엘프가 육식을 하지 않는다는 걸 알고 배려한 것인지, 단순한 심술인지 알 순 없지만 접시 위에 올려진 요리들의 대부분은 야채들이었다.

"우우… 완전히 풀밭이잖아?"

설아는 미간을 찡그리며 바구니에 놓여진 과일을 집어 들었다.

"쉴드님, 잘 먹겠습니다."

한스가 짧게 쉴드를 향해 식전 기도를 올리고 나자 맛있게 음식을 먹기 시작하는 라이더에게 모두들 불만이 가득한 시선을 보냈다.

그러나 풀밭이 되어버린 식단에 만족하는 라이더에게 그 시선이 의미하는 것을 읽어내기를 바라는 건 너무나도 무리한 기대였다.

"식사 중에 미안하지만 이제 어디로 가실 생각이에요?"

설아의 질문에 한스는 흘낏 라이더를 바라보았지만 라이더는 묵묵히 바나나를 집어 들 뿐이었다. 아무런 대답이 없는 라이더와 한스를 대신해 피란트가 나섰다.

"그건 알아서 뭐 하려고?"

그의 질문에 설아는 진지한 표정으로 입을 열었다.

"혹시 피오네로 가실 생각이라면 생각을 고치시는 게 좋을 거예요."

"왜 그렇게 생각하시는 겁니까?"

한스가 의아한 표정으로 질문하자 설아는 목소리를 낮게 깔았다.

"마왕이 움직인다는 정보가 있어요. 무엇 때문인지 알 수 없지만 임플란드에서 수상한 일들이 벌어지고 있다는데 그것이 마왕에 얽힌 것일 가능성이 크대요."

설아의 말에 한스와 피란트가 동시에 자리에서 벌떡 일어났다.

"마왕이라니요?!"

"그게 무슨 소리야?!"

설아는 자리에 앉으라는 듯 손으로 테이블을 탁탁 두드렸다.

그제야 자신들의 목소리가 너무 컸다는 걸 깨달은 그들은 자신들의 대화를 엿듣는 사람이 없는지 주변을 살펴보았다. 다행히 손님은 자신들밖에 없었고, 아주머니도 주방으로 들어가 계신 것 같았다.

넓은 식당에 오로지 자신들밖에 없다는 것을 확인한 그들은 의자에 앉아 마음을 가라앉혔다. 언뜻 보기에도 평범해 보이는 소녀의 입에서 마왕에 대한 이야기가 나오다니, 현실성이 떨어지는 일이었지만 아무도 그녀가 거짓말을 한다고 생각하진 않는 듯했다.

"최근 몇백 년 동안 마왕이 지상계로 나왔다는 말은 없었는데, 아직까지도 인간들이 마왕의 모습을 기억하고 있다는 건가?"

사람을 깔보는 듯한 시선으로 문제를 제기하는 라이더를 제외하면 말이다.

"자세한 건 저도 잘 모르겠지만 살아 있는 인간들이 최근 지하계를 방문했던 적이 있었나 봐요. 그때 마왕을 봤을 수도 있고, 문헌에 남아 있는 자료도 있으니 인간들 중에 마왕을 알고 있는 자가 있다고 해서 이상할 건 없죠."

설아의 대답을 비웃기라도 하듯 라이더가 코웃음을 쳤다.

"네 말대로라면 이상할 수밖에 없어. 문헌에 남아 있는 마왕의 이미지가 과연 정확할까? 마왕이 자기 입으로 마왕이라 떠들고 다니는 것도 아닐 테고, 도대체 인간이 어떻게 그를 알아본다는 거야?"

설아가 라이더의 말에 뭐라고 반박하려는 순간 그는 다시 한 번 입을 열었다.

"게다가 마왕이 임플란드에서 움직이기 시작한 것과 우리가 피오네로 가는 게 무슨 상관이 있다는 거지? 임플란드에서 벗어나지 않는 한 어디에 있든 간에 위험한 건 마찬가지일 텐데?"

지금까지 가만히 듣고만 있던 피란트는 그의 말이 옳다고 생각했는지 고개를 끄덕이며 라이더를 거들고 나섰다.

"아무리 마왕이라고 해도 지상에서 무슨 일을 벌이려면 드래곤에게 양해를 구해오는 게 보통이야. 드래곤의 레어가 지상계에 있으니까. 만약 드래곤이 자신들의 일에 끼어들면 서로 좋을 게 하나도 없잖아.

그런데도 난 아무런 말도 듣지 못했어. 그런데 인간인 네가 어떻게 나보다 더 자세하게 알고 있는 거지?'

그의 말에 설아는 샐러드를 입에 넣으며 우적우적 씹는 것으로 대답을 대신했다.

"도대체 너, 정체가 뭐야?"

라이더가 날카로운 목소리로 질문하자 그녀는 살짝 미간을 찡그리며 그의 말을 다시 한 번 샐러드 씹듯 씹어버렸다.

"이봐, 듣고 있는 거야?"

라이더가 다시 한 번 언성을 높이자 설아는 못마땅한 표정을 지어보였다.

"제가 대답해야 할 의무라도 있나요? 질문할 기회는 이미 드렸던 것 같은데요?"

처음부터 약간 건방진 느낌이 들긴 했지만 그것은 그녀의 태도에서 느껴지는 것이었고, 말투는 어디까지나 공손했던 것으로 기억하던 한스는 뭔가 이상하다 싶은 느낌을 받았다.

'하루 사이에 사람이 저렇게 달라질 수도 있는 건가? 더군다나 겁을 상실하지 않은 이상 평범한 인간 소녀가 드래곤 앞에서 저렇게까지 건방진 태도를 유지할 수 있을 리가 없을 텐데……?'

여기까지 생각이 미친 한스는 조심스럽게 입을 열었다.

"혹시… 마족이신 겁니까?"

그의 차분한 목소리에 마법이라도 깃들어 있는 것처럼 소란스럽던 분위기가 순식간에 침묵에 잠겨 버렸다.

"마족? 너, 정말 한스 형 말대로 마족인 거냐?"

고위급 마족이라면 마족 특유의 기척 정도는 지워 버릴 수 있다는 사실을 떠올리며 피란트는 설아를 향해 의심스럽단 시선을 보냈다.

'어떻게 하면 그렇게 황당한 상상을 할 수 있죠?' 라는 말이 목구멍 끝까지 치밀어 올랐지만 그들이 착각을 하게 내버려 둬도 자신에게는 별로 손해 될 것이 없다고 생각한 설아는 대답 대신 긍정인지 부정인지 모를 묘한 미소를 지어 보였다.

"제가 대답해야 할 이유라도 있는 건가요?"

"있어."

단호하게 대답하는 피란트를 향해 설아가 의아한 표정을 지어 보였다.

"무슨 이유죠?"

"네가 감히 이 몸의 질문을 씹겠다는 거냐?"

드래곤 피어가 섞인 피란트의 목소리에 옆에 있던 한스와 라이더는 자신도 모르게 몸을 움츠렸다. 공포에 사로잡혀 몸이 부들부들 떨려오는 것을 필사적으로 참아낸 그들은 피란트와 시선을 마주치지 않기 위해 고개를 숙였다.

"조건은 조건, 약속은 약속이에요. 질문이라면 이미 교환하지 않았나요? 원하는 답변을 받지 못했다고 해서 억지를 부리실 생각인가요?"

드래곤 피어에도 아무런 영향을 받지 않은 듯 태연한 표정의 그녀를 보며 피란트는 미간을 찡그렸다.

제아무리 대단한 마족이라 해도 드래곤 앞에서, 그것도 분노한 블루 드래곤 앞에서 이렇게까지 여유를 부리진 못하는 법이다.

지상 최강의 생물이라 일컬어지는 드래곤을 화나게 했다가는 자칫 목숨을 잃게 될 수도 있단 걸 모를 어리석은 마족이 아니다.

그렇다면 남은 가능성은 단 하나뿐이다.

드래곤 피어에도 영향을 받지 않는 종족, 그것은 같은 드래곤뿐이니까.

"너… 드래곤이냐?"

피란트의 말에 라이더와 한스는 순간 눈을 크게 떴다.

그들도 설아가 드래곤이라면 같은 드래곤인 피란트에게 건방지게 군다 해도 그리 이상할 게 없다는 생각이 든 것이다.

"…제가 도마뱀으로 보입니까?"

설아의 건방진 대답에 피란트의 온몸에 푸른 기가 맺히더니 대단히 화가 난 듯한 표정으로 자리에서 벌떡 일어났다.

"도마뱀이라고 했냐?"

라이더와 한스는 여관 밖으로 뛰쳐나가고 싶은 충동을 억누르며 피란트를 말리기 위해 자리에서 일어났다.

"피란트님, 진정하십시오."

"지금 내가 진정하게 생겼… 습니까?"

피란트의 목소리가 가늘게 떨리자 설아는 피식 미소를 지었다.

"어쨌거나 전 확실하게 말했어요. '피오네로 가지 말라'고. 나중에 후회하는 일이 없길 바래요. 그럼 전 이만……."

"멈춰."

의자에서 일어나 밖으로 나가려는 설아를 향해 피란트는 다시 한 번 드래곤 피어가 섞인 목소리로 그녀를 불러 세우려 했지만 그녀는 이미 흔적도 없이 사라져 버렸다.

"역시… 드래곤인가?"

피란트는 자신의 말을 완전히 씹어버린 설아의 태도에 다시 한 번 눈살을 찌푸렸다.

고위 마족이 그렇듯 해츨링이 아닌 이상 드래곤 역시 마음만 먹는다면 자신의 기척을 지우는 것쯤은 식은 수프 먹기보다 쉬운 일이었다.

　'까만 머리라면 블랙 일족인가? 그들이라면 마족의 일에 대해 잘 알고 있다 해도 이상할 것 없겠지. 꽤 파장이 잘 맞는다고 하더니 마족의 일을 도와주기라도 할 생각인가?'

　피란트는 과묵하면서도 드래곤 특유의 오만함으로 자신 외의 존재를 내려다보는 블랙 일족을 떠올리며 잠시 생각에 잠겼다.

　'블랙 일족에 관한 거라면 세이드에게 물어보는 편이 빠르겠지? 그녀라면 해츨링이 있으니 유희도 나가지 않았을 테고…….'

　피란트는 귀여운 해츨링을 떠올리자 언짢았던 기분이 슬슬 가라앉는 것을 느꼈다.

　'정말 신기하다니까. 제아무리 과묵하고 음침한 블랙 드래곤이라도 해츨링 때는 눈에 넣어도 아프지 않을 만큼 사랑스러운 존재가 되어버리니…….'

　"피란트님, 괜찮으십니까?"

　한결 살기가 누그러지자 한스가 조심스럽게 피란트에게 다가왔다.

　"이런, 신경 쓰이게 해드렸군요. 괜찮아요. 예정대로 피오네로 가실 생각인가요? 만약 그렇다면 제가 블랙 일족을 만나 어떻게 된 일인지 알아보도록 하겠습니다만……."

　라이더가 자신의 시선을 피하고 있단 생각에 피란트는 말끝을 흐리며 의아한 표정을 지었다. 평상시 같았으면 주위의 시선을 아랑곳하지 않고 지금쯤 뭐라고 투덜거리고도 남았을 텐데, 마치 석상처럼 굳어 있는 모습이라니…….

　"라이더님, 괜찮으십니까?"

한스 역시 너무나도 조용한 모습의 라이더가 어색했는지 조심스러운 표정으로 그의 안색을 살폈다.

"아아, 괜찮아."

목소리는 평온했지만 그는 한스와도 시선을 마주치려 하지 않았다.

한동안 어색한 침묵이 이어지자 라이더는 식탁에 앉아 피란트와 한스를 향해 시큰둥한 목소리로 말을 걸었다.

"뭐 해? 하던 식사는 마저 끝내야지."

라이더의 시큰둥한 목소리에 피란트와 한스는 어깨를 으쓱거리며 의자에 앉았다.

"그 녀석, 드래곤이 확실한 거야?"

뜬금없는 라이더의 질문에 피란트는 잠시 생각에 잠겼다.

보통의 드래곤이 고작 워프를 시켜달라고 다른 드래곤을 소환하지는 않는다. 그러나 자신을 소환해 냈을 때의 그녀의 태도란 건방지기 짝이 없었다. 드래곤에게 그런 건방진 태도를 보일 수 있는 자는… 역시 드래곤뿐이란 생각이 들어버린 피란트는 가벼운 한숨을 내쉬었다.

"추측일 뿐이지만 드래곤일 가능성이 커."

그의 말에 라이더는 살짝 미간을 찡그렸다.

"마왕에 관한 것과 그녀가 드래곤인지 그렇지 않은지 알아보는 데 얼마나 걸려? 오래 걸린다면 곤란해. 지금 유일한 단서라고는 유이를 납치한 녀석이 피오네에 있다는 거야. 이제 와서 마왕이 있을지도 모르니까 가지 말라고 해도 역시 가보는 수밖에 없잖아? 그럴 리는 없겠지만 유이님이 마왕과 마주치는 일이 생긴다면… 추적은 더 힘들어질 거야."

라이더의 말에 한스는 고개를 갸웃거렸다.

"무엇 때문에 그렇게 생각하시죠? 마왕과 유이님의 행방에 연관성이라도 있는 겁니까?"

"이봐, 한스."

라이더가 어이없다는 듯한 목소리로 부르자 그는 의아한 표정으로 라이더를 바라보았다.

"……?"

"너, 뭔가 착각하고 있는 것 같은데… 내가 그런 걸 알고 있으면 여기 있으리라고 생각해?"

"네?"

"유이님께서 납치된 것에 관해 내가 알고 있는 것은 단 한 가지 사실뿐이야. 네 녀석이 데려온 아크레라는 인간이 유이님을 납치해 갔다는 것."

"죄송합니다."

"한스 형한테 왜 그래? 한스 형, 저렇게 성질 나쁜 엘프 따위는 발로 걷어차 버려요. 유이님과 마왕이 만나면 아무래도 선과 악의 대립이라고 할까, 종교인의 입장에서 마왕을 그냥 보낼 수는 없잖아요. 아무리 힘의 차이가 많이 난다고 해도 말이죠."

피란트의 말에 한스는 고개를 끄덕였다.

"그렇군요."

자신이 생각해도 애꿎은 한스에게 화를 내고 있다는 것을 잘 알고 있었던 라이더는 피란트의 말에 아무런 대꾸도 하지 못하고 화제를 다른 곳으로 옮겼다.

"피란트, 그 녀석이 드래곤인지 아닌지 알아보려면 얼마나 걸릴지 물었다."

"아아, 그렇지 않아도 얼마나 걸릴지 생각하고 있었어. 제일 가까운 블랙 드래곤의 레어가 슬란드에 있는데 그 녀석을 알고 있으리란 보장은 없으니까……."

"뭐?! 슬란드?! 어느 세월에 거기까지 간다는 거야?!"

버럭 소리 지르는 라이더를 보며 피란트는 가벼운 한숨을 내쉬었다.

"형, 설마 거기까지 걸어간다는 바보 같은 생각을 하는 건 아니겠지?"

"넌 내가 바보인 줄 아냐? 슬란드까지 어떻게 걸어간다는 거야? 당연히 슬란드 행 배편을 알아봐야지."

당연한 걸 왜 물어보느냐는 듯한 그의 말에 피란트의 얼굴이 엉망으로 구겨졌다.

"라이더 형은 내가 뭐라고 생각하는 거야?"

"……?"

의아한 표정으로 자신을 바라보는 라이더에게 피란트는 고개를 절레절레 흔들었다.

"눈앞에 드래곤을 두고도 걸어간다느니, 배를 타고 간다느니 하는 생각이 들어? 나참, 워프는 괜히 있는 마법인 줄 알아?"

그의 말에 라이더는 머쓱한 표정을 지었다.

"그런 방법이 있다면 뜸 들이지 말고 어서 가자고."

"갈 땐 가더라도 숙박비와 식비는 계산해야 하지 않겠습니까?"

사람 좋아 보이는 미소를 지으며 자리에서 일어나려던 한스를 붙잡은 피란트는 난감한 표정으로 입을 열었다.

"형들은 여기서 기다려 줘요. 최대한 일찍 올 테니까. 제가 돌아오면 바로 떠날 수 있도록 준비해 두는 것도 좋겠죠."

"혼자 가야 하는 이유라도 있는 거야?"

라이더가 못마땅한 얼굴로 질문하자 그는 생긋 미소를 지었다.

"그 드래곤은 손님을 좋아하는 편이 아니거든. 게다가 해츨링이 있어서 꽤 예민해."

그의 말에 라이더는 어쩔 수 없다는 표정으로 고개를 끄덕였다.

"해츨링이 딸린 드래곤을 자극시켜서 좋을 건 없겠지. 다녀와."

"조심해서 다녀오십시오."

한스 역시 흔쾌히 고개를 끄덕이자 피란트는 유유히 손을 흔들고는 그대로 사라져 버렸다.

"이봐, 한스."

라이더가 계속해서 못마땅한 표정으로 자신을 바라보자 한스는 대답 대신 사람 좋아 보이는 미소를 지으며 라이더를 바라보았다.

"넌 인간이지? 나중에 사실은 드래곤이었다느니, 마족이었다느니 하는 말로 뒤통수치려는 거 아니지?"

진지한 라이더의 목소리에 한스는 여전히 미소를 지어 보였다.

"글쎄요, 어떨까요?"

"너… 드래곤인 거냐?"

정색을 하고 묻는 라이더에게 한스는 터져 나오려는 웃음을 참아내며 손사래를 쳤다.

"설마요, 농담입니다. 제가 드래곤이라면 피란트님께서 예전에 눈치 챘겠지요."

"피란트는 그 녀석이 드래곤인 것도 눈치 채지 못했으니까 네가 드래곤이라는 걸 모를 수도 있잖아."

라이더가 진지한 목소리로 반문하자 한스도 진지한 표정으로 그를 바라보았다.

"한 가지만 묻죠. 라이더님께서는 이렇게 성격 좋은 드래곤 보셨습니까?"

라이더는 도대체 감고 있는 것인지, 똑바로 자신을 바라보고 있는 것인지 모를 눈동자로 자신을 바라보고 있는 한스를 한동안 물끄러미 바라보았다.

"왜 그러십니까?"

"보통은… 자기 입으로 그런 말 하냐?"

상당히 띠껍다는 표정으로 반문하는 라이더에게 한스는 대답 대신 예의 사람 좋은 얼굴로 미소를 지어 보일 뿐이었다.

"어쨌거나 넌 인간이라는 말이지?"

"네."

"그럼 됐어."

무덤덤한 표정으로 라이더는 과일을 집어 들었다.

인간인 한스가 엘프인 자신보다 드래곤을 스스럼없이 대한다는 점이 마음에 걸리긴 했지만, 긴장감없는 한스의 얼굴 어디에서도 위험한 구석은 찾을 수 없었기에 그는 될 대로 되라는 심정으로 묵묵히 식사에 열중했다.

어차피 피란트가 돌아올 때까진 그다지 할 일도 없었기에.

자각(自覺)

마린 호가 벼락을 맞고 바다로 가라앉은 그 이후 정체 불명의 유령선 역시 벼락을 맞고 가라앉아 버렸다. 그러나 텅 비어 있던 배가 부서지기 직전 배에서 무엇인가가 탈출한 것을 마린 호의 사람들은 아무도 알지 못했다.

커다란 날개를 펼쳐 들고 하늘로 날아가는 세이레네스와 바다 속으로 유유히 헤엄쳐 나가는 세 명의 인어들……

마린 호의 선원들이 그토록 두려워하던 유령선의 주인들이었다는 것을 그들은 아마 영원히 알 수 없을 것이다.

"이제 때가 되었다는 건가요?"

레니는 완벽하게 재생되어진 자신의 두 팔을 보며 생긋 미소를 지었다.

제대로 된 육체를 가지지 못하고 배 안에서 바로 이 순간만을 기다려 왔었던 레니는 20대 초반의, 마치 여신을 연상시킬 정도로 아름다운 자신의 모습에 도취되어 있었다.

새로운 육체를 얻었다는 것이 마냥 신기한 것인지 레니는 이리저리두 팔을 움직여 보았다. 어린아이가 처음 팔을 움직였을 때처럼 생소한 느낌이 전해져 왔지만 그것은 다른 세이렌들도 마찬가지였다. 하늘로 힘차게 날아오르려다 몇 번인가 바다 속으로 떨어져 버린 세이렌도 있었으니 말이다.

"이제부터 혼자 움직여야 하는데 괜찮겠어?"

하프를 들고 있던 세이렌이 걱정스럽다는 듯 레니를 바라보자 그녀는 그제야 정신을 차린 듯했다.

"괜찮아, 배신자 티로를 찾아내는 건 내 몫이니까."

레니는 산산이 부서져 버린 마린 호의 잔해가 마치 티로라도 되는 것처럼 노려보며 주먹을 불끈 쥐었다.

"그럼 난 이만 가볼게. 인연이 있으면 언젠가 다시 만나겠지."

레니가 세이렌들을 바라보며 작별의 인사를 건네자 세이렌들은 아쉬운 표정을 지었다.

"레니, 너에게 그분의 가호가 함께하길 바랄게."

"사실 열쇠는 레니 네가 가지고 있어야 하는 건데… 그분께선 무슨 생각으로 그런 멍청한 하피에게 그걸 주신 건지 모르겠어."

세이레네스 중 하나가 불만스럽다는 듯 투덜거리자 하프를 든 세이렌도 동감이라는 듯 고개를 끄덕였다.

"그분 취향이 특이하다고 할 수밖에 없지."

"그건 다 생각이 있어서 그런 거야. 그분을 의심해선 안 돼. 그 건방진 하피는 희생물에 지나지 않으니까. 그럼 난 이만 가볼게."

레니는 요염한 미소를 지으며 세이렌들을 향해 손을 흔들어 보인 뒤 그들로부터 멀어지기 시작했다.

'한때는 나도 그분께서 쓸모없는 하피를 애지중지하는 걸 못마땅하게 생각했었지만… 알고 보면 티로만큼 불쌍한 녀석도 없지.'

유유히 바다를 헤엄쳐 나온 그녀의 꼬리 밑으로 조금 전까지만 해도 자신이 타고 있었던 배의 잔해가 맞닿았다.

"이젠 우리들 중 아무도 그분의 뜻을 알 수 없게 되어버렸군……."

레니가 비밀의 방을 발견하기 전까지는 누가, 어떤 목적으로, 그리고 언제부터 자신들을 그곳에 가두었는지에 대해 알고 있는 자는 아무도 없었다.

그녀들이 알고 있는 것이라곤 오로지 그 배를 움직이는 법과 때가 되면 자신들이 온전한 육체를 가지게 될 거란 것뿐이었다.

마치 누군가가 세뇌를 시켜놓은 것처럼 한 치의 의심도 없이 그것만을 기억하고 있었던 세이레네스였기에 처음에는 그녀들 중 그 누구도 자신들이 갇혀 있다는 사실을 자각하지 못한 듯했다. 그러나 시간이 지날수록 영리한 세이레네스는 이 배가 뭔가 심상치 않다는 것을 깨달았다.

사방이 바다이며 모두가 하나같이 백골 상태인 그들의 숫자가 늘어날 리 없는데도 불구하고 그 수가 눈에 띄게 늘어나고 있었던 것이다. 더욱 놀라운 것은 뼈밖에 남아 있지 않던 세이레네스 중에서 아주 느린 속도이긴 하지만 몸이 재생되어 가는 자들이 생겨나고 있다는 사실이었다. 언젠가는 자신들이 온전한 몸을 갖게 될 거라고 믿고 있었지만 그것이 재생의 형태로 나타나리라고 예상한 자는 아무도 없었던 탓에 그녀들은 대단히 기뻐했다.

눈치 빠른 레니가 이곳의 모든 자들이 인위적으로 만들어진 자들이란 사실을 알아차리기까지는 그리 오랜 시간이 필요하지 않았다.

세이레네스의 협조를 얻어 배를 탐험하기 위해 레니는 여러 가지 의문점들을 제기했지만 세이레네스는 아무런 관심도 보이지 않았다. 그러나 계속되는 레니의 설득에 세이레네스 역시 차츰차츰 자신들을 만들어낸 존재가 누구인지, 그리고 무엇 때문에 자신들이 이곳에 있는 것인지 궁금해하기 시작했다. 그러나 그것에 대해 대답해 줄 수 있는 존재는 아무도 없었다.

아무리 생각해도 그럴 듯한 해답을 얻지 못한 그녀들은 서서히 해답 찾는 것을 포기해 갔지만 레니는 포기할 수 없었다.

혼자서 오랫동안 배를 수색해 온 결과 세이레네스가 미처 발견하지 못한 비밀의 문을 발견할 수 있었다. 그리고 그곳에서 레니는 어둡고 좁은 나무 상자 속에 갇힌 누군가가 자신을 꺼내달라고 외치는 것을 듣게 되었다.

"캬아악! 꺼내줘! 꺼내줘!"

까마귀처럼 듣기 싫은 목소리에 레니는 상자를 열어야 하나 말아야 하나 잠시 갈등했다.

"캬아아악! 꺼내줘! 티로, 꺼내줘!"

계속해서 들려오는 목소리에 레니는 결국 그 상자를 열기로 했다.

처음으로 세이레네스가 아닌 다른 존재를 만날지도 모른다는 생각이 들었던 것이다. 그러나 레니의 표정은 실망으로 굳어지고야 말았다.

이 배에 있는 세이레네스와 뭔가 다른 존재이기를 기대했지만 상자

속에서 나온 해골은 세이레네스와 다를 바가 없었던 것이다.

"넌 왜 거기에 들어가 있었던 거지?"

"캬아악! 쉴드가 그랬어! 쉴드가 그랬어!"

해골은 토끼처럼 레니의 주변을 깡충깡충 뛰어다니며 그녀 특유의 괴성을 질러댔다.

"쉴드? 이 배에 우리 말고 다른 세이렌이 있다는 말이니?"

레니가 의아한 표정으로 질문하자 그녀는 정신없이 방 이곳저곳을 뛰어다니기 시작했다.

"쉴드는 세이렌이 아니야, 쉴드는 세이렌이 아니야."

"세이렌이 아니라고?"

세이렌이 아니라는 말에 레니의 눈빛은 다시 기대감으로 가득 찼다.

"그래, 티로도 세이렌이 아니야. 세이렌이 아니야."

흥겨운 노래를 부르는 것처럼 폴짝폴짝 뛰어다니던 티로에게 레니는 여전히 아무것도 모르겠다는 표정을 지어 보였다.

세이렌치고는 노래를 끔찍하게도 못 부른다 생각하긴 했지만 그것은 모든 장기가 사라졌기 때문이라고 생각했었는데… 세이렌이 아니라는 티로의 말에 레니는 의아한 생각이 들었던 것이다.

"그럼……?"

"하피야, 하피야!"

머리가 울릴 정도로 시끄러운 티로의 목소리에 레니는 짜증스러운 감정이 일었다.

"하피라고? 쉴드의 이름을 하피에게 가져다 붙인단 말이야?"

어이가 없다는 듯한 레니의 목소리에 티로는 자신의 뼈가 삐걱될 정도로 심하게 웃어대기 시작했다.

"캬캬캬! 하피는 티로야! 캬캬캬! 쉴드는 쉴드야! 캬캬캬!"

레니는 티로의 뼈를 조각조각 분해해 버리고 싶은 충동이 일었지만 이내 마음을 차분하게 가라앉혔다.

"그만 웃어."

레니의 말에 한참 동안 가래 끓는 듯한 목소리로 웃어 젖힌 티로는 갑자기 정색을 해 보이며 주변을 두리번거렸다.

"쉴드는… 우릴 만들었어, 쉴드가 만들었어. 그는 지금 이 배에 있어, 이 배에 있어."

"이 배에… 신이 있다는 거야?"

레니는 혼란스러움을 느끼며 그녀를 향해 질문했고 티로는 다시 한 번 주위를 살핀 뒤 신중한 목소리로 대답했다.

"응. 티로는 알고 있어, 알고 있어. 원한다면 안내해 줄게. 티로가 안내해 줄게."

티로의 말에 레니는 뭐라 말로 설명할 수 없을 정도로 오싹한 기분이 들었다.

"…안내해 주겠다는 거야?"

"티로에게 부탁해 봐. 티로에게 부탁해 봐."

팔짱을 끼며 우쭐거리는 그녀를 향해 레니는 가벼운 한숨을 내쉬었다.

'저 이상한 하피가 왜 상자에 갇혀 있었는지 알 것 같아.'

"티로에게 부탁해 봐, 티로에게 부탁해 봐."

티로가 우쭐거리듯 다시 한 번 말하자 레니는 천천히 입을 열었다.

"부탁해, 티로."

"좋아, 좋아. 그런데 넌 이름이 뭐야? 이름이 뭐야?"

"난 레니야."

"넌 레니야, 레니야, 레니야."

티로는 몇 번이나 '레니'라는 이름을 중얼거리더니 마음에 들었다는 듯 고개를 끄덕였다. 그리고는 벽이라 생각했던 곳을 쓱 뚫고 지나가 버렸다.

"티로?"

당황한 레니는 티로를 불러보았지만 티로는 레니의 앞에 나타나지 않았다. 다만 어서 오라는 듯한 말투로 그녀를 재촉할 뿐이었다.

"이쪽이야, 이쪽이야."

레니는 티로가 사라졌던 벽을 조심스럽게 만져 보았다.

차가운 나무의 느낌.

이것은 벽이 확실했다.

"티로?"

레니는 벽을 똑똑 두드리며 다시 한 번 그녀를 불러보았다.

"이쪽이야, 레니. 이쪽이야."

벽면 저편에서 들려오는 소리에 레니는 배의 구조를 떠올렸다.

그러나… 자신이 기억하는 한 이곳이 선실 내의 마지막 방이었다.

"그 벽 너머엔… 바다뿐일 텐데?"

"이쪽이야, 레니. 어서 와! 어서 와!"

귀가 떨어져 나갈 듯한 그녀의 목소리에 레니가 어쩔 줄 몰라 하자 벽에서 티로의 것으로 보여지는 하얀 두 손이 나왔다. 레니는 잠시 망설이다가 그녀의 두 손을 맞잡았다.

그리고는 아무런 느낌도 없이 벽면을 통과하자 푸른빛의 바다가 보여야 할 자리에 다른 방들과 다를 바 없는 작은 방이 존재하고 있었다는 것을 깨달았다.

"여기는 대체……."

레니가 어리둥절한 표정으로 주변을 두리번거리자 티로는 또다시 가래 끓는 듯한 웃음 소리를 냈다.

"캬캬캬! 티로가 안내했어, 티로가 안내했어."

마치 칭찬을 바라는 어린아이처럼 레니의 곁을 맴도는 티로에게 장난스러운 소년의 목소리가 날아들었다.

"잘했어, 티로."

목소리가 들려오는 곳으로 시선을 돌리자 장난스러운 느낌을 주는 인간 소년이 레니를 향해 생긋 미소 짓고 있었다.

"당신이 티로를 상자에서 꺼내준 겁니까?"

너무나 당황한 나머지 인간을 보고도 아무런 말도 하지 못한 레니는 소년의 질문에 그저 고개만 끄덕였다.

"나로서는 티로를 감당하기 어려우니까 이제부터 당신이 이 아이를 책임져야겠군요."

뜬금없는 소년의 말에 레니의 안색이 창백해졌다.

"그런 말도 안 되는 소리를……!"

"그럼 나 앞으로 레니랑 같이 다녀? 레니랑 같이 다녀?"

티로가 레니의 주변에서 정신없이 뛰어다니자 소년은 가벼운 한숨을 내쉬며 고개를 끄덕였다.

"그래, 레니와 함께 다니는 거야."

레니는 자신의 의사와는 아무런 상관 없이 진행되고 있는 대화를 어이없다는 듯 가만히 듣고 있다가 결국 참지 못하고 언성을 높였다.

"누구 마음대로! 당신 정체가 뭐야?! 설마 저 하피의 말대로 자신이 쉴드라는 허무맹랑한 소리를 하진 않겠지?"

"쉴드라… 이곳에선 날 그렇게도 부르는 것 같더군요. 석진이든 쉴드든 편할 대로 불러주십시오. 어차피 그렇게 자주 보게 될 사이도 아닐 테니."

소년의 말에 레니는 코웃음을 쳤다.

"허! 인간 주제에 쉴드를 사칭하다니! 제정신으로 하는 소리냐?"

"의심이 많으시군요. 어떻게 하면 믿어주시겠습니까?"

장난스런 미소를 입가에 머금으며 소년이 질문하자 레니는 잠시 동안 무엇인가를 생각해 보는 듯했다. 소년은 레니가 대답할 때까지 느긋하게 기다렸다.

"당신을 쉴드라고 납득할 만한 증거를 보여줘. 예를 들면 내가 가장 궁금해하는 것에 대한 대답 같은 거 말이야."

그녀의 말이 끝나기가 무섭게 소년은 벽을 가볍게 두드렸다.

그러자 놀랍게도 벽에서는 어린아이 크기만한 문이 생겨났고, 소년은 레니를 향해 그 문을 열어보라는 시늉을 해 보였다.

레니는 내키지 않는다는 듯 주춤거리긴 했지만 이내 조심스럽게 문을 열었다.

그리고 문을 열자마자 기다렸다는 듯이 우르르 쏟아져 내리기 시작한 해골 무더기에 할 말을 잃었다.

"너희들의 존재 이유라면 간단해. 이렇게 만들어내니까 존재하는 거지."

소년의 얼굴에선 장난기 대신 오만함이 자리 잡았다.

"…이것들이 모두 어디에서 생겨난 것인지 모르겠지만 이것만으로는 설명이 안 돼. 적어도 우리들은 이성이라는 게 있으니까."

잠시 놀란 듯 침묵을 지키고 있던 레니는 갑작스럽게 태도를 바꾸는 소년에게 불쾌하단 목소리로 핀잔을 주었다.

"움직이지 않는 게 불만이라면 움직이도록 만들어주지."

소년이 자신의 엄지와 검지를 교차시켜 '딱' 소리를 내자 놀랍게도 바닥에 흩어져 있던 뼈들이 스스로 자신의 몸을 맞춰 나가기 시작했다.

"이곳이… 어디지?"

자신과 다를 바 없는 모습의 세이렌이 완성되자 레니는 할 말을 잃었다.

"이제 충분하겠지?"

소년이 엄지와 검지를 이용해 다시 한 번 '따닥' 소리를 내자 이제 막 완성되었던 세이렌이 형체도 없이 사라져 버렸다.

"어떻게 한 거야? 어떻게 한 거야?"

지금까지 얌전히 있던 티로가 호기심이 일었는지 슬금슬금 곁으로 다가오자 소년은 해맑은 미소를 지어 보였다.

"소멸시켰다. 증거란 건 증명해 보인 뒤엔 아무짝에도 쓸모가 없는 거니까."

"캬아악! 죽었어?! 죽인 거야?!"

티로가 시끄럽게 소리를 질러대자 소년은 미간을 찡그렸다.

"그녀의 역할이 끝났을 뿐이야."

귀찮다는 듯한 소년의 말투에 레니는 슬그머니 두려운 감정이 생겨나는 것을 느꼈다.

죽은 이의 시체나 뼈를 움직이는 것은 네크로멘서들도 할 수 있는 일이거니와 죽은 이들의 사고 능력도 일정 수준 회복시킬 수 있었다.

이 소년을 만나기 전까지는 자신의 존재를 언데드라고 의심해 본 적 없었던 레니에겐 소년의 행동이 적지 않은 충격을 주었다.

소년이 네크로멘서라고 의심하는 것은 아까 그 뼈들이 언데드라는 말이었고, 자신이나 배 안의 모든 세이렌들이 언데드일 수도 있다는 것을 의미했다.

그런 그녀의 마음을 읽기라도 한 걸까.

소년은 승자의 미소를 지으며 레니를 바라보았다.

"걱정 마. 난 네크로멘서가 아니고, 당신들 역시 언데드는 아니니까."

레니는 소년의 목소리가 전혀 믿음직스럽지 못하다고 생각했지만 자신의 생각을 입 밖으로 내뱉지는 않았다.

"티로 언데드야? 티로 언데드야?"

티로가 검지로 자신을 가리키며 노래를 부르듯 반복해서 질문했지만 소년은 그녀의 말을 씹어버렸다.

"우리가 언데드가 아니란 건 어떻게 증명하실 건가요?"

자신도 모르게 공손해진 말투에 레니는 흠칫했지만 소년은 그다지 의식하지 않는 듯했다.

"그런 질문을 하는 걸 보니 수준이 티로와 똑같은 것 같군 그래."

소년의 말에 레니는 기분이 상한 듯 티로로부터 약간 떨어졌지만 소년은 레니의 기분에는 별 관심이 없는 듯했다.

"증명해 보세요."

레니의 재촉에 소년은 손가락을 '딱' 소리가 나도록 교차시켰다.

그리고 그와 동시에 티로가 날카로운 비명을 지르더니 이내 핑크 빛 머리카락을 지닌 아름다운 하피의 모습으로 변하는 것이 아닌가.

"캬악! 티로는 하피야, 티로는 하피야."

자신의 몸이 신기했던지 티로는 탁탁 발소리를 내며 노래를 불렀다.

"이건 대체……."

레니의 목소리에서 놀라움이 묻어나자 소년은 다시 손가락을 교차시켰고, 티로는 뼈밖에 존재하지 않던 모습으로 돌아갔다.

"캬악! 싫어!"

아무런 감촉도 느껴지지 않는 자신의 몸으로 되돌아온 탓일까.

티로는 그 자리에 털썩 주저앉아 버렸다.

"티로, 때가 되면 조금 전 모습으로 지낼 수 있을 테니 그렇게 낙담할 것 없어."

소년의 말에도 티로는 아무런 반응을 보이지 않았다.

"…당신께서 우리를 만드신 거로군요."

마치 발견해선 안 될 것을 발견해 낸 고고학자처럼 레니의 목소리에서는 여러 가지 혼란스런 감정들이 얽혀 있었다.

"쉴드는 쉴드야. 쉴드는 쉴드야."

풀이 죽어버린 목소리로 레니의 말을 잇는 티로에게 소년은 피식 미소를 지어주었다.

"제대로 이해한 모양이로군. 당신들의 존재 이유는 내가 만들었기 때문이야. 계속해서 존재하고 싶다면 내 말에 따르면 돼."

소년의 말에 레니는 두려움을 느꼈다.

'자신의 뜻에 따르지 않는다면 소멸이라니… 네크로멘서와 무엇이 다르다는 건가요?'

라는 말이 입 끝에서 맴돌았지만 레니는 아무런 말도 하지 못했다.

"쉴드는 우리를 만들었지만 만든 게 아니야. 만들었지만 만든 게 아니야."

티로가 작은 목소리로 중얼거리자 소년의 눈초리가 사납게 변했다.

"티로!"

티로는 마치 태엽이 모두 풀려 버린 인형처럼 그대로 굳어져 버렸다.

"무엇 때문에… 제 앞에 나타나신 건가요?"

레니가 조심스럽게 질문하자 소년은 어깨를 으쓱거렸다.

"내가 나타난 것이 아니라 당신이 티로와 함께 내 앞에 나타난 것이겠지."

확연하게 자리 잡은 듯한 소년의 반말이 아주 당연하게 느껴지기 시작한 레니는 사소한 소년의 지적에도 몸을 움찔거렸다.

"뭐, 당신이 그렇게 말한다고 해도 그리 틀린 말은 아니니 그렇게 신경 쓸 필요 없어. 정말 만나기 싫었다면 내가 이곳에 나타나지 않았으면 그만이었을 테니까."

"그럼 무엇 때문에 저와 만나신 건가요?"

레니가 아직도 굳어 있는 티로를 곁눈질해 가며 조심스럽게 질문하자 소년은 가벼운 한숨을 내쉬며 두 손가락을 교차시켰다.

"캬악! 티로도 궁금해, 티로도 궁금해."

'따닥' 소리와 함께 티로는 다시 몸을 움직였고, 소년은 또다시 가벼운 한숨을 내쉬었다.

"당신들에게 부탁할 것이 있어."

짧은 머리카락을 만지작거리며 소년은 티로와 레니를 바라보았다.

"말씀하십시오."

레니는 충실한 심복 같은 말투로 소년의 명령을 기다렸다.

"이것을 보관하고 있다가 주고 싶은 사람이 생기거든 건네줘."

소년의 손에는 황금빛으로 빛나는 열쇠가 올려져 있었다.

"반짝반짝 빛나는 열쇠! 빛나는 열쇠!"

냉큼 소년의 손에서 열쇠를 낚아챈 티로는 열쇠를 머리 위로 치켜들며 제자리에서 뱅글뱅글 돌기 시작했다. 그런 티로를 어이없이 바라보던 레니는 소년을 향해 시선을 돌렸다.

"주고 싶은 사람이라니요?"

레니의 질문에 소년은 살짝 미간을 찡그렸다.

"열쇠는 티로가 이미 가졌으니 그건 티로가 정하겠지. 레니, 당신에겐 이 열쇠를 지킬 수 있을 만한 힘을 주겠어. 그리고 티로를 부탁해."

소년이 말을 끝맺자 티로의 손에서 빛나던 열쇠가 순식간에 사라져 버렸다.

"카아악! 열쇠! 열쇠!"

티로가 당황한 듯 날카로운 목소리로 열쇠를 외치자 사라졌던 열쇠가 다시 그녀의 손에 나타났다.

"평소에 그 열쇠는 티로, 네 심장 안에 있을 거야. 아직은 심장이 만들어지지 않았기 때문에 자유롭게 꺼낼 수 있지만 네 몸이 완성되고 나서는 단 한 번밖에 꺼낼 수 없어."

소년의 말에 레니는 당황한 목소리로 반문했다.

"꺼내고 난 뒤에는… 죽는 건가요?"

"역할이 끝나는 거지. 그리고 당신 역할은 티로를 보호하는 거야."

"그 말은 티로가 죽으면 저도 죽는다는 뜻이군요."

레니의 말에 소년은 피식 미소를 지었다.

"티로의 역할이 끝나지 않는다면 당신의 역할도 끝나지 않아. 당신이 어떻게 하느냐에 달린 문제지. 특별한 삶과 특별한 힘은 쉽게 얻어지는 것이 아니야."

어차피 역할이 정해져 있고 그 역할과 삶이 동시에 끝나는 거라면, 자신의 노력 여부에 따라 달라지는 삶이 나을 거라고 판단한 레니는 소년의 제안이 매우 매력적이라고 생각했다.

"좋아요, 티로는 제가 맡도록 하죠. 그런데… 그 열쇠는 무슨 열쇠죠?"

"그건 이 세계의 주도권을 갖게 되는 열쇠다. 더 이상은 설명한다고 해도 이해하지 못할 테니 알 필요도 없겠지. 어쨌거나 맡기로 한 이상 잘 부탁하겠다."

말을 마친 소년은 흔적도 없이 사라져 버렸고, 배의 구조상 존재할 수 없었던 그의 방도 그와 함께 사라져 버렸다.

티로와 레니는 자신들이 처음 만났던 방으로 순식간에 돌려보내졌다.

"티로, 약속 하나 하자."

"약속? 약속?"

티로가 의아한 표정으로 반문하자 레니는 상냥한 목소리로 대답했다.

"그래, 약속."

"뭔데? 뭔데?"

"그 열쇠 아무한테도 주지 않는다고 약속해."

레니의 상냥한 목소리에 티로는 자신도 모르게 고개를 끄덕이려다 이내 힘차게 고개를 저었다.

"캬악! 안 돼, 안 돼. 쉴드와 약속했어, 쉴드와 약속했어."

티로의 강한 부정에 레니는 가벼운 한숨을 내쉬었다.

"넌 죽고 싶은 거니? 티로, 그 열쇠를 주고 나면 넌 심장이 터져서 죽어버릴 거야."

"캬아악! 그건 싫어! 싫어!"

탁탁 소리가 날 정도로 발을 굴려대는 티로에게 레니는 또다시 상냥한 목소리로 말을 걸었다.

"그러니까 약속해. 그 열쇠 아무에게도 주지 않는다고 말이야."

계속되는 레니의 말에도 티로는 고개를 저었다.

"쉴드와 약속했어, 약속했어."

한참 동안 생각에 잠겨 있던 레니는 마침내 좋은 생각이 났다는 듯 입을 열었다.

"그럼 티로, 아무에게도 그 열쇠를 보여주지 않는다고 약속해. 그럼 나도 너를 세이레네스가 있는 곳으로 안내해 줄게."

티로는 잠시 고개를 갸웃거리더니 이내 좋다는 듯 고개를 끄덕였다.

"좋아, 좋아. 약속할게."

티로의 말에 레니는 속으로 회심의 미소를 지었다.

열쇠를 보여주지 않고 어떻게 타인에게 건네줄 수 있겠냐는 생각이 들었던 것이다.

"생각 잘했어. 티로, 우리는 앞으로 특별한 삶을 살게 될 거야."

어깨를 으쓱거리는 레니를 향해 티로는 그녀의 말을 반복해서 따라 했다.

"특별한 삶, 특별한 삶."

그러나 레니는 아직도 깨닫지 못하고 있었다.

살아가는 한 자신의 역할은 끊임없이 바뀌는 것이고, 그것은 자신의 선택으로 결정되는 것이며, 영원히 지속되는 역할은 없다는 사실을.

어쨌거나 레니는 티로와의 약속을 지켰다.

갑작스런 티로의 출현과 갑자기 여러 가지 마법을 사용할 수 있게 된 레니를 보며 세이레네스 역시 레니의 이야기를 믿게 되었다.

배에서의 생활에는 아무런 문제도 없었다.

모두들 언젠가 완성될 육체를 기대하며 평화로운 날들을 보냈다. 그녀들 중 완벽하게 육체가 만들어진 세이렌들은 레니가 만들어놓은 마법진으로 이동해서 노래를 불렀다.

세이레네스의 아름다운 노랫소리는 배를 움직였고 항해는 순조롭게 진행되었다.

레니는 마법으로 아직 완성되지 않은 자신의 육체를 완성체로 보이도록 만들 수 있게 되었다.

그러나 뜻밖의 일들이 벌어졌다.

한스와 라이더의 침입, 유이와 레번의 침입까지. 평화로웠던 항해는 엉망이 되어버렸다.

더군다나 티로가 유이를 따라 배를 뛰쳐나가다니…….

열쇠를 누군가에게 주기라도 하면 그날로 레니는 티로와 함께 먼지가 되어 사라질 것이다.

"티로가 어리석은 행동을 하기 전에 찾아야 해."

레니의 얼굴에는 어느덧 어두운 그림자가 드리워지기 시작했다.

다크 레이디는 뮤 안에서 보았던 영상들을 모두 기억하고 있었다.

그리고 어떻게 하면 설아가 가장 난처해질 것인지에 대해서도 잘 알고 있었다. 그녀를 적으로 돌릴 것인지, 마계의 편으로 만들 것인지 그

동안 충분히 생각했었고, 지금은 자신의 결심을 행동으로 옮길 때였다.

지상계라 해도 저녁은 원래 죽은 자들을 위한 시간이다.

다크 레이디는 그런 저녁 시간을 이용해 엘프들이 있는 숲을 찾았다. 그녀는 해가 떠오르지 않는 한 얼마든지 자신의 몸을 숨길 수 있었고, 엘프들을 자극시키지 않기 위해 침착하고 신중한 태도를 유지했다. 그 때문인지 숲 안으로 들어가는 일은 생각보다 간단했다.

"아델라이데가 살아 있었다니……. 키리아, 이젠 어떻게 해야 하는 거지?"

창백해진 얼굴로 키리아를 바라보는 엘리와는 달리 키리아는 여유 있는 미소까지 지어 보이며 그녀를 다독거렸다.

"걱정하실 필요 없습니다. 그녀가 우리를 기억하고 있었다면 벌써 찾아왔을 겁니다. 지금의 그녀라면 아무런 힘도 없는 인간 소녀에 불과하니 더 이상 신경 쓰지 마십시오."

"…정말 그럴까?"

"엘리님의 연주(演奏)로 걸린 암시는 엘리님의 연주(演奏)로밖에 풀지 못한다는 사실을 잊으셨습니까?"

그제야 엘리는 마음이 놓인다는 듯 안도의 한숨을 내쉬었다.

"그래, 내가 암시를 풀어주지 않는다면 그녀는 그대로 있을 수밖에 없을 거야."

"과연 그럴까?"

날카로운 여인의 목소리에 엘리는 온몸에 소름이 돋아버렸다. 키리아는 엘리를 보호하듯 앞으로 나선 뒤 4대 정령들을 불러들였다.

"그렇게까지 경계할 필요는 없으니 안심해도 돼. 난 싸우러 온 게 아니거든."

어른스러운 목소리와는 전혀 어울리지 않는 소녀가 나타나 거만한 표정으로 자신들을 바라보자 엘리와 키리아는 당황한 표정을 지었다.

"당신은… 누구십니까?"

키리아가 조심스럽게 질문하자 소녀는 그들의 맞은편 의자에 앉아 다리를 꼬았다.

"다들 다크 레이디라고 부르더군."

"다크 레이디? 아델라이데님과는 잘 아는 사이입니까?"

키리아는 그녀에게서 풍겨져 나오는 범상치 않은 기운에 약간 긴장한 듯했다.

"황금빛 눈동자라… 엘프로선 정말 드물게도 마력을 가지고 있었군 그래. 다크 엘프가 되지 않았던 게 신기할 정도야."

다크 레이디는 희귀한 동물을 관찰하는 듯한 시선으로 키리아를 훑어보았다.

"아델라이데님과는 잘 아시는 사이입니까?"

키리아가 다시 한 번 질문하자 다크 레이디는 그제야 그의 질문에 대답할 마음이 들었는지 고개를 저었다.

"잘 안다고 할 순 없지. 난 그녀를 알고 있지만 그녀는 나에 대해 전혀 알지 못하거든. 너희들이 내게 아무 말 하지 않아도 너희들이 지금까지 아델라이데에게 한 일들을 잘 알고 있는 것처럼 말이야."

그녀의 말에 엘리의 눈빛이 날카로워졌다.

"당신은… 드래곤인가요?"

"설마, 난 마계 쪽 존재야. 그렇다고 해서 마족이라고 생각하진 마. 그보다 훨씬 뛰어난 존재니까."

잘난 척하듯 어깨를 으쓱거리는 그녀에게 엘리는 어이없다는 표정을 지어 보였다.

"다른 건 모르겠지만 엘프들조차 당신의 기척을 눈치 채지 못했다니… 당신이 대단한 존재라는 건 인정하겠지만 무엇 때문에 우릴 찾은 거죠?"

엘리의 날카로운 목소리에 다크 레이디는 살짝 미간을 찡그렸다.

"너희들의 그 알량한 재주로 드래곤을 상대할 수 있을 것 같아?"

엘리의 질문에 다크 레이디가 대답 대신 비웃는 듯한 목소리로 그들을 위협하자 키리아의 얼굴에서 적개심이 드러났다.

"그런 이야기를 하려거든 이 집에서 나가주십시오."

"나를 쫓아낸다고 해서 문제가 해결될 거라고 생각해?"

비웃는 기색이 역력한 목소리에 발끈한 엘리는 철적(鐵笛)을 들어 올렸다.

키리아는 엘리를 향해 참으라는 듯한 표정을 지으며 그녀의 손을 붙잡았다. 그리고는 다크 레이디를 향해 천천히 입을 열었다.

"무슨 말을 하고 싶은 겁니까?"

"살고 싶다면 이노르에 가서 너희들 손으로 그녀를 없애. 그게 가장 확실한 방법이야."

별거 아니라는 말투로 이야기하는 다크 레이디에게 엘리는 기가 막힌다는 표정으로 버럭 고함을 질렀다.

"지금 우리보고 죽으라는 소리야?!"

"엘리님, 진정하십시오."

키리아가 엘리의 어깨를 다독거리며 설명을 요구하는 눈으로 자신을 바라보자 다크 레이디는 답답하다는 듯한 표정으로 입을 열었다.

"이런 멍청한 녀석들을 봤나!"

"지금 한번 해보자는 겁니까?"

키리아가 불러들인 실프가 그의 감정에 반응하듯 칼날처럼 날카로운 바람을 일으키자 다크 레이디는 얼음장처럼 차가운 미소를 지어 보였다.

"현재의 아델라이데는 그저 약간 영리한 꼬맹이에 지나지 않아. 그만큼 처치하기도 쉽다는 말이지. 물론 그녀를 보호하고 있을 인간들을 상대해 낼 자신이 없다면 계속 그렇게 불안에 떨면서 살 수밖에 없겠지만 말이야."

"…지금 우릴 놀리시는 겁니까?"

키리아의 말에 엘리의 눈동자가 빛나기 시작했다.

"잠깐, 키리아. 생각해 봐. 그녀의 말에도 일리가 있어. 어째서 그 생각을 못했지?"

엘리의 말에 키리아는 당황한 듯한 표정으로 그녀를 바라보았다.

"엘리님! 진심으로 하시는 말입니까?"

"안 될 거 없잖아? 물론 이건 나 혼자 해결하고 오겠어. 키리아에게 이런 일을 시킬 수는 없으니까. 그러니 키리아는 신경 쓰지 마."

엘리가 비장한 표정으로 키리아를 바라보자 그는 가벼운 한숨을 내쉬었다.

"그런 일은 엘리님과 어울리지 않습니다."

"지금은 그런 거 따질 때가 아니야."

"암시를 풀어주지 않는다면 그녀는 평범한 인간에 지나지 않습니다. 굳이 이렇게까지 할 필요는 없을 것 같습니다만……."

그리 내키지 않는다는 키리아의 끝을 흐린 말에 엘리는 살짝 미간을 찡그렸다.

"호랑이 새끼는 언젠가 호랑이가 되는 법이야. 한 번 시도했었던 일을 두 번이라고 못하겠어? 게다가 난! 그녀가 싫어."

이미 마음을 굳힌 듯한 그녀의 태도에 다크 레이디는 피식 미소를 지었다.

"뭐, 이왕 도와주기로 한 거 너희들이 크게 착각하고 있는 사실 한 가지만 알려줄게."

"우리가 무슨 착각을 하고 있다는 말입니까?"

키리아가 눈살을 찌푸리자 다크 레이디는 또다시 미소를 지어 보였다.

"엘리의 그 알량한 연주 말고도 아델라이데의 암시를 풀 수 있는 방법은 많아."

"…어떤 방법 말입니까?"

"엘리를 죽인다든가, 정신이 혼란스러울 정도로 커다란 충격을 받게 만들면 간단하게 깰 수 있지."

"협박입니까?"

다크 레이디의 말을 자르며 키리아는 다시 한 번 눈에 힘을 주었다.

그녀는 피식 미소를 지으며 그들을 향해 어깨를 으쓱거렸다.

"사실을 말해 주는 것뿐이야. 아델라이데를 보호하고 있는 인간이 암살 방면에 일가견이 있는 것 같은데… 그런 방법이 있다는 걸 알면 어떻게 나올 것 같아?"

마치 재미있는 장난감을 발견한 어린아이처럼 그녀는 연신 미소를 지어댔다.

"인간이 우리를 해칠 수 있을 것 같습니까? 아니, 그전에 인간이 이 엘프의 숲 안으로 들어올 수나 있을 것 같습니까?"

자신만만한 키리아의 목소리에 다크 레이디는 어깨를 으쓱거렸다.

"평화를 사랑하는 엘프들의 마을에서 쫓겨날 순 있겠지. 물론 인간인 엘리에게만 해당되는 이야기겠지만."

"헛소리!"

그녀의 말에 키리아는 코웃음 치며 말도 안 된다는 표정을 지었지만 다크 레이디는 집요했다.

"아델라이데가 무엇 때문에 행방 불명되었는지 다른 엘프들도 알고 있어? 그린 드래곤은 여러 가지 면에서 엘프들이 좋아할 만한데… 고작 시끄러운 인간 때문에 그녀를 죽이려 했다는 걸 알면 다들 어떤 반응을 보일 것 같아?"

다크 레이디의 말에 키리아의 얼굴이 딱딱하게 굳어졌다.

"이봐, 버릇없는 꼬맹이!"

엘리의 신경질적인 목소리에 다크 레이디는 황당하단 표정으로 자신을 가리켰다.

"지금 그거 나한테 하는 소리야?"

"그럼 여기 너 말고 꼬맹이가 또 있니? 그만 떠들고 이제 그만 나가. 아델라이데가 사라진다고 해서 네게 어떤 이득이 있는지 모르겠지만 그녀에겐 내가 갈 거야. 그러니까 이만 내 눈앞에서 사라져."

엘리의 말에 다크 레이디는 코웃음을 쳤다.

"하! 키리아를 더 이상 괴롭히지 말라는 이야기야?"

"잘 알고 있다면 여기서 빨리 사라져 주는 게 도리야."

그녀의 말에 다크 레이디는 상황에 어울리지 않게 천진난만한 미소를 지으며 엘리에게로 다가갔다. 너무나도 천진난만한 미소에 엘리가 의아한 표정을 짓자 다크 레이디는 천천히 입을 열었다.

"너, 이리 가까이 와봐."

다크 레이디가 엘리에게 자신과 눈 높이를 맞추라는 듯 손짓해 보이자 엘리는 의아한 표정을 지으면서도 순순히 허리를 굽혔다.

짝!

날카로운 소리와 함께 엘리의 뺨에 선명한 아이의 손자국이 생겨났다.

"이게 무슨 짓입니까?!"

키리아가 거칠게 다크 레이디의 목덜미를 낚아채려 하자 그녀는 순식간에 자신의 모습을 감추었다.

"멍청한 녀석들, 상대를 보고 이빨을 드러내야 맹수라는 소리를 듣는 거다. 너희는 아무리 봐도 원숭이보다 못한 것 같군."

그들을 비웃는 다크 레이디의 목소리와 함께 순식간에 키리아의 집이 어둠에 잠겨 버렸다.

음침하고 섬뜩한 무엇인가가 아주 빠른 속도로 실프를 노리고 날아들었지만 키리아는 그것을 막을 생각조차 하지 못했다.

"까아—!"

귓가를 울리는 날카로운 목소리에 엘리는 철적을 들어 올렸지만 자신의 등으로 키리아가 무너져 내린 듯 체온이 느껴지자 재빨리 그를 부축했다.

"키리아, 괜찮아? 왜 그래?"

"…괜찮습니다."

태연한 척 애쓰고 있는 키리아의 목소리와는 달리 그의 팔에서 끈적한 액체가 묻어져 나왔다.

"이야기했잖아. 상대를 보고 이빨을 드러내라고. 실프 정도로 감히 날 위협하려던 대가야. 자신이 부리던 실프가 소멸됐으니 타격이 크겠지?"

정령의 소멸은 소환사에게 직접적인 타격을 주는 일이었다.

"어차피 그 엘프는 이 숲에 남아 있겠다고 했으니 너만 이노르로 보내주겠어. 부디 날 실망시키지 않길 바래."

다크 레이디의 말이 끝나자 주변은 다시 밝아졌고 심장이 조각나는 듯한 아픔도 함께 사라져 버렸다. 키리아는 비로소 자세를 바로잡을 수 있었다.

"환영이었군요."

"원한다면 실제 상황으로 만들어줄 수도 있어."

별거 아니라는 듯 무표정한 얼굴로 대답하는 그녀에게 키리아는 눈살을 찌푸렸다.

"내가 가야 당신도 이 집에서 나가겠죠? 그렇다면 지금 당장이라도 날 이노르로 보내주세요. 당신과 그다지 오래 있고 싶지 않군요."

엘리가 재빨리 둘 사이에 끼어들자 다크 레이디는 마지못한 표정으로 고개를 끄덕였다.

"좋아, 이노르로 보내주지."

다크 레이디의 말에 키리아는 엘리를 보호하듯 그녀의 앞으로 나섰다.

"정말 그렇게 결정하셨다면 엘리님, 당신과 함께 가겠습니다. 그렇지만 다크 레이디, 당신의 도움을 받고 싶진 않습니다. 이노르로 가는 것 정도는 저한테도 그렇게 어려운 일이 아니니 이만 이 집에서 나가주십시오."

정중한 그의 태도에 다크 레이디는 흡족한 미소를 지었다.

"뭐, 그렇게까지 말한다면 이만 물러가 주지."

그들을 이노르에 보낸 뒤 어떤 일이 벌어지게 될지 그저 느긋하게 구경할 생각이었던 다크 레이디는 그들 앞에 나타났을 때처럼 갑자기 사라져 버렸다.

"정말 같이 갈 생각이야?"

엘리의 갑작스런 질문에 키리아는 아무런 망설임 없이 고개를 끄덕였다.

"엘리님께서 위험을 각오하고 가신다면 저도 갈 수밖에 없습니다. 워프라면 저도 자신있으니 걱정 말고 주무십시오. 모든 준비는 제가 하도록 하겠습니다."

"…부탁해."

피곤하다는 듯한 엘리의 목소리에 그는 고개를 끄덕였다.

엘리가 잠든 것을 확인한 후 키리아는 집 밖으로 나왔다.

칠흑같이 어두운 밤하늘에 달빛은커녕 별빛조차 보이지 않았다.

"아직도 돌아가지 않았습니까?"

키리아의 차분한 목소리에 다크 레이디가 의아한 표정으로 그 모습을 드러냈다.

"어떻게 알았어? 아무런 기척도 느껴지지 않았을 텐데."

"엘프들의 숲에 별이 보이지 않는 날은 드뭅니다."

조용히 대답하는 키리아에게 다크 레이디는 어깨를 으쓱거렸다.

"그래서 날 찾은 이유가 뭐야?"

"본인이 더 잘 알고 계신 것 같습니다만."

키리아가 불편한 심기를 드러내자 다크 레이디는 어린애답지 않은

요염한 미소를 지어 보였다.

"돌아가 달라고 이야기하고 싶은 거야? 그렇다면 말을 바꿔서, 미안하지만 난 너희들이 이 숲에서 나갈 때까지 너희들을 지켜봐야 할 이유가 있어."

"어떤 이유 말입니까? 아델라이데가 없어지면 마계에 어떤 이득이라도 생기는 겁니까?"

"내 짐작이 맞다면 경우에 따라서 그럴 수도 있겠지."

질문에 대한 대답이라기보다 혼잣말에 가까운 다크 레이디의 말투에 키리아는 아무런 말도 할 수 없었다.

솔직하게 말하자면 키리아는 아델라이데를 처리하려는 것에 대해 아무런 감흥도 없었다. 그러나 마치 누군가에게 조종당하는 듯한 상황이 불길하게 느껴졌기에 가능한 엘리를 말려보려고 했지만 결국 말리지 못한 것이다.

"만약 우리가 위험한 상황에 놓이게 된다면 우리를 도와주실 겁니까?"

"난 지켜보기만 할 거야. 솔직하게 말하자면 너희들 중 그 누가 죽게 된다고 해도 난 아무 상관이 없거든. 내 생각이 맞는지 틀린지만 알면 되니까 말이야."

다크 레이디의 차가운 말에 키리아는 가벼운 한숨을 내쉬었다.

"만약 제가 엘리님을 못 가게 한다면 어떻게 하시겠습니까?"

"그럼 지금 이 자리에서 널 없애고 대역을 세울 수밖에."

다크 레이디는 자신의 말이 끝나기가 무섭게 키리아와 똑같이 생긴 엘프를 만들어냈다.

"…할 수 없군요. 한 가지만 부탁드리겠습니다. 만일 우리가 위험에 처하게 된다면… 엘리님만은 꼭 구해주십시오.”

진지한 그의 목소리에 다크 레이디는 장난스러운 목소리로 대답했다.

“내가 그 부탁을 꼭 들어줘야 할 이유라도 있어?”

“당신이 우리를 관찰하는 대가라고 생각하십시오.”

키리아의 황금빛 눈동자가 반짝이자 다크 레이디는 순간 정색을 해보였다.

자신의 눈은 드래곤인 아델라이데조차 지배했던 눈이다.

다크 레이디라고 해서 자신의 눈으로부터 자유로울 수는 없을 거라고 판단한 키리아는 다시 한 번 자신의 목소리에 힘을 실었다.

“만약 우리가 위험에 처하게 된다면 반드시 엘리님을 구해주십시오.”

마치 무엇인가에 홀린 듯한 눈으로 키리아를 응시하던 다크 레이디는 천천히 입을 열었다.

“거절하겠다. 내게는 그럴 만한 이유가 없어.”

공허한 검은색의 눈동자가 반짝이기 시작하자 키리아는 자신도 모르게 눈을 감아버렸다.

“미안하지만 나 역시 마력을 가지고 있어. 그런 내게 겨우 너 정도밖에 안 되는 마력이 먹혀들 리가 없지.”

다크 레이디는 키리아를 비웃는 듯한 표정으로 다시 한 번 자신의 말을 이었다.

“…부탁드립니다.”

무릎까지 꿇으며 다시 한 번 부탁하는 키리아를 향해 그녀는 코웃음치며 자신의 모습을 감춰 버렸다.

아침이 올 때까지 키리아는 단 한숨도 자지 못했다.

"이제 출발해야지."

모든 준비가 끝난 듯한 엘리의 얼굴에선 약간의 긴장감이 느껴졌다.

"준비가 모두 끝났습니까?"

엘리는 어두운 표정으로 자신을 바라보는 키리아에게 생긋 미소를 지었다.

"응. 워프 게이트를 열 수 있다고 했지?"

"지금 출발하시겠습니까?"

엘리가 대답 대신 고개를 끄덕이자 키리아는 품 안에서 자신의 주먹 만한 유리 구슬을 꺼내 들었다.

"그 구슬은 뭐야?"

"마법 아이템입니다."

대답과 동시에 키리아는 구슬을 바닥으로 던졌고 산산조각난 유리 파편들은 바닥에 박힌 채 눈부신 빛을 뿜어냈다.

"이노르로 가시겠습니까?"

키리아가 팔을 내밀자 엘리는 그의 팔짱을 끼며 눈부신 빛이 쏟아지 고 있는 곳으로 발을 내디뎠다. 그들이 빛의 중심으로 다가가자 푸른 색의 거대한 문이 열리더니 어두운 밤하늘이 끝도 없이 펼쳐졌다. 조 심스럽게 앞으로 향하자 그들의 앞길에 마치 눈처럼 작은 반딧불이 날 아들었다.

이런 상황만 아니어도 낭만적이었을 분위기가 그들의 마음을 더욱 무겁게 만들었다.

"이 문만 열면 이제 곧 이노르입니다."

화려한 문 앞에 이르자 그들은 동시에 문을 열었다.

화끈한 열기와 함께 주변의 풍경은 인간들의 마을로 바뀌었다.

워프 게이트가 좁은 뒷골목에서 열려진 탓에 다행히도 인간들은 보이지 않았다.

엘리는 무심코 키리아를 바라보다 가벼운 한숨을 내쉬었다.

인간들의 마을에서 아무런 흔적도 남기지 않고 다니기엔 그가 너무 눈에 띄었던 것이다.

"키리아, 미안하지만 머리카락을 앞으로 내려야겠어."

엘프 특유의 가늘고 뾰족한 귀를 가리키며 주의를 주는 엘리에게 키리아는 고개를 끄덕이며 단정하게 묶은 자신의 머리카락을 풀었다.

짙은 남색의 장발이 바람에 살짝 흔들리자 그는 귀찮다는 듯이 살짝 미간을 찡그렸지만 이내 엘리를 향해 생긋 미소를 지었다.

"이제 됐습니까?"

엘리는 천천히 그를 살펴보며 가벼운 한숨을 내쉬었다.

"으음, 키리아는 너무 잘생겨서 어떻게 해도 눈에 띄는걸."

"그렇게 봐주시니 영광입니다."

"바보, 칭찬이 아니야."

말과는 달리 그렇게 말하는 엘리의 입가에 기분 좋은 듯한 미소가 걸렸다.

"우리가 의뢰를 한 곳이 여관이었던 것 같은데 맞습니까?"

키리아의 질문에 엘리는 잠시 기억을 되살리는 듯한 표정을 짓더니 이내 고개를 끄덕였다.

"맞아, 여관 이름은 잘 기억이 나지 않지만 위치라면 기억하고 있어. 이번에도 그곳으로 가려는 거야? 아델라이데만 잡는 건데 성으로 바로 가면 안 돼?"

"정면 돌파는 아무리 이쪽에서 기습을 한다고 해도 막힐 가능성이 큽니다."

"어째서? 키리아도, 나도 충분히 강하니까 그런 걱정 하지 마."

"마법사나 정령사를 데리고 있을 테니 방심해선 안 됩니다. 소란스럽게 들어가면 들어갈수록 그들이 준비할 수 있는 시간은 늘어날 것이고, 우리가 상대해야 할 자들도 늘어나게 될 것입니다. 안내인이 있다면 그가 있는 곳까지 쉽게 갈 수 있습니다."

키리아의 말에 엘리는 고개를 갸웃거렸다.

"순순히 안내해 주진 않을 텐데."

"안내하도록 만들면 됩니다."

별거 아니라는 듯한 그의 말투에 엘리는 이내 납득했다는 듯 고개를 끄덕였다. 사람을 끌어들이는 데 탁월한 능력을 발휘하는 그의 황금빛 눈동자가 반짝이기 시작했던 것이다.

키리아와 엘리가 여관으로 발걸음을 옮기자 사람들의 시선은 자연스럽게 그들에게 집중되었다.

한 번 보면 잊기 힘들 정도로 뛰어난 외모를 가진 이방인이 마을에 도착했다는 소문은 그들이 성주의 성에 도착하기도 전에 성주의 귀에 들어갔다.

설아에게서 엘리를 설득하는 것에 실패했다는 소식을 전해 들었을 때부터 머지않아 이런 일이 생길 것임을 예상하고 있던 그는 나름대로의 대책을 세워두었다.

키리아의 마력안은 아무리 대비를 한다 해도 어쩔 수 없는 부분이었다.

"분명히 비상문으로 들어오려 할 테니 그곳에서 대기하고 있다가 홀드 마법을 사용하십시오. 여차하면 남자는 죽여도 좋소."

그의 말에 금빛 로브를 걸친 노인은 걱정 말라는 듯한 표정을 지어 보였다.

"걱정 마시오. 그 엘프 얼굴만 보지 않으면 되는 것 아니오?"

그의 말에 성주는 고개를 끄덕였다.

"나는 티먼트, 당신만 믿겠소."

그의 말에 티먼트는 고개를 끄덕였다.

피란트가 찾고 있는 사람에 대한 행방을 나름대로 조사해 봤지만 그 유이라는 소녀의 행방은 이곳에서부터 묘연해지기 시작했다. 그런데 이게 웬일인지 이곳에 도착해서 성주의 마음을 엿본 결과 그린 일족의 아델라이데가 기억 상실증이라는 것이 아닌가.

보다 자세한 상황 파악을 위해 그는 이곳에 잠시 머무르기로 결정했다.

그러던 중 아델라이데의 기억을 사라지게 만든 장본인이 제 발로 찾아왔으니 티먼트는 내심 흐뭇해하고 있었다.

'어떻게 된 상황인지 그 녀석들에게 물어보면 알 수 있겠지.'

티먼트는 의욕에 가득 찬 눈으로 길드원들의 안내를 받아 그들이 들어올 곳으로 다가가 결계를 쳤다.

"티먼트 비주니아 골드의 이름으로 명령하느니, 스스로 지상계에 존재할 수 없는 모든 것으로부터의 보호를."

티먼트는 눈으로 보이진 않지만 완벽하게 짜여진 자신의 결계를 바라보며 흡족한 미소를 지었다.

'그럼 이제부터 가뿐하게 몸 좀 풀어보실까?'

그는 기대된다는 표정으로 이제 곧 들어오게 될 엘리와 키리아를 기다리기 시작했다.

"검은 고양이를 이곳에서 본 적이 있었는데 아직도 키우고 계신가요?"

엘리는 자신의 기억 속에서 아직도 잊혀지지 않는 암호를 떠올리며 여관 주인을 향해 생긋 미소 지었다.

"고양이라… 잘못 찾아온 것 같소. 우린 고양이 같은 건 키우지 않소."

"늦은 밤이었으니 확신할 순 없지만 분명히 이곳에서 키우는 걸로 알고 있어요."

엘리는 웨이브진 자신의 곱슬 머리카락을 만지작거리며 여관 주인의 대답을 기다렸다.

"궁금한 것은 고양이오, 고양이 주인이오?"

여관 주인이 진지한 표정으로 질문하자 묵묵히 그들을 지켜보고 있던 키리아는 여관 주인을 정면으로 바라보며 천천히 입을 열었다.

"고양이 주인입니다. 안내해 주시겠습니까?"

여관 주인은 마치 넋이 나간 사람처럼 한참 동안 멍한 표정으로 키리아를 바라보더니 이내 고개를 끄덕였다.

"안내해 드리겠습니다. 따라오십시오."

"감사합니다."

여관 주인은 그들을 마구간으로 안내하고는 한쪽으로 쌓아 올린 건초 더미를 치우더니 바닥의 손잡이를 잡아당겼다.

“이쪽입니다. 내려가십시오.”

그의 말에 엘리가 천천히 계단 아래로 내려가자 키리아는 실프로 하여금 그녀를 보호하도록 했다.

키리아까지 내려가고 나서야 여관 주인은 바닥을 내리고는 건초 더미를 쌓기 시작했다.

“이쪽으로 오십시오.”

여관 주인이 내려오지 않는 것을 의아하게 생각한 키리아가 다시 계단을 올라가려는 순간 낯선 목소리가 들려왔다.

엘리는 목소리가 들려오는 쪽으로 걸음을 옮기려다 말고 자신의 손을 잡아끄는 키리아를 보며 의아한 표정을 지었다.

“키리아?”

“실프가 사라졌습니다.”

“뭐?”

“실프뿐만이 아니라 3대 정령이 모두 사라졌습니다. 아무래도 고위 마법사가 결계를 친 것 같군요.”

그의 말에 엘리의 표정이 딱딱하게 굳어졌다.

“나를 찾고 있는 건가요?”

그들의 앞에 나타난 자는 바로 자신들이 없애려고 했던 소녀의 모습을 하고 있는 아델라이데였다.

“아델라이데?!”

엘리가 새파랗게 질린 얼굴로 그녀를 바라보자 아델라이데는 느긋한 시선으로 그들을 향해 코웃음 쳤다.

“모든 기억이 돌아왔으니 이젠 내가 너희를 손봐줄 차례인 것 같군.”

그녀의 말에 엘리는 석상처럼 굳어버린 듯했다.

＊　　　＊　　　＊

"이걸로 이노르까지 가는 길은 대충 해결이 된 건가?"

이노르로 가는 배편에 몸을 실은 빈은 가벼운 한숨을 내쉬며 자신의 곁에서 얌전히 잠들어 있는 아델라이데를 바라보았다.

빈이 여관에서 빠져나와 선착장으로 도착했을 때는 아델라이데가 막 배에 타려 하고 있었다.

"잠깐만요!"

빈의 외침에 아델라이데가 그녀를 알아본 것까지는 좋았지만 문제는 그 다음부터였다.

고목나무에 붙은 매미처럼 빈에게서 떨어지지 않으려는 아델라이데 때문에 빈이 졸지에 보모가 되어버린 것이다.

물론 아델라이데로서는 아는 얼굴 하나 없이 우락부락한 아저씨들 사이에서 낯익은 빈을 발견한 터라 아무 생각 없이 매달리고 있는 것이겠지만 선원들은 예전부터 서로 잘 아는 사이라 여기고는 아델라이데에 관한 모든 것을 빈에게 맡겨 버린 것이다.

경량화 마법이 걸린 플레이트를 입고 눈부시도록 새하얀 망토를 펄럭이며 언제든지 뽑아 들 수 있게 허리춤에 꽂아 넣은 레이피어만을 생각했을 때는 멋진 검사의 모습이 상상되지만 검사의 한쪽 발에 아델라이데가 매달려 있다면?

"이건 완전히 코미디야. 천하의 빈님께서 꼬맹이 뒤치다꺼리나 하고 있다니……."

손수건으로 아델라이데의 입가에 고인 침을 닦아주며 그녀는 가벼운 한숨을 내쉬었다.

"도대체 싸우지도 않을 거면서 무기 설정은 왜 하는 건지……."

투덜거리던 빈은 자신이 생각해도 설아에게서 손에 땀을 쥐게 할 전투 장면을 기대하는 건 무리한 요구라 생각하며 지루한 항해를 계속할 수밖에 없었다.

하지만 그렇다고 해서 빈에게 소득이 전혀 없던 것은 아니었다.

시간이 지나감에 따라 아델라이데와의 친분이 더욱더 돈독해져 갔던 것이다.

"아데야, 너 뮤가 언제부터 너희 집에 있었는지 기억해?"

이제 막 잠에서 깬 듯 부스스한 얼굴로 고개를 갸웃거리던 아델라이데는 잠시 동안 고민하는 듯하더니 겨우 생각이 났다는 듯 환한 미소를 지었다.

"뮤는 아데랑 함께 집에 왔어요."

"응? 처음부터 너희 집에 있었던 게 아니라?"

빈이 의아한 표정으로 질문하자 아델라이데는 고개를 끄덕였다.

"아빠가 뮤는 처음부터 아데랑 같이 있었다고 하지만 기억이 안 나요. 아데가 기억하기엔 아빠 집에 있을 때부터예요."

인형처럼 기다란 속눈썹을 깜빡거리며 대답하는 아델라이데에게 빈은 알겠다는 듯 생긋 미소를 지어 보였다.

"아데는 뮤랑 많이 친하니?"

"뮤보단 설아 언니랑 빈이 오빠랑 더 친해요."

"오, 오빠?"

"네! 오빠."

빈은 너무나 망설임없이 고개를 끄덕이는 아델라이데 때문에 잠시 정신이 아득해지는 것을 느꼈다. 그토록 많은 시간을 붙어 지냈으면서도 언니가 아닌 오빠로 여기고 있었다니……."

"저기 아데야, 난 오빠가 아니라 언니란다. 따라 해봐. 언. 니!"

'언니'를 또박또박 힘주어 발음하는 빈을 바라보며 아델라이데는 살짝 미간을 찡그렸다.

"오빠 변태예요?"

"…변태?"

몸을 휘청거리는 빈을 향해 아델라이데는 고개를 끄덕였다.

"오빠가 언니 소리 듣고 싶어하는 게 변태가 아니면 뭐가 변태예요?"

똘망똘망한 얼굴로 질문하는 아델라이데에게 빈은 가벼운 한숨을 내쉬었다.

"아데야, 난 여자란다."

"……?"

아델라이데가 약지로 귀를 후비며 의아한 표정을 짓자 빈은 울컥한 표정으로 언성을 높였다.

"여자라니까! 언니라고! 언니!"

"거짓말."

아델라이데는 안 속는다는 표정으로 무덤덤하게 말했지만 빈은 냉정하게 입을 열었다.

"거짓말 아니야. 언니라니까."

아델라이데는 그녀의 말에 울상을 지었다.

"오빠가 이상해! 가슴도 없으면서 언니래. 이잉……."

'그래, 절벽 가슴이라 미안하다' 라고 쏘아붙여 주고 싶었지만, 울고 있는 어린애를 다그칠 정도로 모질지 못했던 빈은 가벼운 한숨을 내쉬었다.

"그래, 언니든 오빠든 네 마음대로 불러라."

아델라이데는 눈물이 그렁그렁하게 맺힌 눈으로 빈을 바라보았다.

"정말?"

"그래, 그래."

포기했다는 듯 양손을 들어 보이는 빈을 향해 아델라이데는 눈물을 슥 닦아내며 생글생글 미소 짓기 시작했다.

"아데는 오빠에게 시집갈래요."

"뭐?!"

난데없는 아델라이데의 말에 빈은 석상처럼 딱딱하게 굳어져 버렸다.

"안 돼요?"

눈물을 글썽이는 아델라이데를 보자 빈은 말문이 막히는 것을 느꼈다.

"안 돼요? 안 돼요?"

아델라이데가 양팔을 목에 감고 매달리기 시작하자 빈은 목이 조이는 것을 느끼며 기침하기 시작했다.

"컥! 컥! 니 마음대로 해라."

거의 체념한 듯한 빈의 대답에 아델라이데는 손뼉을 쳤다.

"와아!"

천진난만한 표정의 아델라이데를 바라보며 빈은 자신도 모르게 미소 지었다.

"그럼 오빠가 살아 있는 동안에는 반드시 아데를 신부로 맞기로 약속한 거예요, 오빠."

그녀가 용언으로 맹세했다는 사실도 알지 못한 빈은 아델라이데가 다시 한 번 칭얼거리자 졌다는 듯 두 손을 들어 보이며 고개를 끄덕였다.

"네, 네. 마음대로 하세요."

애가 뭘 알겠냐는 생각에 가볍게 웃어넘기기로 한 것이었지만 그녀는 중요한 사실을 알고 있지 못했다.

어떠한 경우에도 용언으로 한 맹세는 절대적이라는 것과 라드니르 덕분에 그녀의 지적 수준은 이미 이십 대에 도달해 있었다는 것을.

"그런데 오빠는 뮤랑 어떻게 만난 거예요?"

아델라이데는 그녀들이 또 다른 뮤를 데리고 있었단 사실을 기억해 내고는 호기심 어린 눈빛으로 빈을 바라보았다.

"주웠어."

너무나도 단순한 그녀의 말에 아델라이데는 실망했다는 듯 입술을 삐죽거렸다.

"어디서요?"

"으음… 이쪽 지리를 몰라서 어디서 주웠는지 잘 모르겠다."

빈의 다소 성의없는 대답에 아델라이데는 살짝 눈살을 찡그리다 이내 어리둥절한 표정을 지었다. 아델라이데가 자신들의 앞에 나타나자 엘리가 패닉 상태에 빠진 나머지 암시가 깨어져 버린 것이다.

'이게 도대체 무슨……'

암시가 깨어지자마자 그녀의 머리 속에는 이노르의 영상이 펼쳐졌다.

마치 강제로 막아두었다 열려 물줄기가 폭포수처럼 쏟아지듯 갑작스레 흘러드는 기억들이 그녀를 혼란스럽게 만들었던 것이다.

'내가… 드래곤?'

계속해서 생각에 빠져 있는 그녀의 머리 속에 티먼트의 생각이 날아들었다.

'이제야 기억을 찾은 거냐? 쯧쯧, 고작 그런 녀석들에게 당하다니 드래곤 체면이 말이 아니군 그래?'

'티먼트님이신가요?'

'날 기억해 주는 건 좋지만 질문은 내가 하겠네. 아델라이데, 지금 어디에 있는 건가?'

'이노르로 돌아가는 중입니다만 방금 그것은……?'

그는 한심하다는 듯한 말투로 그녀의 질문에 대답하기 시작했다.

'이노르에서 아델라이데에게 생중계 중이지 뭐긴 뭐겠나? 물론 자네는 환영으로 만들어낸 것이니 저들도 곧 눈치를 챌 테지. 말해 보게, 저들을 어떻게 해주길 바라나?'

'…이 일은 제 일이니 제가 해결하겠습니다. 티먼트님께서는 자연스럽게 이 일에서 빠져 주십시오.'

아델라이데의 말에 그는 의아한 목소리로 질문했다.

'지금 내가 빠진다면 이곳의 사람들이 많이 죽거나 다칠 텐데? 특히 길드 마스터가 살아남기 힘들 텐데 그래도 괜찮겠나?'

티먼트의 질문에 그녀는 회심의 미소를 지었다.

'걱정 마세요. 제가 그곳으로 가겠어요.'

'그렇다면 일단 물러나 주겠지만 서두르는 게 좋을 거다.'

그의 말에 아델라이데는 가벼운 한숨을 내쉬었다.

그녀의 머리 속에 비춰지던 영상은 어느덧 그곳에 있는 아델라이데가 가짜란 것을 눈치 챈 키리아가 티먼트를 쓰러뜨리는 장면으로 이어지고 있었다. 겨우 이 정도 환영으로 자신을 속이려 했냐고 길길이 날뛰던 그들은 다시 정령을 소환한 뒤 저택을 엉망으로 만들어 버렸다.

저택 안은 불의 정령 사라만다와 카샤가 붙여놓은 불과 운디네, 실프가 만들어낸 물보라에 지옥처럼 끔찍하게 변해 버렸지만 저택 안에 있던 사람들은 엘리의 연주에 홀려 도망칠 수도 없게 되었다.

길드 마스터 역시 엘리의 손에서 장난감처럼 농락당하고 있었다.

손을 더럽히기 싫다는 엘리의 말에 놀랍게도 길드 마스터는 자신의 손으로 자신의 관절을 꺾기 시작했다.

"오빠!"

갑작스럽게 다급한 표정을 짓는 아데를 보며 빈은 의아한 표정을 지어 보였다.

"……?"

"아주 급한 일이 생겼는데… 아데 먼저 가도 될까요?"

미안해하는 듯한 아델라이데의 목소리에서는 약간의 불안함이 느껴졌다.

"어딜 가려고?"

"아빠한테 다녀와야 할 것 같아요."

그녀의 말에 빈은 더욱더 의아한 표정을 지었다.

"지금 가고 있는 중이잖아?"

"으음… 이렇게 늦게 갔다간 아빠가 죽을지도 몰라요."

마냥 귀엽게만 굴던 지금까지완 다르게 아델라이데의 표정에서는 진지함이 넘쳐 났다.

"그게 무슨 소리야?"

다시 한 번 빈이 의아한 표정을 짓자 아델라이데는 답답한 듯이 작은 손으로 자신의 가슴을 두드렸다.

"아아, 답답해. 오빠, 그럼… 갔다가 다시 올게요. 아무래도 다녀와서 설명하는 게 낫겠어요. 그 녀석들에게 갚아줘야 할 빚도 있고, 무엇보다 오빠랑 오래 떨어져 있긴 싫으니까요. 그러니까 지금은 아빠에게 다녀와야겠어. 금방 돌아올게요."

횡설수설하던 아델라이데는 순식간에 빈의 눈앞에서 사라져 버렸다. 당황한 빈은 주변을 두리번거렸지만 아델라이데의 모습은 어디에서도 찾아볼 수 없었다.

*　　　　　*　　　　　*

"아주 깜찍한 짓을 하셨더군."

엉망진창이 되어버린 실내와 어울리지 않는 우아한 여인의 목소리에 건물 내의 사람들은 모두 두려움에 휩싸인 듯했다. 바퀴벌레 한 마리도 제대로 잡아내지 못할 것 같은 가냘픈 외모의 소유자가 벌인 만행을 그들은 평생 가도 잊지 못할 것이다.

자신의 저택만큼이나 엉망이 되어 축 늘어져 있는 젊은 성주를 늘씬한 다리로 밟고 있는 아름다운 여인과 짙은 남색의 장발을 휘날리는 엘프를 어떻게 잊을 수가 있겠는가.

"…아델라이데님을 어디로 빼돌리신 겁니까?"

듣기 좋은 미성이 엘프의 입에서 흘러나오자 성주는 고개를 확 돌려 버렸다.

"좋은 말로 할 때 대답하는 게 어떻겠습니까? 그렇지 않으면 사라만 다가 이 추위를 언제까지 참을 수 있을지 저도 장담할 수 없습니다."

엘프는 얼음도 녹여 버릴 것만 같은 부드러운 미소를 지으며 사라만 다를 가리켰다. 그의 동작은 마치 한 폭의 그림처럼 우아했지만 그것 은 명백한 협박이었다.

운디네를 시켜 저택 전체를 물에 잠기게 만든 것도 모자라 실프에게 소용돌이를 일으키라고 명령했었으면서 마치 사라만다가 날뛰려는 것 을 자신이 힘겹게 막아주고 있는 듯한 태도라니…….

"역시 너무 추워서 입이 떨어지지 않는 모양이군. 키리아, 여기 계신 분들께서 우리와 대화할 마음이 들도록 실내를 따뜻하게 해드리는 게 어떨까?"

여인은 자신의 얼굴 선을 따라 흘러내린 머리카락을 쓸어 올리며 요 염한 미소를 지었다. 엘프는 그런 그녀의 미소에 답하기라도 하듯 가 볍게 고개를 끄덕였다.

"엘리님께서는 얼굴만큼이나 마음씨도 아름다우시군요. 그럼 엘리 님의 부탁대로 좀 더 쾌적한 환경을 만들어보도록 할까요?"

"키리아도 참, 부끄럽게……."

진심으로 감탄했다는 듯한 엘프의 목소리에 엘리라 불린 여인은 수 줍은 듯 얼굴을 붉히며 성주를 밟고 있던 다리를 슬그머니 바닥으로 내려놓았다.

그것을 신호 삼아 키리아라고 불린 엘프는 사라만다를 향해 손짓을 해 보였다.

"안… 돼."

간신히 쥐어짜 낸 듯한 가냘픈 목소리는 사라만다의 무자비한 불꽃에 의해 힘없이 흩어져 버렸다. 키리아의 옆에서 불꽃의 기운에 맞춰 춤을 추는 듯한 동작으로 나풀거리고 있던 실프는 언제든지 명령만 내리면 바람을 일으키겠단 표정으로 대기하고 있었다.

매캐한 연기와 함께 어린아이 주먹만하던 불이 점점 커지고 있음에도 저택 안의 사람들은 도망치기는커녕 비명조차 지를 수 없었다. 그저 겁에 질린 얼굴로 살려달라고 쉴드에게 기도하는 것이 그들이 할 수 있는 전부였다.

"실프, 대답을 듣는 데 이런 연기는 방해만 될 뿐이겠지요. 여기 있는 사람들이 죽지 않을 정도로만 처리해 주세요."

실프는 그의 말을 알아들었다는 듯 고개를 끄덕이고는 바람을 일으켜 연기가 더 이상 사람들에게 접근하지 못하도록 차단시켰다.

자욱한 연기와 치솟아오르고 있는 불은 바람의 장벽과 대적하고 있는 거대한 장벽을 연상시켰다. 금방이라도 사람들을 집어삼킬 듯한 불의 장벽에 사람들은 눈을 감아버렸다.

실프가 정화시켜 놓은 공기이기에 호흡 곤란을 일으키진 않았지만 사람들은 이미 공포와 절망감이라는 독가스에 중독되어 버린 것이다.

도망칠 수도 없이 무기력하게 죽음을 기다리던 그들은 의식의 끈을 놓는 것으로 자신들의 마지막 자유를 행사하려 했던 것이리라.

"이번 일과… 상관없는 사람들의… 목숨만은… 살려주십시오."

여전히 쥐어짜는 듯한 성주의 목소리가 마음에 들지 않는다는 듯 키리아는 살짝 눈살을 찌푸렸다.

"지금 감히 제게 부탁을 하고 있는 것입니까? 당신은 그럴 만한 입장이 아닐 텐데요. 제가 실프에게 그만 물러가라고 손짓하는 것만으로도 당신들은 죽게 되겠지요. 조금쯤은 자신의 입장을 자각하는 게 어떻겠습니까?"

그의 말에 반응하듯 실프는 자신이 만든 바람의 장벽을 사람들에게 더 가까이 접근시켰다. 실프는 이곳에 쓰러져 있는 사람들의 목숨 따위는 자신과 아무런 상관도 없다는 듯 시종일관 무표정을 유지하고 있었다.

실프와 운디네 같은 하급 정령은 자아라고 할 만한 구체적인 의지를 가지고 있지 않다. 모든 것을 정령사의 의지대로 따를 뿐이다(물론 라이더의 정령들처럼 예외적인 경우가 있기는 하다. 그러나 그것은 극히 드문 경우이기에 예외란 말을 붙일 수가 있는 것이다. 그러니 여기서는 그냥 언급하지 않고 넘어가도록 하겠다).

키리아의 명령을 충실하게 따르고 있는 실프도 마찬가지였던지 사람들의 절망 어린 표정보다 미세한 키리아의 표정 변화만을 주시하고 있었다.

"훗! 키리아는 이유없이 살인을 저지르지 않으니 그렇게 긴장할 거 없어."

엘리가 철적을 만지작거리며 긴장으로 잔뜩 굳어진 성주를 향해 걱정 말라는 듯한 미소를 짓자 키리아는 그녀를 나무리는 듯이 조용히 입을 열었다.

"엘리님께서는 너무 다정하셔서 문제입니다."

엘리의 말에 부정하지 않는 키리아를 보며 성주는 자신을 이런 꼴로 만든 자가 그들이라는 사실도 잊은 것처럼 고개를 숙였다.

"가, 감사합니다."

쓸데없는 소리를 했다는 듯한 키리아의 눈빛에 엘리는 걱정하지 말라는 듯한 표정으로 철적을 들어 올렸다. 모든 상황이 꿈처럼 느껴질 만큼 아름다운 피리 소리에 희미하게나마 의식이 남아 있던 몇몇의 사람들이 자리에서 일어났다.

"이게… 무슨 짓입니까?"

마치 금방이라도 정신을 잃을 것처럼 창백해진 성주의 얼굴이 분노로 천천히 일그러지기 시작하자 엘리는 연주를 멈췄다.

"엘프인 그가 하지 못하는 일을 하려는 거지. 네 그 잘난 머리로 생각이라는 걸 좀 해보는 게 어때? 이 천하의 엘리님께서 이런 모욕을 당하고도 당신들을 살려둘 거 같아?"

칼날같이 날카로운 목소리가 날아들자 그는 마지막 힘을 쥐어짜 내쓰러진 몸을 일으켜 세웠다. 그리고는 자신의 관절을 맞춘 후 천천히 엘리에게 다가갔다.

"당신에게는 인간의 마음이 조금도 남아 있지 않은 겁니까? 아델라이데님께 무슨 잘못이 있습니까?! 이제는 당신들과 아무런 상관도 없지 않습니까?!"

그의 안색은 여전히 창백했지만 금방이라도 검을 뽑고 달려들 것만 같은 기세였다. 그런 그를 비웃듯 코웃음 치던 엘리는 자신의 묵직한 부채를 펼쳐 보였다.

"헛소리하지 말고 묻는 말에만 대답해. 아델라이데를 살려둔 저의가 뭐야? 그렇게 은혜를 입혀두고 그녀가 영원히 네 말에 따르고 복종하길 바라기라도 한 거야? 홋, 어리석기도 하지. 그녀는 드래곤이야. 한낱 인간 따위에게 조종당할 거라고 생각해?"

"당신에겐 인간의 마음 같은 것은 조금도 남아 있는 것 같지 않군."

그는 피가 날 정도로 자신의 입술을 꽉 깨물고는 천천히 검을 뽑아 들었다.

"죽음을 각오한 눈이군. 그렇다면 이쪽도 예의를 갖춰주도록 하지. 키리아, 미리 경고해 두지만 절대로 이 싸움에 끼어들지 말아요."

엘리는 철적을 고쳐 쥐고는 키리아를 향해 은근한 협박을 해두는 걸 잊지 않았다.

"엘리님께서 그렇게까지 말씀하신다면 할 수 없지요."

키리아는 잠시 불만 어린 표정을 짓기는 했지만 그녀가 한 번 하겠다고 마음먹은 것은 무슨 일이 있어도 해야 하는 성격이란 것을 잘 알고 있기에 고개를 끄덕일 수밖에 없었다.

정령을 부리는 키리아나 철적으로 사람을 움직이는 엘리, 그 어느쪽을 상대한다 해도 부상까지 입은 마당에 이길 수 있을 것 같지는 않았다.

그런데도 무엇이 이토록 자신을 무모하게 만들고 있는 것인지는 아무리 생각해 봐도 알 수 없었다.

이제 살아남기 위한 마지막 방법은 죽기 싫으면 죽이기 위해 애쓰는 것뿐이었다.

챙!

날카로운 금속성의 마찰음을 신호로 키리아는 그들의 싸움에 관여하지 않겠다는 듯 살짝 뒤로 물러섰다.

"웃!"

조금 전까지 바닥을 기고 있었다곤 상상도 할 수 없을 정도의 빠른 속도에 엘리는 당황했지만 재빨리 들고 있던 철적으로 그의 바스타드 소드를 막아냈다.

엘리가 연주를 시작한다면 그것은 자신의 죽음을 의미하는 것이라 생각했던 그는 엘리에게 철적을 연주할 수 있는 시간을 주지 않기 위해 가벼운 몸놀림으로 연속 공격을 펼쳤다.

챙!

베기에 이어 찌르기에 들어간 그는 검이 길다는 장점을 이용해 사정없이 공격을 시도했고, 엘리는 부채와 철적을 적절히 이용해 간신히 그의 검을 막아내고 있을 뿐이었다.

철적과 바스타드 소드가 얽히자 서로 간의 힘겨루기가 시작되었고 엘리는 조금씩 뒤로 밀리기 시작했다.

촤악!

"윽!"

그가 엘리에게 만들어낸 첫 번째 생채기에 키리아는 표정이 어두워지기 시작했지만 섣불리 그들 사이에 끼어들지는 않았다.

객관적으로 보기에는 바스타드 소드의 길이가 철적보다 길기 때문에 필사적으로 검을 막아내는 엘리에게 여러모로 불리한 상황처럼 보였지만 중상을 입은 채 숨 돌릴 틈도 없이 계속 공격을 시도하고 있는 그 역시 체력이 소모되기는 마찬가지였다.

엘리와 몇 차례 공격을 주고받던 그는 먼저 지치는 쪽이 결국 목숨을 잃게 되리라는 예감에 초조해지기 시작했다. 키리아에게 받았던 타격이 온몸을 뻐근하게 만들고 있었지만 그는 애써 태연한 표정을 유지해 냈다.

'지금까지 내가 이 자리를 지켜왔던 것은 그저 운만이 아니었다.'

도둑 길드 마스터란 자리는 아무나 앉을 수 있는 자리가 아니었다.

끊임없는 암살의 위협과 약간의 틈만 보여도 자리를 노리는 자들의 마수가 뻗치는 게 바로 도둑 길드 마스터의 자리다.

챙!

엘리는 묵직해져 오는 바스타드 소드의 무게를 느끼며 그와 거리를 두기 위해 재빨리 몸을 틀었다. 마치 먹이를 노리는 독수리처럼 그는 그 짧은 순간을 놓치지 않고 왼발로 그녀의 옆구리를 호되게 걷어찼다.

중심을 잡지 못하고 꼴사납게 넘어져 버린 엘리의 목을 향해 날카로운 검이 날아들었다.

"엘리님!"

날카로운 키리아의 목소리에 그는 천천히 미소를 지어 보였다.

아주 조금만 움직여도 엘리의 얼굴은 자신의 몸과 이별을 하게 될 것이라는 듯한 눈빛으로 그녀를 제압한 뒤 키리아를 향해 입을 열려는 순간 여기저기서 비명 소리가 터져 나왔다.

순간적인 마음의 동요에 사람들을 제압하고 있었던 엘리의 기가 꺾여 버린 것이다.

"까아아아아!"

"살려줘!"

아직까지 정신을 놓지 않고 있었던 사람들의 처절한 비명 소리에 아비규환(阿鼻叫喚)이라는 말이 딱 어울릴 법한 상황이 연출되자 그는 더 이상 미소를 지을 수 없었다.

"서, 성주님! 살려주세요!"

"정말 시끄러운 인간들이군요."

소름 끼치도록 차가운 키리아의 목소리 역시 사람들의 비명 소리에 묻혀져 버렸다. 그러자 키리아는 순간 할 줄 아는 것이라곤 비명 지르

는 것밖에 없는 인간들을 보호하고 있다는 사실이 짜증스럽게 느껴졌
다.

그리고 그 순간…

"으아아악!"

키리아의 기분이 실프에게 전해진 것인지 서서히 바람의 장벽이 좁
아지기 시작했고, 그에 따라 몇몇의 사람들이 불의 장벽에 그대로 노출
되어 버리는 비극이 일어난 것이다.

"실프, 이 사람들을 조용히 시켜주겠어?"

키리아의 말에 또 다른 실프가 소환되어 그를 향해 알겠다는 듯 고
개를 끄덕이자 그 역시 실프를 향해 가볍게 고개를 끄덕이고는 땅의
정령 놈을 소환해 냈다. 그리곤 자신들의 안전을 위해 좀 더 바람의 장
벽 안쪽으로 들어가려고 몸부림치는 사람들을 가리키며 명령했다.

"저 사람들을 붙잡아줘."

놈이 고개를 끄덕이자 사람들은 마치 보이지 않는 무엇인가에게 발
목을 잡혀 버린 듯 그 자리에서 한 발자국도 움직이지 못했다. 비명 소
리 역시 실프에 의해 차단되어 자신이 내지르는 비명조차 들리지 않았
고 사람들의 공포는 더욱 짙어졌다.

"…원하는 것이 뭡니까?"

그 혼란 속에서도 여전히 엘리를 인질로 잡아내고 있던 그가 조용히
입을 열었다.

"어리석은 질문을 하는군. 무엇을 요구할 것 같아?"

비아냥거리는 엘리를 바라보는 그의 눈에 노기가 서렸지만 자신이
내뱉은 질문이 어리석은 질문이었음을 그 스스로도 잘 알고 있었다.

"엘리님을 풀어주십시오."

키리아의 소름 끼치도록 차가운 목소리에 그는 몸을 약간 움찔거렸지만 여전히 검을 치우지는 않았다.

"사람들을 먼저 안전한 곳으로 옮겨주십시오."

그의 말에 엘리는 코웃음을 쳤다.

"흥정을 하겠다는 거야?"

그는 날카로운 검끝으로 위협하듯 그녀의 목을 살짝 그었다.

"잊지 마십시오. 당신은 인질일 뿐임을."

붉은 생채기일 뿐이지만 효과는 대단했다. 그 말 많던 엘리를 침묵하게 만들었으니 말이다.

"물론 현재의 엘리님은 인질입니다. 그렇지만 이건 공평하지 않군요."

키리아는 창백해진 얼굴로 실프를 향해 손짓을 해 보였다.

그 순간 바람의 장벽과 가장 가까이 있던 청년 한 명이 비명 한 번 제대로 질러보지 못하고 재가 되어 사라져 버렸다.

"무슨… 짓입니까?!"

"별거 아닙니다. 공평하게 맞췄을 뿐이니까요."

키리아의 싸늘한 미소에 그의 얼굴이 딱딱하게 굳어버렸다.

"사람의 목숨이 별거 아니란 말입니까?"

"당신이 잡고 있는 인질은 엘리님뿐임을 명심하십시오. 그녀의 상처가 이 사람들 한 명 한 명의 목숨을 살릴 수도, 죽일 수도 있다는 것을 말입니다."

키리아의 말에 엘리는 피식 미소를 지었다.

"오오? 그렇단 말이지. 아빠, 베어버려요."

갑자기 날아든 여인의 목소리에 당황한 키리아는 고개를 돌렸다.

"날 찾고 있는 건가요? 그렇다면 늦었어요. 당신들이 왔던 흔적들은 이미 지워졌으니까 말이에요."

그녀는 키리아의 뒤에 서서 인정사정없이 그의 복부를 걸어차 버렸
다. '퍽!' 하는 소리와 함께 그는 정신을 잃고 말았고, 그녀는 용언으
로 이들이 엉망으로 만들어놓은 저택의 모습을 완벽하게 복원시켜 나
갔다.

"아빠, 아직도 그렇게 있으시면 어떻게 해요? 베어버리라니까."

포니테일로 묶은 초록빛의 긴 머리를 쓸어 내리며 시니컬한 표정으
로 자신을 바라보고 있는 여인을 향해 그는 어리둥절한 표정을 지었다.

"누구… 세요?"

순간 그녀는 중심을 잃고 휘청거리는 듯했지만 곧 자세를 바로잡
았다.

"아빠, 이 순간에 장난칠 기분이 들어요?"

"아빠?"

여전히 사태 파악을 하지 못한 듯 반문하는 그와 달리 엘리의 얼굴
은 순식간에 딱딱하게 굳어져 버렸다.

"저 말고 아빠를 아빠라고 부를 사람이 또 있었나요?"

아델라이데의 말에 그보다 엘리가 더 빠르게 반응했다.

"아델라이데?!"

엘리의 비명과도 같은 목소리에 그는 자신도 모르게 벌린 입을 다물
지 못했다.

물론 아델라이데가 아이의 모습으로 있었다고 해서 그것이 진정한
그녀의 모습이 아니라는 것은 알고 있었다. 아이의 모습을 하고 있는
것은 엘리와 키리아 때문이었단 걸 잘 알고 있었지만 그는 그녀가 어
른일 때의 모습을 본 적이 단 한 번도 없었던 것이다.

여자치고는 꽤 커 보이는 키에 가냘픈 느낌을 줄 정도로 날씬한 체형의 아델라이데는 지나가는 사람이 누구나 한 번쯤 걸음을 멈추고 찬사를 보낼 정도로 미인이었다.

어린 시절 아델라이데의 얼굴을 알기 때문인지 얼굴은 낯이 익었지만 어쩔 수 없이 찾아드는 낯선 느낌에 그는 묘한 감정을 느꼈다.

일이 제대로 됐다는 안도감과 이제 예전의 사이 좋은 부녀지간으로 돌아갈 수 없을 거라는 생각에 섭섭함과 서운한 마음이 들었던 것이다.

"아델라이데~? 너 따위가 감히 내 이름을 함부로 부르다니… 못 보던 사이에 배짱이 늘었나 보군?"

다른 드래곤에 비해 비교적 차분한 그린 일족답게 그녀는 침착한 표정으로 엘리를 노려보았다.

"요, 용서해 줘."

"지금은 유희 기간이 아니야. 넌 내 생애에 있어 가장 치욕적인 경험을 하게 만들었지. 어떻게 죽여줄까? 금방 끝나면 재미없으니 네가 선택해. 네 몸을 손가락부터 토막토막 내 찢어 죽인다고 해도 시원하지 않을 것 같은데 말이야."

엘리는 아델라이데의 차가운 목소리에 새파랗게 질려 버렸다.

그는 칼을 거둬들이지도, 그렇다고 엘리를 베어버리지도 못하는 어정쩡한 자세로 한때 자신의 딸이었던 아델라이데의 결정을 기다렸다.

"제발 목숨만은……."

엘리는 온몸을 날카로운 바늘로 찌르는 듯한 그녀의 시선을 느끼며 차마 뒷말을 잇지 못했다.

"이제 와서 목숨을 구걸할 생각이야? 넌 자존심도 없니?"

아델라이데는 그녀 곁으로 다가와 철적을 빼앗아 들었다. 그리고는 놀라운 괴력을 발휘해 철적을 구부러뜨렸다.

"아……!"

엘리의 표정은 처참하게 일그러졌다.

키리아까지 쓰러진 마당에 그녀를 제압할 수 있는 것이라곤 자신의 연주밖에 없다 생각하고 빈틈을 노리고 있었지만 아델라이데는 그 희망을 완벽하게 깨뜨려 버린 것이다.

"아빠, 상대를 죽이는 방법보다 나은 해결책을 알고 계세요?"

해맑은 그녀의 미소와 달리 그녀의 목소리는 소름 끼치도록 차가웠다.

"차라리 죽여달라고 빌게 만드는 것이 제일 잔인한 것이겠지요."

그의 말에 아델라이데는 고개를 끄덕였다.

"그럼 죄송하지만 아빠, 뒤로 잠시 물러나 주시겠어요?"

아델라이데의 말에 그는 흔쾌히 물러섰다.

엘리를 더 이상 인간이라고 생각하긴 어렵다고 판단해 버린 탓에 그녀를 위해 변호해 줄 생각 같은 건 눈곱만큼도 들지 않았던 것이다.

아델라이데는 엘리를 향해 천천히 손을 뻗었다.

"네 목은 살아가는 최소한의 것만 허용할 뿐… 이제부터는 목소리를 내는 것도, 악기를 연주하는 것도 허용하지 않을 것이다."

아델라이데가 용언을 사용하자마자 그녀는 자신의 목을 감싸 쥐며 고통스러운 표정을 지었다.

"으… 어… 어!"

"정말 시끄럽군. 슬립!"

아델라이데는 마법으로 그녀를 재워 버리고는 키리아를 향해 걸음을 옮겼다.

"생각 같아서는 이쪽도 영원히 침묵하게 만들고 싶지만 그 잘난 입으로 변명이라도 들어봐야 할 테니… 당신에게 빚을 갚는 방법은 역시 눈인가?"

그녀는 의식을 잃은 듯한 키리아를 보며 싸늘한 미소를 지었다.

"황금빛 눈동자에 담긴 마력을 봉인한다."

아델라이데가 둘을 단숨에 제압해 버리자 한결 여유를 찾은 그는 아델라이데를 향해 조심스럽게 말을 걸었다.

"이제 기억을 되찾으신 겁니까?"

약간은 어색한 얼굴로 질문하는 그에게 아델라이데는 생긋 미소를 지었다.

"어째서 갑자기 저한테 존댓말을 쓰시는 거죠?"

그녀의 난데없는 질문에 그는 의아한 표정을 지어 보였다.

"…당신은 드래곤이고, 전 인간입니다. 모든 것이 기억나셨다면 예전과 같을 수는 없겠지요."

씁쓸하게 미소 짓는 그를 보며 아델라이데는 이해가 가지 않는단 표정으로 입을 열었다.

"절 주웠을 때 아빠는 이미 제가 드래곤이라는 것을 알고 있었고, 전 아빠가 인간이라는 걸 알고 있었어요. 뭐가 문제죠?"

"…아무런 문제가 되지 않는다는 겁니까?"

그는 머리 속이 혼란스러워지는 것을 느끼며 아델라이데를 바라보았다.

"전혀 문제될 거 없어요. 전 지금 유희를 하고 있는 게 아니니까요. 제 입으로 한 말은 지킵니다. 절 거짓말쟁이로 만들 생각은 아니시겠죠?"

아델라이데는 생긋 미소를 지으며 어린 소녀의 모습으로 돌아갔다.

"아무래도 아빠가 제 모습에 익숙해지려면 시간이 많이 걸릴 테니까 한동안은 이 모습으로 있도록 하죠."

얼떨떨한 표정을 짓고 있는 그를 보며 아델라이데는 미간을 찡그렸다.

"지금은 일행을 두고 와서 되돌아가야 하지만 아빠, 분명히 말해 두는데 다녀와서도 그렇게 서먹서먹하게 굴면 레어로 돌아가 버릴 거예요."

말을 마친 그녀는 순식간에 사라져 버렸다.

그는 멍하게 그녀가 서 있던 곳을 바라보며 가벼운 한숨을 내쉬었다.

"일단은 저 녀석들부터 처리해야겠군."

키리아와 엘리가 들어온 흔적을 지워 버렸다는 아델라이데의 말대로 화재로 인해 건물의 반 이상은 재가 되었던 저택은 마치 아무 일도 없었다는 듯 원상태로 돌아가 있었고, 엉망으로 쓰러져 있는 사람들의 상처도 말끔하게 사라져 있었다.

모든 것이 아델라이데의 배려라 생각하며 그는 키리아와 엘리를 밧줄로 묶기 시작했다.

자신이 마스터가 되고 나서 정령술사를 상대로 직접적인 공격을 받은 적은 없었지만 전 길드 마스터의 측근들이라면 어떻게 그를 상대해야 할지 잘 알고 있을 것이다.

"아데가 돌아올 때까지 부디 별일없어야 할 텐데……."

무심코 아델라이데를 예전의 이름으로 부르는 것에 흠칫하면서도 그는 아델라이데와 자신의 관계가 변하지 않았음에 만족스러운 미소를 지었다.

　　　　　*　　　　　　*　　　　　　*

"아델라이데, 잘 다녀왔어?"

배에 도착하자마자 반색하며 반기는 빈에게 그녀는 생긋 미소를 지었다.

"제가 올 때까지 계속 여기 계셨던 거예요?"

"설명도 제대로 해주지 않고 갔으니 걱정하는 게 당연하잖아."

툴툴거리는 빈을 보며 그녀는 다시 한 번 생긋 미소를 지었다.

"역시 오빠는 좋은 사람이군요."

"뭐, 내가 그런 소릴 좀 많이 듣는 편이긴 하지."

어깨를 으쓱거리는 빈을 보며 그녀는 괜한 소리 했다는 듯한 표정을 짓더니 이내 빈을 향해 고개를 끄덕거렸다.

"뭐, 푼수기있는 것 정도야 사랑으로 다 커버할 수 있으니까 괜찮아요."

"…그런 거냐?"

"그런 거죠."

심각하게 고개를 끄덕거리는 아델라이데를 보며 빈은 가벼운 한숨을 내쉬었다.

"요즘 애들은 무섭다니까."

"괜찮아요. 요즘 어른들도 만만치 않거든요. 뭐, 오빠도 어른은 아니지만 말이에요."

아델라이데는 넉살 좋게 앉아 있는 빈의 어깨를 툭툭 치고는 옆에 털썩 주저앉았다.

"한 가지 궁금한 게 있는데, 어떻게 그렇게 갑자기 사라질 수 있었던 거냐?"

"어떻게 된 일인지 궁금해요?"

빈은 별거 아니라는 듯 덤덤한 목소리로 반문해 오는 아델라이데를 향해 고개를 끄덕여 보였다.

"당연히 궁금하지. 난데없이 사라졌다가 갑자기 나타났는데 네가 무슨 마법사도 아니고……."

말끝을 흐리는 빈에게 아델라이데는 의아한 표정을 지어 보였다.

"오빠, 나 마법사예요."

"…뭐라고?"

빈은 자신이 잘못 들었나 싶어 검지로 자신의 귀를 후벼 파고는 다시 한 번 말해 보라는 듯한 표정으로 어깨를 으쓱거렸다.

"나 마법사라고요, 그것도 10써클의 마법사. 그 정도는 아무것도 아니죠."

너무나도 태연한 표정으로 자신이 마법사임을 주장하는 아델라이데를 보고 있자니 빈은 머리가 멍해지는 느낌을 받았다.

'…설마 10써클의 마법을 쓸 수 있다는 건 아니겠지? 자신이 드래곤이라는 것을 자각하지 못하는 이상 그냥 평범한 아이에 불과할 텐데…….'

아델라이데는 빈이 자신의 말을 믿지 않는다고 생각한 것인지 입술을 뾰루퉁하게 내밀었다.

'사실은 드래곤이었다고 말하면 정신 나간 애 취급하겠지? 나도 내가 드래곤이라는 사실을 잊었었는데…….'

아델라이데는 아무런 말이 없는 빈을 바라보며 가벼운 한숨을 내쉬었다.

"하아, 오빠. 우리 언제쯤 이노르에 도착한대요?"

"선장님 말씀으로는 일주일 정도 걸린다고 하시던데."

"에? 그렇게나 오래 걸려요?"

아델라이데는 자신이 마음만 먹으면 순식간에 이노르에 도착할 수 있으면서도 배에서 그토록 많은 시간을 보내야 한다는 것이 어리석게 느껴졌다. 그렇지만 아무 생각 없이 배를 통째로 옮겨 버릴 수도 없는 노릇인지라 느긋하게 기다리는 수밖에 없었다.

＊　　　＊　　　＊

"…아무도 없는 건가?"

자신이 직접 블랙 드래곤 모녀를 찾아야 하는 번거로운 과정을 피하기 위해 피란트는 일부러 드래곤의 기를 잔뜩 퍼뜨렸지만 아직 아무런 반응이 없었다.

"설마 그 녀석 자기 애 데리고 유희 나간 건 아니겠지?"

그는 살짝 미간을 찡그리며 블랙 일족의 기운을 느끼는 데 온 신경을 집중시켰다. 만약 그들 모녀가 라임 산에 있다면 아무리 라임 산이 크다고 해도 같은 드래곤의 기운을 찾는 정도는 일도 아니었을 것이다. 그러나 라임 산 그 어디에서도 일족의 기운은 느낄 수 없었다.

"골치 아프게 됐군."

그는 슬란드 전체를 대상으로 드래곤의 기운을 추적하기 시작했다.

"…정말 유희라도 가버린 건가?"

한참 동안 눈을 감고 있던 그는 슬란드에서 느껴지는 기운이 같은 블루 일족의 것밖에 없다는 걸 깨닫고 가벼운 한숨을 내쉬었다.

"그 시니컬한 일족이 그런 바보 짓을 할 리는 없을 테고……."

비상 사태가 발생하지 않는 한 같은 나라에 드래곤이 우르르 몰려 있는 경우는 거의 없다. 유희를 즐길 때는 그들 스스로가 자신이 드래곤이라는 사실을 잊으려 하기 때문에 그 기운을 완벽하게 감춘다. 덕분에 드래곤이 다른 드래곤을 찾을 때는 드래곤 특유의 기운만으로도─마나와 같은─유희 중인 드래곤을 제외한 모든 드래곤들을 그리 어렵지 않게 찾아낼 수가 있는 것이다.

"카스드 블루가 피란트 쥬린 블루님께 인사드립니다. 어쩐 일로 여기까지 나오셨는지요?"

피란트가 하도 자신의 기운을 퍼뜨린 탓인지 이 블루 드래곤 역시 그의 기운을 느낀 듯했다.

"세이드에게 볼일이 있어서 왔더니 비어 있더군. 혹시 어디 갔는지 알고 있어?"

"세이드 스크린님이시라면 케니와 함께 아델라이데님께 간다고 하셨습니다."

그의 말에 피란트는 살짝 미간을 찡그렸다.

"도대체 해츨링을 데리고 거기까지 간 이유가 뭐래?"

"가끔씩은 케니도 외출을 하는 게 좋다고 생각하신 거겠지요. 해츨링 때는 좀처럼 레어에서 벗어나지 못하니까 말입니다."

이제 막 해츨링 티를 벗은 블루 드래곤의 말에 그는 피식 미소를 지었다.

"어쨌거나 알려줘서 고맙다."

"별말씀을……."

그의 말에 피란트는 고가를 끄덕여 보이고는 아델라이데의 레어가 있는 하이비스커스 산으로 윅프 포탈을 열었다.

"언제 봐도 대단하다니까."

그린 드래곤의 레어가 있는 곳답게 울창한 숲을 자랑하는 하이비스커스 산은 바다가 주는 장엄한 느낌과는 또 다른 종류의 장엄함을 느끼게 했다.

블루 일족인 피란트로서는 산이 주는 이질적인 느낌이 신선하게 다가왔다.

"삐이잇!"

맑던 하늘이 갑자기 어둠으로 뒤덮이자 피란트는 피식 미소를 지었다.

"뭐야, 케니. 거기 있었던 거냐?"

"삐이이이잇!"

피란트는 그녀가 스스로 폴리모프를 하지 못할 정도로 어린 해츨링이라는 것을 깨닫고는 피식 미소를 지었다.

"이 오빠가 좀 더 편한 모습으로 만들어주마."

"삐이잇!"

그의 말이 끝나기가 무섭게 어둠에 잠긴 것처럼 보였던 하늘은 순식간에 밝아졌다. 하늘을 뒤덮고 있던 블랙 드래곤 케니가 인간의 모습으로 나타난 것이다.

"그런데… 오랜만에 오빠를 단나서는 인사도 안 하고 '삐이잇'이라니?"

케니는 대답 대신 자신을 따라오라는 듯 피란트의 옷자락을 잡아끌었다.

"케니?"

뭔가 이상하다는 생각이 들었지만 그는 케니를 따라 천천히 걸음을 옮겼다.

"피란트 쥬린 블루님께 인사드립니다."

약간은 신경질적으로 들리는 목소리에 피란트는 고개를 끄덕였다.

"아아, 정말 여기 있었군. 세이드, 해츨링을 데리고 레어에서 너무 멀리 나온 것 아니야? 아직까지 케니 혼자서 자기 몸을 지키기에는 무리일 텐데……."

약간은 창백해진 듯한 세이드의 안색을 보며 피란트는 가벼운 한숨을 내쉬었다.

"…그렇지 않아도 그 점에 있어서는 뼈저리게 반성 중입니다."

어두운 그녀의 목소리에 피란트는 본능적으로 무언가가 잘못 돌아가고 있다는 것을 감지해 냈다.

"아델라이데는?"

"유희를 즐기고 있는 중일 겁니다."

"손님이 왔는데?"

"제가 오기 전에 이미 유희를 즐기러 간 듯합니다."

그녀의 말에 피란트는 의아한 표정을 지었다.

"그럼 뭣 때문에 아직도 여기에 남아 있는 건가?"

"질문에 대답하기 전에 피란트님께 케니를 부탁드려도 되겠습니까?"

세이드의 말에 그는 어깨를 으쓱거렸다.

"부탁이라니?"

"얼마 동안 저 대신 케니를 맡아달라는 부탁입니다."

"자기 아이를 남에게 맡겨야 할 만큼 급한 일이라도 있는 건가?"

피란트의 질문에 세이드의 안색은 더욱더 굳어졌다.

"제가 할 수 없는 일이기에 부탁드리는 겁니다."

"그것은 아델라이데와 관련이 있는 일인가?"

아무리 친한 사이라고는 하지만 텅 비어 있는 남의 레어에서 해츨링과 함께 그녀를 기다리고 있다니… 아델라이데와 결투라도 할 작정이냐고 묻는 듯한 피란트에게 그녀는 고개를 저었다.

"제가 피란트님께 케니를 부탁드리는 것은 오로지 케니의 안전과 관련이 있는 일입니다. 만약 제가 잘못되기라도 한다면 그것은 저와 인간 사이의 문제일 뿐 다른 드래곤들과는 아무런 상관이 없는 일이 되겠지만, 피란트님께서 케니를 맡아주시지 않는다면 상황이 바뀌게 될 겁니다."

"삐잇!"

케니가 세이드에게로 달려가 그녀의 팔에 매달리기 시작하자 세이드는 경고의 의미가 담긴 눈으로 케니를 한번 바라보았다.

"삐이?"

케니는 무서운 눈으로 자신을 바라보고 있는 세이드를 향해 영문을 모르겠단 표정을 지었지만 그녀는 케니가 이 상황을 이해할 수 있도록 자상한 설명을 하는 대신 자신을 의지하고 있는 듯한 케니의 손을 매정하게 떼어놓았다.

"부탁드려도 되겠습니까?"

정중한 그녀의 목소리에 피란트는 눈살을 찌푸렸다.

"그건 케니가 조금 전부터 저 바보 같은 울음소리밖에 내지 않는 것과 관련이 있는 건가?"

"…자세한 것은 말씀드릴 수 없습니다."

피란트는 마치 자신을 놀리고 있는 듯한 그녀의 대답에 조금씩 짜증이 치밀어 올랐다.

"네가 무슨 의도로 그런 말을 하는지 모르겠지만 나를 놀리려는 거면 그만둬. 인내심에도 한계라는 게 있는 법이야. 내가 뭣 때문에 너를 찾아왔을 거라고 생각해?"

"피란트님! 제가 어떻게 감히 당신을 놀릴 수 있겠습니까?"

항의하듯 자신을 노려보는 세이드를 보며 피란트는 너라면 얼마든지 그러고도 남는단 말을 입 안으로 삼켰다.

"내가 케니를 데리고 있는 건 어렵지 않지만 당분간은 힘들어. 세이드, 케니를 얼마 동안 맡아두면 되는 건가? 상황에 따라서는 드래곤들에게 부탁해 보지."

귀여운 해츨링을 돌봐달란 부탁이라면 남는 것이 시간뿐인 드래곤들은 얼마든지 흔쾌히 받아들여 줄 것이다. 오랜만에 놀러 온 꼬마를 반기지 않을 어른은 극히 드물 테니 말이다.

"확실한 건 저도 잘……."

말끝을 흐리는 그녀를 보며 피란트는 가벼운 한숨을 내쉬었다.

"아델라이데 그린시아."

"……?"

이 자리에 있지도 않은 아델라이데를 찾는 그를 보며 세이드는 의아한 표정을 지었다.

"그녀에게 데려다 주도록 하지. 그녀라면 나보다 더 케니를 잘 돌봐줄 테니까. 미안하지만 이유조차 확실하지 않은 일을 떠맡을 수는 없어. 네가 이 레어에 있는 것을 보면 아무래도 아델라이데에게 케니를 맡기려 했던 것 같은데 중요한 일은 계획대로 처리하는 것이 제일 좋은 법이다."

해츨링의 일은 어떤 종류의 일이든지 모든 드래곤들이 자신의 일처럼 민감하게 반응한다. 그렇기에 세이드는 내심 아무리 냉정한 블루 드래곤이라고 해도 해츨링에 관련된 부탁을 거절하지는 않을 거라고 생각했었다.

그러나 자신의 예상을 깨고 이처럼 깨끗하게 거절당하고 나니 세이드는 할 말을 잃은 듯한 표정으로 피란트를 바라볼 수밖에 없었다.

서로에 의해 한참 동안 지켜지고 있던 침묵은 피란트로 인해 깨어졌다.

"어쨌거나 아델라이데에게 맡기기 전까지의 안전은 내 이름을 걸고 맹세하지. 물론 보호자인 네가 그래도 좋다고 허락한다면 말이지만."

그녀는 어이없어하고 있는 것인지, 허탈해하고 있는 것인지 모를 묘한 표정을 지으며 피란트에게서 시선을 돌렸다.

"칼자루를 잡은 것은 제가 아니라 피란트님이시니 무슨 허락이 필요하겠습니까."

뭔가 묘한 여운을 남기는 말이었다.

'자신의 아이를 맡기면서 상대편이 칼자루를 쥐고 있다니… 도대체 무슨 말을 하고 싶은 거야?'

피란트는 영문을 알 수 없는 말만 해대는 세이드를 못마땅한 시선으로 바라보았지만 그녀는 자신이 할 말은 다 했다는 듯한 표정으로 그를 마주 보았다.

사실 따지고 보면 케니를 아델라이데에게 맡길 생각으로 하이비스커스 산을 찾은 것이 아니라 아델라이데를 만나기 위해 하이비스커스 산을 찾은 탓에 이런 봉변을 겪게 된 것이었지만 그녀는 피란트의 오해를 풀어주지 않았다.

만일 케니의 목소리를 봉인한 것을 빌미로 고양이 앞의 쥐 신세로 전락해 버린 현재의 상황을 피란트에게 하나하나 설명한다면 자신 때문에 사람을 다치지 않게 하겠다는 용언을 어긴 탓에 광룡(狂龍)이 되리라는 걸 누구보다 더 잘 알고 있었던 것이다. .

자존심으로 똘똘 뭉쳐진 그녀는 자신의 명예를 지키기 위해 광룡이 되는 것은 두렵지 않았지만 그 때문에 케니가 다치는 것은 용납할 수 없었다.

"다시 한 번 말하지만 나, 피란트 쥬린 블루의 이름을 걸고 맹세하지. 아델라이데에게 맡기기 전까지 블랙 일족인 케서린 스크린을 비늘 하나 다치지 않게 보호하도록 하겠다."

"감사합니다."

그녀는 피란트를 향해 고개 숙이는 것으로 감사의 인사를 전했다.

처음에는 그가 케니를 보호해 주길 바랬지만 생각해 보면 레이피어로 드래곤 하트를 찔러도 피 한 방울 나지 않을 것 같은 냉혈한 블루 드래곤에게 케니를 맡기는 것보단 온화한 그린 드래곤인 아델라이데에게 케니를 맡기는 쪽이 낫겠다는 생각이 들었던 것이다.

"그럼 제 용건은 끝났으니 피란트님께서 이곳까지 오신 이유를 물어봐도 되겠습니까?"

그녀의 질문에 피란트는 그걸 이제야 물어보느냐는 듯한 표정으로 입을 열었다.

"블랙 드래곤 중에 가장 취향이 독특한 녀석이 누구지?"

"취향이 독특하다니요?"

의아한 표정으로 자신을 응시하는 그녀에게 피란트는 설아의 환영을 만들어 보였다.

160cm가 안 될 것 같은 작은 키에 통통한 체격, 어지간해서는 보기 드문 안경을 끼고 있으며, 임플란드에서 찾아보기 힘든 검은색의 머리카락을 가지고 있는 그녀는 자신의 안경만큼이나 동그란 갈색 눈으로 세이드를 바라보고 있었다.

"저 소녀는 분명히 설아라고 했던……?"

피란트는 그녀의 입에서 바로 설아의 이름이 튀어나오자 설아를 드래곤이라고 단정 지어버린 듯했다.

"역시… 블랙 일족이었군."

"…드래곤? 설아라는 소녀가 드래곤이란 말씀이십니까?"

세이드가 말도 안 된다는 표정으로 질문하자 그는 어리둥절한 표정을 지었다.

"드래곤이 아니라는 거냐?"

"…그걸 제가 어떻게 압니까?"

세이드가 기가 막힌다는 듯한 시선으로 피란트를 바라보자 그는 살짝 미간을 찡그렸다.

"드래곤도 아니라면, 혹시 그 녀석 마족이냐?"

"…제가 그걸 어떻게 압니까?"

피란트는 그녀에게서 원하는 정보를 얻지 못하자 답답하단 표정으로 세이드를 노려보았다.

"그럼 도대체 네가 아는 건 뭐냐?"

"단 한 번 그녀와 그녀의 일행들을 만난 적이 있습니다. 제가 그녀를 알게 된 것은 그게 전부이고, 저보다 피란트님께서 그녀에 대해 더 많이 알고 계시는 듯합니다만……."

피란트에게는 설아에 대해 그다지 흥미가 가지 않는단 표정으로 시큰둥하게 대답하긴 했지만 그녀는 속으로 매우 당황하고 있는 중이었다.

설아와 만났던 이야기를 하려면 어쩔 수 없이 자신의 현재 상황을 설명해야 하기 때문에 그녀는 아무런 말도 할 수 없었던 것이다.

"…원점으로 돌아온 건가."

가벼운 한숨을 내쉬는 그를 향해 세이드는 의아한 표정을 지었다.

"이상한 일이로군요. 피란트님께서 정체도 알 수 없는 소녀에게 관심을 보이시다니… 혹시 그녀가 피란트님께 무례를 저지르기라도 한 겁니까?"

"…세이드, 그 녀석을 만났을 때 수상한 것 느끼지 못했어? 일족의 느낌이라거나 마족 특유의 느낌 같은 거 말이야."

"그녀가 인간이 아닐 거라고 생각하시는 겁니까? 그녀에게서 그다지 특별한 기운을 느끼진 못했습니다만……?"

"그 녀석에게서 지나치게 건방지다는 느낌 같은 거 받지 못했냐?"

피란트는 '감히 드래곤인 우리에게'라는 뉘앙스가 풍기는 말투를 사용했지만 그녀는 좀처럼 피란트의 말에 동의하지 않았다.

"그것뿐입니까?"

"그것뿐이라니? 그것 이상 확실한 증거가 어디 있단 말이냐?"

세이드는 설아를 처음 만났던 과거의 영상을 만들어내기 시작했다. 드래곤을 상대로 긴장감없이 행동하는 것은 설아만이 아니라는 것을 보여주고 싶었던 것이다.

중성적인 외모의 빈과 커다란 눈으로 세이드를 노려보고 있는 남주,

그리고 호기심 어린 눈으로 주변을 둘러보고 있는 가희에 이르기까지 세이드가 보기에는 지금까지 만난 인간들이 보여주는 정상적인 반응에서 벗어나는 반응들만 골라서 보여준 자들이었다.

"유이?!"

그러나 그들이 그럴듯한 행동을 하기도 전에 피란트는 깜짝 놀란 듯한 표정으로 세이드를 바라보았다.

"왜 그러십니까?"

피란트의 치켜 올라간 검지는 가희를 가리키고 있었다.

"여기 있는 이 하이 프리스티스… 그 녀석 일행이었냐?"

13장

티아티로

열쇠를 지닌 자

"티로! 어디에 있어?"

마치 옛날이야기 속 우아한 여신 같은 느낌의 여인이 미간을 찡그리며 주변을 두리번거렸다. 노래를 부르는 듯한 맑은 목소리에 날갯짓하던 새들조차 나뭇가지에 내려앉아 그녀를 주시하는 듯했다.

"티아― 티로―!"

다시 한 번 노래를 부르는 듯한 여인의 목소리가 들려오자 수풀 속에서 무엇인가가 움직이는 소리가 들렸다.

"거기에 있는 거 다 알고 있어. 셋 셀 동안 나오지 않으면 뼈를 조각조각까지 분해해 버린 다음 상자에 쑤셔 넣고 저 바다 끝으로 집어 던져 버릴 테다!"

한참 동안 으름장을 늘어놓자 수풀 사이로 핑크 빛 머리카락을 어깨까지 늘어뜨린 조그마한 얼굴이 튀어나왔다.

"티로로 부술 거야? 응? 티로로 부술 거야?"

유리 구슬처럼 투명한 눈동자와 마주한 여인은 가벼운 한숨을 내쉬었다.

마치 순진한 양 같은 얼굴로 자신을 바라보는 티로에게 여인은 아무런 말도 하지 못했다. 그녀는 신의 모든 총애를 한 몸에 받고 있는 티로를 벌할 수 있는 권리 같은 건 처음부터 갖고 있지 않았다. 그녀는 인심 한 번 썼다는 듯한 표정으로 고개를 저었다.

"아직 숫자도 세지 않았잖아. 이번에는 특별히 봐줄 테니까 얌전히 따라와."

"그럼 레니가 티로 안 때려? 안 때려?"

다시 한 번 확인하려는 듯한 티로의 질문에 그녀의 표정이 싸늘하게 굳어졌다.

'저놈의 하피 녀석! 생각 같아선 그냥…….

"레니 표정 봐! 레니 표정 봐! 티로를 잡아먹을 거야! 잡아먹을 거야!"

레니는 그나마 발휘하고 있던 인내심마저 바닥으로 내려앉는 것을 느끼며 빠른 속도로 티로에게 달려가 그녀의 뒷덜미를 잡아채 버렸다.

"캬아아아! 레니 싫어! 레니 싫어!"

티로는 있는 대로 발버둥을 쳤지만 생각보다 완력이 좋은지 레니의 팔은 쉽사리 풀어지지 않았다.

"시끄러워!"

레니는 신경질적인 목소리로 버럭 고함을 질렀지만 그런 그녀의 목소리까지도 새로운 종류의 음악처럼 들렸다.

"난… 가기 싫어! 가기 싫어!"

티로의 핑크 빛 머리카락이 엉망으로 헝클어져 바람에 휘날리자 레니는 가벼운 한숨을 내쉬었다.

"네가 그것만 가지고 있지 않았어도 넌 벌써 죽었을 거야."

"티로 죽어? 티로 죽어?"

티로가 몸을 축 늘어뜨리자 레니는 버럭 소리를 질렀다.

"한 번만 더 입을 열면 정말 죽을 줄 알아!"

레니의 고함 소리에 티로는 입을 다물었다.

신장이 100㎝도 채 못 되는 티로이기에 마음만 먹었다면 하늘을 날아서라도 레니에게서 벗어날 수 있겠지만 그녀는 도망치지 않았다.

레니는 얌전해진 티로의 모습에 흡족한 미소를 지으며 그녀를 바닥으로 내려놓았다. 그리고는 그녀의 기를 더욱 꺾어놓기 위해 계속해서 으름장을 늘어놓았다.

"쉴드께서 무척 화가 나셨어. 계속해서 네 멋대로 굴면 아무리 널 아끼시는 쉴드라 해도 결국은 널 벌하실지도 몰라."

레니의 말에 그녀는 커다란 날개로 자신의 몸을 감싸 안았다.

"어리석긴… 그렇게 숨는다고 쉴드께서 널 찾지 못하실 것 같니? 자, 지금까지 고생시켜서 미안했다고 사과한다면 쉴드께 잘 말해 줄 수도 있어. 어쨌거나 넌 약해 빠졌으니 약자를 배려해 주는 거라고 생각하지 뭐."

레니는 은근히 자신이 티로보다 강하다는 것을 내세워 그녀를 비웃는 듯했다. 울컥한 표정의 티로는 양 뺨을 부풀리며 괴성을 질러댔다.

"난 레니보다 강해! 난 레니보다 강해!"

"네가 지금 나보다 강하다고 말했어?"

금방이라도 자신을 공격할 것처럼 손톱을 날카롭게 세우는 티로에게 레니는 어이가 없다는 듯한 표정을 지어 보였다.

날카로운 하피의 손톱이라면 연약한 육체를 찢어놓는 것 정도는 얼마든지 가능한 일이었다. 더군다나 그녀의 손톱에 묻어 있는 병균이라면 아무리 재생력이 좋다고 소문난 트롤이라 해도 그녀가 만들어낸 상처가 아무는 것을 허락하지 않을 것이다.

사람들이 하피를 두려워하는 이유 중 가장 커다란 비중을 차지하는 것은 그들이 불결하다는 점에 있었다. 그들이 지나간 자리는 반드시라고 해도 좋을 만큼 전염병이 돌기 시작한다. 그렇기에 인간들의 입장에는 그들의 존재 자체가 재앙인 것이다.

그러나 레니는 그런 것들이 자신에게 아무런 해도 입히지 못한다는 것을 잘 알고 있었다.

"유감스럽게도 티로, 우리 능력은 모두 회복되지 않았어. 넌 날 상처 입히지 못해. 일단 우리가 회복한 것은 육체적인 능력이거든."

레니는 자신이 백골 상태였던 때를 회상하며 현재의 자신이 살아 있는 인간의 몸과 다를 것 없다는 점에 흡족한 미소를 지었다.

다소 복잡한 생각까지 소화할 수 있을 정도의 사고 능력과 기억력, 보는 사람이 아찔해질 정도로 아름다운 외모, 그리고 무엇보다 아름다운 목소리로 노래를 부를 수 있다는 것……

그런 특징들은 세이렌에게 중요한 부분들이 모두 회복되었다는 것을 의미한다.

그러나 하피는 사정이 달랐다.

하피에게 있어 가장 중요한 능력은 그들 자신이 원하는 것이든, 그렇지 않든지 간에 오로지 그들만이 가지고 있는 능력이다. 다시 말해서 인간의 육체가 회복된다고 해도 하피로서의 능력이 회복되지는 않는단 의미였다.

현재의 티로가 가진 전투 능력이란 그저 그 또래의 인간 소녀보다 약간 나은 정도의 수준이었다. 그것을 알고 있는 레니로서는 티로를 상대하고 있는 이 상황이 우스울 따름이었다.

"상관없어. 상관없어. 티로는 알고 있어. 알고 있어. 문을 열려면 티로가 가진 것이 있어야 해. 티로는 알고 있어. 티로는 알고 있어. 그러니까 레니는 절대로 날 못 이겨. 절대로 날 못 이겨."

의외로 자신이 가진 것의 중요성을 잘 알고 있는 듯한 티로의 말만 아니었다면 레니는 좀 더 비아냥거렸으리라.

"너, 지금 그걸 사용하겠다는 거야? 분명히 후회할 텐데 그래도 좋아?"

레니는 반신반의한 표정으로 티로를 달래려 했지만 티로는 이미 마음을 정해 버린 듯했다.

"레니를 따라가지 않을 거야. 레니를 따라가지 않을 거야."

"그렇다면 누구를 따라가겠다는 거지? 넌 우리 말고는 받아주는 곳도 없잖아?"

여전히 냉소적인 미소를 짓는 그녀에게 티로는 발끈한 표정을 지어 보였다.

"캬악! 이걸 그에게 주겠어. 그에게 주겠어."

"그?"

의아한 표정을 짓는 레니에게 티로가 뭐라고 대답하려는 순간 귀에 익숙한 레번의 목소리가 날아들었다.

"유이!"

얼마나 고함을 질렀는지 레번의 목소리가 갈라지기 시작했지만 유이의 목소리는 들려오지 않았다.

"유이! 들리면 대답해!"

레번의 목소리에서는 절박함이 묻어나기 시작했다.

배가 난파된 뒤 레번은 운 좋게 이곳까지 흘러 들어왔지만 정신을 차리고 나니 주변에는 아무도 없었다.

"캬악! 레번이다, 레번이다."

까마귀 같은 티로의 목소리에 레번은 본능적으로 소리가 들리는 방향으로 몸을 돌렸다.

"티로?"

가까운 곳에서 들려오는 레번의 목소리에 레니의 표정이 싸늘하게 굳어졌다.

"이것이 너의 선택이라면 지금은 물러나겠지만… 분명히 후회할 거야, 티아티로!"

티로의 이름을 힘주어 말한 레니는 그녀를 매섭게 노려보고는 그대로 사라져 버렸다.

설아, 마왕이 되다

마계로 내려간 다크 레이디는 자신을 기다리고 있었던 데우투스를 향해 살짝 미간을 찡그려 보였다.

"무슨 일이야? 용건이 없다면 지금은 좀 나가줘."

심기가 불편하다는 것을 노골적으로 드러내는 다크 레이디에게 그는 조심스럽게 말을 걸었다.

"다크 레이디, 요즘 계속 몸 상태가 좋지 않아 보이십니다만… 괜찮으십니까?"

"아무렇지도 않아."

소녀는 살짝 미간을 찡그리며 귀찮다는 듯 손을 저었다.

데우투스는 텁수룩한 자신의 수염을 만지작거리며 염려스럽단 목소리로 말을 걸었다.

"그렇다면 다행이지만… 역시 전에 만났던 소녀들이 신경 쓰이시는 겁니까?"

"알 거 없어."

심드렁한 목소리로 대답하는 소녀를 보며 데우투스는 가벼운 한숨을 내쉬었다.

정체 불명의 뮤라는 생명체에게 삼켜지고 난 뒤 일주일이 지나도록 소녀는 공포심에서 벗어나지 못했다. 붙임성 좋은 데우투스조차도 그녀가 무엇에 이토록 겁을 먹고 있는 것인지 알아낼 수 없었다.

"곧 그가 설아라는 소녀를 이리로 데려올 거야."

좀처럼 먼저 말을 걸어오지 않던 소녀가 덤덤한 목소리로 자신에게 말을 걸어오자 데우투스는 반가운 듯한 표정으로 고개를 끄덕였다.

"그라면… 라드니르 백작님을 말씀하시는 겁니까?"

"응. 그리 멀지 않은 미래에 설아라는 소녀 혼자 스틱스 강을 건너려고 하는 것이 보여."

다크 레이디의 예지 능력은 천계에서도 경계할 만큼 정확했다.

그런 그녀가 스틱스 강을 건너는 설아를 보았단 것은 설아가 죽었거나 가까운 시일 내에 죽게 될 것을 의미하는 것일까?

데우투스는 의아한 표정으로 소녀의 말이 이어지길 기다렸다.

"라드니르 백작과 함께 그녀를 기다리고 있다가 반드시 그녀 혼자 이곳으로 오도록 만들어."

"혼자… 말입니까?"

데우투스의 질문에 그녀는 귀찮다는 듯한 표정으로 고개를 끄덕였다.

"그래, 혼자. 당신도 따라와선 안 돼."

단호한 그녀의 말에 데우투스는 가벼운 한숨을 내쉬었다.

"안내인이 필요할 텐데 혼자 보내도 되겠습니까? 그러다 행여 길이라도 잃어버린다면······."

그의 말에 다크 레이디는 귀찮다는 듯한 얼굴로 심드렁하게 대답했다.

"괜찮아, 내가 안내하면 되니까."

"···직접 안내하겠다는 말씀이십니까?"

"내가 누구라고 생각하는 거야?"

짜증 섞인 목소리로 질문을 던지는 그녀에게 그는 가벼운 한숨을 내쉬었다.

"다크 레이디, 당신은 마계 그 자체이십니다."

"그런 내가 혼자서 인간 여자애 하나를 감당해 내지 못할 것 같아?"

"그럴 리가 있겠습니까."

기분 나쁘다는 듯 팔짱을 낀 채 도도한 표정을 짓고 있던 다크 레이디는 당황한 표정의 데우투스를 보며 코웃음을 쳤다.

"흥! 알아들었다면 당장 준비해."

"···명령에 따르겠습니다."

데우투스는 가볍게 고개를 숙여 보인 뒤 자리에서 물러났고 혼자 남겨진 다크 레이디는 긴 한숨을 내쉬었다.

미래를 엿보는 것에 대한 재능은 예전부터 가지고 있었던 것이지만 뮤에게 삼켜지고 난 이후 더욱더 발전해 버린 듯했다. 안개가 낀 하늘을 바라보는 것만큼이나 뿌옇게 보이던 미래가 마치 비 갠 인 뒤의 하늘을 보는 것처럼 선명하게 보이기 시작했던 것이다. 그렇다고 해서 이 능력을 축복받은 능력이라 할 수는 없었다. 미래를 보고자 할 때만 보이는 것이 아니라, 마치 누군가가 미래를 보여주고 있다는 느낌이 들

정도로 불규칙하게 발휘되고 있었다.

강력한 힘을 얻은 대신 제어력을 잃어버린 것이다.

"이젠 시키는 대로 따르는 수밖에 없는 건가."

어린아이답지 않게 체념이 담긴 얼굴은 더욱더 어두워지고 있었다.

뮤에게 삼켜지고 난 뒤 그녀의 시야에 보여진 것은 너무나도 빠르게 섞여져서 지나가는 이 세계의 이야기였다. 어떤 것도 미래였으며, 또 다른 것은 과거의 일들이었고, 현재 진행 중인 이야기도 존재하고 있었다.

너무나 많은 이야기가 거의 동시에 지나가 버리자 다크 레이디는 머리가 어지러웠다.

그녀는 되도록 화려하게 펼쳐지고 있는 화면들로부터 시선을 돌리려 애쓰면서 이곳에서 나가기 위한 출구를 찾기 위해 몸을 일으켰다.

자신의 크기가 작아지기라도 한 것인지 좁을 것 같던 뮤의 내부는 생각보다 넓었다. 한참 동안 걸어 올라가자 아무것도 없는 공간에 테이블이 놓여 있는 게 보였고, 다크 레이디는 천천히 테이블 곁으로 다가갔다.

테이블 위에는 두꺼운 표지의 책이 올려져 있었고, 다크 레이디는 그것을 펼쳐 보기 위해 손을 뻗었다.

"만지지 마!"

날카로운 소녀의 목소리가 들려오자 다크 레이디는 주변을 두리번거렸지만 그곳에는 자신밖에 없었다. 잘못 들었다고 생각한 그녀는 책장을 펼쳐 들었다.

"만지지 말랬잖아! 당장 내려놔!"

다시 한 번 날카로운 소녀의 목소리가 들려오자 다크 레이디는 더욱 책장을 빨리 넘기기 시작했다. 화가 난 목소리의 주인공이 나타날 거라고 생각했기에.

"내려놓으라고 했어!"

버럭 화를 내는 목소리는 여전했지만 모습을 드러내진 않았다.

"뭐야, 그냥 마법이 걸려 있는 것뿐인가?"

다크 레이디는 대수롭지 않게 생각하고 책을 테이블 위로 던져 놓았다.

촤라라락―

테이블에 던져진 책장은 거센 바람이 불기라도 하듯 거칠게 넘어가고 있었다.

"경고하는데, 이 책에 손댈 생각 하지 마."

다시 한 번 날카로운 소녀의 목소리가 들려오자 다크 레이디는 고개를 갸웃거렸다.

어디서 많이 들어본 듯한 목소리였던 것이다.

다크 레이디는 책을 집어 들고는 그것을 유심히 살펴보았다. 책의 내용은 숫자 '0' 과 '1' 로만 이루어져 있었지만 다크 레이디는 그것에 무엇이 적혀 있는지 쉽게 눈치 챌 수 있었다.

그것은 이 세계에 관한 기록이었다. 그것도 마치 이 세계를 감시하는 듯한 기록이었다.

흠칫한 표정으로 책에서 시선을 떼었을 때 다크 레이디는 중심을 잃고 바닥으로 쓰러지고 말았다. 바닥이 인정사정없이 흔들리기 시작한 것이다.

"까아!"

다크 레이디의 가녀린 몸 위로 거대한 숫자들이 떨어져 내렸고, 그 숫자들은 날카로운 칼날처럼 그녀의 마음속을 파고들었다.

"까아아!"

숫자들의, 그리고 기록들의 무게를 견디지 못한 다크 레이디는 그대로 기절해 버렸고 깨어났을 땐 이미 마계였다.

그리고 귀에 익숙했던 소녀의 목소리가 설아의 것임을 기억해 낼 수 있었다.

바로 그때부터 미래를 보는 능력이 한층 발전되어 버린 것이다.

"…내가 본 미래가 사실이라면 반드시 그녀는 나를 찾아올 거야."

공포와 호기심이 뒤섞인 다크 레이디의 눈빛은 그녀의 마음만큼이나 복잡한 빛을 띠고 있었다.

"시험해 보겠어."

*   *   *

설아는 자신의 주변에 아무것도 없다는 것을 깨닫고는 생긋 미소를 지었다.

"라드니르, 나와줄 수 있겠어요?"

"무슨 일이십니까?"

마치 설아가 자신을 부르기만 기다렸다는 듯 라드니르는 설아의 질문이 끝나기가 무섭게 그녀의 앞에 모습을 드러냈다.

"한 가지만 묻죠."

"얼마든지 물어보십시오."

라드니르는 마법으로 티 테이블을 만들어내고는 설아에게 의자에 앉을 것을 권했다. 설아는 조용히 자리에 앉아 자신의 앞에 내밀어진 찻잔을 들어 올리며 라드니르를 바라보았다.

"지금 마계 제일 윗자리가 비어 있지 않나요?"

"마왕님께서는 건재하십니다."

라드니르는 설아의 맞은편에 앉더니 그런 것을 왜 물어보느냐는 듯한 태도로 그녀의 질문에 대답했다.

"아니요, 전 지금 실질적인 주인을 말하는 거예요."

별거 아니라는 듯 담담하게 묻는 그녀를 보며 라드니르는 의아한 표정을 지었다.

"실질적인 주인?"

"그야 물론 마계의 결정권을 가진 자를 말하는 거죠."

그녀의 말에 라드니르의 안색이 딱딱하게 굳어졌다.

"마왕님께서는 건재하십니다."

"…마왕은 공식적으로는 마왕이겠지만 얼마 전에 실질적인 권한을 누군가에게 넘기지 않았나요? 현재 마왕의 권한은 대공에 지나지 않죠. 지금 제가 말하는 건 그 실질적인 권한을 가진 누군가의 자리가 비어 있지 않느냐 하는 거예요."

설아는 찻잔을 빙글빙글 돌리며 그에게서 자신이 원하는 대답이 나오기를 기다리고 있었다.

"무슨 근거로 그런 말씀을 하시는 겁니까?"

차분한 목소리로 질문하는 라드니르의 표정은 아무런 감정도 읽을 수 없을 정도로 무뚝뚝했다. 설아는 차가 서서히 식어가고 있음을 느끼며 대답 대신 차를 마시기 시작했다.

"…설아님, 마계에 필요 이상으로 관심을 가지시는 것은 좋지 않습니다."

설아로부터 아무런 대답을 듣지 못하자 라드니르는 그녀에게 경고의 의미가 담긴, 정중하지만 차가운 목소리로 입을 열었다.

차를 마지막 한 방울까지 마셔 버린 설아는 아쉬운 듯 입맛을 다셨다.

"어째서죠?"

"그곳은 살아 있는 자가 관심을 가질 만한 곳이 아닙니다. 특히 인간의 경우는 백 년 남짓의 짧은 생을 살고 나면 마계의 주민이 될 수도, 천계의 주민이 될 수도 있습니다. 벌써부터 죽은 자의 나라에 관심을 가질 필요는 없지 않겠습니까?"

라드니르의 지극히 사무적인 말투에도 설아는 전혀 주눅 들지 않았다.

"라드니르, 만약에 내가 마왕이 되겠다고 한다면… 당신은 제 편이 되어주실 수 있겠어요?"

"썰렁한 농담은 좋아하지 않습니다만……."

라드니르의 말에 설아는 발끈한 듯한 표정을 지어 보였다.

"농담이 아니에요."

라드니르는 철없는 손녀를 바라보는 할아버지 같은 표정으로 설아를 바라보다 이내 고개를 저었다.

"열심히 해보십시오."

"그 말은 도와주겠다는 의미인가요?"

생긋 미소까지 짓고 있는 설아를 보며 라드니르는 가벼운 한숨을 내쉬었다.

"…그랬다가는 정말 반역죄로 끌려 들어가겠죠."

"그럼 도와줄 수 없단 이야기인가요? 현재 마왕의 자리는 버릇없는 꼬마에게 허락을 받기만 하면 되는 걸로 알고 있는데… 만일 그렇다면 아무리 인간이라 해도 마왕이 되지 못한다는 법은 없잖아요?"

설아는 미간을 찡그리며 라드니르의 대답을 기다렸지만 라드니르는 아무런 대답도 들려주지 않았다. 한참 동안의 침묵이 이어지자 설아는 답답하다는 듯한 표정으로 의자에서 일어났다.

"뭐, 대답하지 못하겠으면 하지 말아요. 처음부터 날 도와줄 거란 기대는 하지 않았으니까. 그렇지만 날 그 버릇없는 꼬맹이에게 안내해 주는 일까지 거절하진 않겠죠?"

라드니르가 설아를 따라 자리에서 일어나자 테이블은 처음부터 존재하지 않았던 것처럼 사라져 버렸다.

"고위 마족들도 알지 못하는 이야기들을 도대체 설아님께선 어떻게 알고 계시는 겁니까?"

진지한 표정으로 질문하는 라드니르를 보며 설아는 생긋 미소를 지었다.

"자, 그럼 여기서 문제 하나! 여기 있는 나는 인간일까요, 마족일까요?"

라드니르는 조금의 망설임도 없이 그녀의 질문에 답했다.

"인간이십니다."

왜 그렇게 당연한 것을 묻고 있느냐는 듯한 라드니르의 시선에 오히려 당황해 버린 것은 설아였다.

"어떻게 그렇게 확신해 버릴 수 있는 거죠?"

설아의 질문에 그는 특유의 무표정한 얼굴로 반문했다.

"그럼 인간이 아니라는 말씀이십니까?"

설아는 안경을 검지로 치켜 올리며 라드니르를 빤히 쳐다보았다.

그를 당황시키기 위해 한 말이 자신에게 되돌아와 스스로를 당황시키다니, 뭔가 고난이도의 심리전에 휘말린 듯한 기분이었다.

"내가 인간이라는 게 걸려서 도와줄 수 없다면 말이죠, 만약 내가 인간이 아니라 마족이라면 마왕이 된다 해도 상관없는 건가요?"

설아의 질문에 그는 가벼운 한숨을 내쉬었다.

"설아님께선 인간이십니다. 그러니 그런 질문을 하셔도 아무런 의미가 없습니다."

"그렇지만 제게는 당신의 대답이 의미가 있으니까 대답해 봐요."

라드니르는 잠시 무엇인가를 생각하는 듯하더니 진지한 표정으로 설아를 바라보았다.

"설아님께선 슬란드 인이십니까?"

"……."

그는 한참 동안 설아의 대답을 기다렸지만 그녀는 아무런 말도 하지 않았다. 결국 그녀로부터 대답 듣기를 포기한 그는 가벼운 한숨을 내쉬며 자신의 말을 이었다.

"제가 슬란드 국왕이 되겠다고 하면 어떨 것 같습니까?"

"오오! 그거 재밌겠는데요?"

설아가 생글생글 웃으며 한번 해보라는 듯한 말투로 대답하자 그는 신경질적으로 자신의 흑발을 쓸어 넘겼다.

"진심이십니까?"

"난 썰렁한 농담을 즐기는 취미 없어요."

설아는 황당하단 표정으로 자신을 바라보는 라드니르를 향해 어깨를 으쓱거렸다.

"…할 말이 없게 만드시는군요."

"무슨 말을 하고 싶었던 거예요?"

라드니르는 상식이 통하지 않는 설아를 보며 자신이 하려던 말을 해야 할 것인지, 말 것인지에 대해 갈등하는 듯했다. 일반적인 인간의 기준을 넘어버린 상식이라면 자신이 설명하려는 바를 제대로 이해하지 못할 것이란 생각이 들었던 것이다.

"제가 슬란드를 지배하게 된다면 어떤 일들이 일어날 거라고 생각하십니까?"

"하고 싶었던 일들을 하겠죠."

마치 그런 것을 내가 어떻게 아냐는 듯한 얼굴로 자신을 바라보는 설아를 보며 그는 또다시 철없는 손녀를 바라보는 할아버지의 표정을 짓고 있었다.

"마족의 특성이 무엇일 것 같습니까?"

"그야 천인들과 반대되는 기질을 가지고 있겠죠. 잔인하다든지, 사악하다든지 하는 그런 것들 말이에요."

라드니르는 마족인 자신이 듣기에 다소 거북했을 설아의 말에도 기분 나빠하는 기색 없이 입을 열었다.

"맞습니다. 설마 그런 마족이 평화주의자라고 생각하진 않으시겠죠?"

"전쟁이라도 일으킬 거라는 말인가요?"

설아의 말에 그는 고개를 끄덕였다.

"저 역시 마족입니다. 파괴의 본능이 강한. 그런 자가 왕이 되면 슬란드만이 아니라 인간계 전체가 위험해지지 않겠습니까?"

전쟁이란 인간들에게만 영향을 미치는 것이 아니었다.

많은 인간들이 적국으로 쳐들어가기 위해 대규모의 이동을 벌일 것이고, 전쟁은 곳곳에서 확장되어 나갈 것이다. 그 과정에서 숲은 불타고, 바다는 피로 얼룩진다. 그리하여 결국 전쟁이 길어지면 길어질수록 생태계 전반에 걸쳐 모든 종족에게 영향을 주게 되는 것이다.

"그렇게 된다면 문제가 생기는 것은 인간들만이 아니겠죠."

미간을 찡그리는 설아를 향해 그는 부드러운 미소를 지어 보였다.

"제가 무슨 말을 하고 있는 것인지 이해하셨다니 다행이군요."

"전 바보가 아니니까요."

설아의 차분한 목소리는 라드니르에게 더 이상 자신을 바보 취급 하지 말라는 듯한 느낌을 주기에 충분했다.

"기분 상하셨다면 사과드리겠습니다. 그렇지만 설아님께서 마왕이 되겠다고 말씀하시는 것은 제가 슬란드 국왕이 되겠다는 것과 같은 의미입니다. 그러니 도와드릴 수가 없지요."

"난 싸우는 것에는 별 관심이 없어요. 그러니 마족이 왕이 되는 것만큼이나 위험한 상황은 맹세코 벌어지지 않을 거라구요."

설아의 말에 그는 가벼운 한숨을 내쉬었다.

"바로 그 점이 문제라는 겁니다."

"……?"

설아가 의아한 표정으로 자신을 바라보자 라드니르는 답답하단 표정으로 입을 열었다.

"마계는 마왕에게 절대 복종합니다. 그만큼 그 자리를 노리는 자들이 많다는 말입니다. 그리고 마왕은 그런 자들을 견제하기 위해 끊임없이 자신을 단련시켜야 합니다. 그게 평화적인 대화로 가능할까요?

마계는 싸우지 않고는 발전하지 않습니다."

"그러니까 내가 마왕이 되면 마계가 흔들릴 거란 이야기죠? 당신이 슬란드의 국왕이 됐을 때처럼?"

"그렇습니다. 그리고 마왕이 그렇게 쉽게 되는 것인 줄 아십니까? 죄송하지만 전 어리석은 행동을 하는 설아님을 모른 척할 수 없습니다."

라드니르의 말에 그녀는 가벼운 한숨을 내쉬었다.

"괜찮아요. 그렇다고 해서 내가 전면에 나서서 마계를 좌지우지하지는 않을 테니까. 그리고 길고 짧은 건 대봐야 아는 것 아닌가요? 그냥 날 그 버릇없는 꼬마 앞에 데려다 달라는 것뿐이니까 그렇게까지 이야기할 것 없어요."

죽은 자들의 나라에 살아서 출입할 수 있는 종족은 마족과 천인, 그리고 드래곤과 같은 선택받은 소수의 종족밖에 없었다.

아무리 설아라고 하더라도 스스로가 정해놓은 법칙을 깨고 싶은 생각은 없었다. 어디까지나 자신은 살아 있는 인간 소녀일 뿐이라고 스스로가 정해놓은 마당에 이제 와서 자신을 대단한 종족으로 바꾸고 싶진 않았던 것이다.

"만약 다크 레이디가 설아님을 선택하지 않는다면 그 터무니없는 생각을 버릴 겁니까?"

라드니르의 말에 그녀는 고개를 끄덕였다.

"두 번 다시는 말도 꺼내지 않는다고 맹세하죠."

"좋습니다. 대신 다크 레이디 앞에서 말조심하는 것 잊지 마십시오. 어쨌거나 선택받고 싶으면 그녀에게 잘 보이는 것이 좋을 테니까 말입니다."

라드니르의 말에 설아는 피식 미소를 지었다.

"도와주지 않겠다면서요?"

"도와드린 적 없습니다."

냉정한 목소리로 말하는 것과 달리 그의 얼굴은 붉게 물들어 있었다.

"후훗."

"흠, 준비가 되셨다면 문을 열겠습니다."

애써 무표정을 유지하며 헛기침하던 라드니르는 설아가 준비됐다는 듯 고개를 끄덕이자 칠흑처럼 검은 망토를 바닥으로 던졌다.

그의 망토는 마치 살아 있는 생물처럼 꿈틀거리더니 이내 땅속으로 녹아들었다. 망토가 완전히 사라져 버렸다고 생각하는 순간 망토가 있었던 대지가 검은색의 공간을 토해내기 시작했다.

어둠의 공간이 공중으로 뻗어져 커다란 문의 형상을 갖추자 라드니르는 그 문을 활짝 열며 설아를 향해 들어가라는 듯한 시선을 보냈다.

채 식지 않은 아스팔트 위를 걷는 것처럼 설아의 발걸음을 잡아끄는 듯한 끈적끈적한 어둠 속의 공간은 장마철의 눅눅한 기운을 담고 있었다.

"좀 더 편안한 공간으로 모시고 싶었지만 다크 레이디가 있는 곳으로 가기 위해선 이 길밖에 없으니 불편하더라도 조금만 참아주십시오."

설아가 대답 대신 고개를 끄덕이자 라드니르는 그때까지 열려져 있던 공간의 문을 닫았다. 아무것도 보이지 않는 어둠 속에서 설아는 한 발자국도 움직일 수 없었다. 그런 그녀의 사정을 잘 알고 있는 라드니르로서는 어둠 속에 빛을 끌어들인다는 것이 내키지 않았는지 마법 대신 언제나 자신을 따라다니는 죽은 자들의 영혼을 불러들였다.

희미하긴 하지만 푸르스름한 빛을 띤 작은 불빛들이 라드니르의 곁으로 모여들자 설아의 시야에도 대략적인 사물의 윤곽이 들어오기 시작했다.

불빛이라곤 해도 으스스한 분위기가 연출될 정도로 기분 나쁜 느낌에 설아는 본능적으로 몸을 움찔거렸다.

"이제부터 발 밑을 조심하십시오."

라드니르는 좀처럼 앞으로 나가지 못하고 있는 설아가 답답했던지 앞장서서 걷기 시작했다.

악취를 풍기는 녹색의 강을 따라 뻗어 있는 길을 올라가던 도중 설아는 뼈만 앙상하게 남은 한 소년과 마주쳤다.

"…살려줘."

소년은 제대로 나오지도 않는 목소리를 억지로 쥐어짜며 설아를 향해 도움을 청했다.

마치 바스러질 것만 같은 앙상한 손을 내미는 소년을 향해 라드니르는 차가운 목소리로 그를 내쫓았다.

"영혼마저 소멸되고 싶지 않다면 내 눈앞에서 썩 물러나라."

그의 루비 빛 눈동자에서 섬뜩한 눈빛을 읽어 내린 탓일까?

어둠과 동화되어 사라져 버린 소년을 보며 설아는 자신의 등줄기에서 식은땀이 흘러내리는 걸 느낄 수 있었다.

"놀라셨다면 죄송합니다."

어느새 특유의 무표정한 얼굴로 되돌아와 별일 아니라는 듯 덤덤한 목소리로 사과하는 그를 보며 설아는 그가 마족이라는 것을 다시 한 번 깨달았다.

"괜찮아요. 당신이 사과할 일도 아니잖아요. 그보다 다크 레이디는 얼마나 더 가야 만날 수 있나요?"

설아는 강가를 스쳐 지나가기만 해도 코가 저릿저릿해 오는 악취에 넌덜머리가 날 지경이었다. 더군다나 마계가 주는 이질감은 비록 자신이 이곳으로 오길 원했다 해도 달갑지 않은 것들로 가득했다.

"조금만 더 가시면 됩니다. 마지막으로 한 가지 충고해 드리자면 설아님의 말씀을 번복할 수 있는 기회도 지금밖에 없습니다."

내심 긴장하고 있었던 탓일까.

평상시의 무뚝뚝한 라드니르의 말투가 무척이나 상냥하게 느껴지는 설아였지만 그의 충고를 받아들일 수는 없었다.

"말은 고맙지만 여기까지 와서 결국 물러설 거라면 처음부터 시작하지도 않았어요."

라드니르는 어쩔 수 없다는 듯 한숨을 내쉬며 스틱스 강을 바라보았다.

강을 건넌다는 것은 많은 것을 버린다는 의미였지만 저 철없는 인간 소녀는 아무것도 모르고 있는 것 같았다.

타르타로스를 일곱 번 둘러싸고 흐르는 강은 이곳의 주민인 그에게는 강을 걸고 맹세할 때를 제외하고 별 의미가 없는 곳이다. 이곳의 주민인 자신에게는 아무런 해를 끼치지 않기 때문이다.

'비통의 강' 아케론과 '시름의 강' 코키토스, '불의 강' 플레게톤, '망각의 강' 레테를 건넌 뒤 극락의 벌판 엘리시온을 지나고 '증오의 강' 스틱스를 거쳐야만 성안으로 들어갈 수 있었다.

강을 건너기 위해서는 배를 타야 하는데…….

까다로운 카론이 살아 있는 자를 위해 배를 움직여 줄까 하는 것이 문제였다.

운 좋게 그를 설득한다고 해도 켈베로스는?

무시무시한 지옥의 파수꾼답게 세 개의 머리가 동시에 그녀를 향해 날카로운 이를 드러낼 것이다.

'생각만 해도 골치 아프군.'

라드니르는 차라리 스틱스 강이 이대로 끝도 없이 이어지길 바라는 심정으로 되도록 천천히 걸음을 옮겼다.

"확실히 전에 봤던 때와는… 여러 가지로 느낌이 다르군요."

설아는 친구들을 따라 무작정 호수에 뛰어들었던 그때를 떠올리며 피식 미소를 지었다.

'생각해 보면 이런 무시무시한 곳에서 그런 엽기적인 놀이로 살아남은 게 기적이야.'

"알고 계신다니 다행입니다."

마치 자신의 생각을 읽기라도 한 듯한 라드니르의 말에 설아는 또다시 미소를 지었다.

"도착했습니다. 카론이 태워주는 배로 아케론에서부터 스틱스까지 건너야만 합니다."

"다른 방법은 없는 거죠?"

설아의 질문에 그는 대답 대신 고개를 끄덕였다. 자신과 같은 마족이라면 또 모를까, 인간에 불과한 그녀로서는 카론에게 의지해 강을 건너는 법 외엔 이곳을 통과할 수 있는 방법이 없었다.

"그럼 성 입구에서 뵙겠습니다."

"에?"

당황하는 설아의 목소리를 듣지 못했는지 라드니르는 홀쩍 모습을 감추어 버렸다.

휘이잉—

라드니르가 사라져 버린 뒤에 남는 것이라곤 썰렁한 찬바람뿐이었다.

"뭐냐?"

긴 수염을 늘어뜨린 초라한 노인이 자리에서 일어나며 설아를 바라보자 그녀는 사람 좋아 보이는 미소를 지으며 노인에게로 다가갔다.

"안녕하세요. 당신이 카론이죠? 스틱스 강을 건너고 싶은데 저를 태워주실……."

"안 돼!"

설아의 말이 채 끝나기도 전에 그는 고개를 저었다. 그리고는 쇠가죽으로 만들어진 작은 배를 손질하기 시작했다.

"어째서 안 된다는 거죠?"

"냄새 나."

카론은 더 이상 상대도 하기 싫다는 듯 자신의 초라한 후드를 머리 끝까지 뒤집어썼다.

설아는 의아한 표정으로 자신의 팔을 뻗어 냄새를 맡아보았지만 악취라고 할 만한 냄새는 나지 않았다.

"무슨 냄새가 난다는 거예요?"

"말도 못할 악취 말이다. 자기한테서 나는 냄새도 모르다니……."

그는 악취를 견딜 수 없다는 듯 인상을 잔뜩 찡그린 채 코를 틀어막곤 설아를 향해 저리 가라는 듯 손을 앞뒤로 휘저었다.

그 모습에 은근히 기분이 상한 설아는 카론을 향해 더욱더 가까이 다가갔다.

"크윽! 냄새……. 가까이 오지 마!"

잡아먹을 듯한 눈으로 설아를 노려보던 카론은 그녀로부터 떨어지기 위해 슬금슬금 뒷걸음질치기 시작했다.

"좋게 말할 때 비켜라."

살기등등한 표정으로 기세 좋게 소리쳤지만 설아가 꼼짝도 하지 않자 카론의 목소리는 거의 애원조로 바뀌어가기 시작했다.

"제발 좀 비켜!!"

"못 비켜요."

설아의 대답에 그의 안색은 이곳을 떠돌고 있는 망자들만큼이나 창백하게 굳어졌다.

"제기랄! 제발 좀 비켜!!"

버럭 고함을 지르던 그는 바닥에 그대로 뻗어버렸다. 당황한 설아가 카론에게서 최대한 멀리 떨어지자 그는 그제야 살았다는 듯한 표정으로 안도의 한숨을 내쉬었다.

"괜찮아요?"

걱정스럽게 묻는 그녀의 목소리에 카론은 몸을 부들부들 떨었다.

"전혀! 전혀 괜찮지 않으니까 제발 다가오지 마!"

명령인지 부탁인지 알 수 없는 묘한 화법(話法)을 구사하는 그를 보며 설아는 무척 난감해졌다. 마계로 들어가려면 우선 강을 건너야 하는데 카론이 배를 움직이지 않는 이상 강을 건널 수 있는 방법은 전혀 없다.

문제는 카론이 그녀가 가까이 가기만 해도 호흡 곤란을 일으킬 정도로 발작을 해댄다는 것이었다.

"네게서는 살아 있는 자의 악취가 난단 말이다! 삶의 악취를 내 배에 묻히고 싶은 거냐?! 살아 있는 자가 도대체 여긴 뭐 주워먹을 게 있다고 왔냐 말이다."

그는 배 안으로 들어가 노를 꺼내 들고는 설아를 향해 마구 휘두르기 시작했다.

마치 조금이라도 가까이 오면 가만히 두지 않겠다는 듯한 그의 말투에 설아는 고개를 절레절레 흔들었다.

아무리 생각해도 카론의 배를 탈 방법이 생각나지 않았던 설아는 카론을 바라보며 가벼운 한숨을 내쉬었다.

"여기서 한숨 쉬지 마라. 악취가 여기까지 풍긴다."

카론의 차가운 목소리에 그녀는 발끈한 표정을 지었다.

"그럼 제가 이 배에 탈 수 있는 방법이 전혀 없는 거죠?"

"한 가지 방법이 있긴 하지."

카론의 덤덤한 목소리에 설아는 의아한 표정을 지었다.

"정말 그런 방법이 있는 건가요?"

"있다."

단호하게 고개를 끄덕거리는 그를 보며 설아의 눈이 기대감으로 반짝이기 시작했다.

"그게 뭐죠?"

"죽어라."

"네?!"

설아는 기가 막힌 표정으로 카론을 바라보았지만 그는 차분한 목소리로 다시 한 번 말했다.

"죽은 자는 태워준다. 그러니 네가 죽으면 내가 널 태우길 거절할 이유가 없지. 물론 장례식도 제대로 치르고, 뱃삯도 가져와야 하겠지만 말이다."

카론은 자신이 쥐고 있던 노로 설아의 뒤통수 치는 시늉을 해 보이며 이 정도는 별거 아니라는 듯 어깨를 으쓱거렸다.

"그게 말이 된다고 생각하세요?"

"스스로 죽기 힘들다면 내가 도와줄 수도 있지. 이 끔찍한 악취에서 벗어날 수 있는 방법으론 그게 유일한 것 같으니 말이다."

그가 들고 있던 노는 어린아이 키만한 크기에 불과했었지만 어느 순간 카론, 그 자신의 키보다도 길어져 있었다.

"…진심이세요?"

"넌 이 강을 건너고 싶어하는 것이고, 난 네 악취에서 벗어나고 싶어하는 것이니 안 될 것도 없지."

카론의 손에 들린 노는 그가 말을 하고 있는 사이에도 점점 길어지고 있었다. 설아가 자신의 머리를 노리고 있는 노를 피해 뒷걸음질치기 시작하자 그는 음침한 미소를 지었다.

"으아!"

다급해진 설아는 자신의 허리춤에서 철적을 뽑아 들었지만 노에 비해 터무니없이 짧은 철적의 길이를 몸으로 실감할 뿐이었다.

"우아아아악!"

'퍽!' 하는 소리와 함께 노깃이 설아의 팔을 강타한 것이다.

철적은 바닥으로 떨어져 나뒹굴었고, 힘으로 그를 상대할 수 없다는 것을 깨달은 설아가 할 수 있는 일이란 오직 노를 피해 도망 다니는 일뿐이었다.

카론의 의지대로 움직이는 노는 마치 또 하나의 팔처럼 집요하게 설아를 쫓았다.

일상이 노 젓기에서 노 젓기로 끝나는 카론의 단련된 팔은 지칠 줄을 몰랐고, 계속되는 뜀박질에 지치고 있는 쪽은 설아였다.

그녀는 자신을 금방이라도 때려죽일 듯한 기세로 노를 휘두르고 있는 카론과 지금의 상황이 현실이 아니라는 것 정도는 그 누구보다 더잘 알고 있었다.

그러나 한 대 맞으면 죽어버릴 것처럼 커다란 노가 가져다 주는 공포심만큼은 머리 속으로 알고 있는 것과 달리 현실이었다.

현재의 상황이 현실이 아니라는 것을 잊게 만들 정도로 강하게 와 닿는 현실이었다.

"그렇게 도망치다가 강에 빠져 죽는 것도 나쁘진 않겠지."

비웃음 섞인 그의 말에 설아는 뭐라고 소리라도 지르고 싶었지만 입을 여는 순간 사레가 걸려 바닥에 주저앉아 버렸다. 설아가 계속해서 눈물이 나올 정도로 심하게 기침을 해대자 금방이라도 노깃으로 그녀를 후려칠 기세였던 카론은 미간을 찡그리며 노를 거둬들였다.

"젠장 맞을! 울긴 뭐 하러 우는 거냐?!"

자신을 향해 버럭 고함을 지르는 카론을 노려보던 설아의 눈은 충혈되다 못해 핏줄까지 서 있었다. 아직까지 진정되지 않은 듯 쉴 새 없이 잔기침을 해대는 터라 말없이 그를 노려보고만 있지만 말만 할 수 있었다면 설아는 성격상 자신이 할 수 있는 최대한의 욕을 아낌없이 퍼부어주었으리라.

"말로 못할 욕설을 눈으로 가득 담는 법을 알고 있군."

카론은 자신의 표현력에 매우 만족스럽단 표정으로 어깨를 으쓱거리다 설아로부터 아무런 대답이 들려오지 않자 미간을 찡그렸다.

설아가 호흡을 가다듬을 동안 침묵이 이어지자 카론은 원래 크기로 줄어들어 버린 자신의 노를 만지작거리며 입을 열었다.

"왔던 길로 돌아가. 스틱스 강을 건넌다 해도 지금 상태라면 넌 죽게 될 뿐이다."

한참 동안 호흡을 가다듬던 설아는 두 눈을 부릅뜨며 다시 한 번 카론을 노려보았다.

"날 죽이려고 한 사람은 당신뿐이에요. 강을 건너고 나면 당신과는 더 이상 볼 일이 없죠. 그러니까 내가 이곳에 있는 게 마음에 들지 않는다면 날 배에 태우고 스틱스 강을 건너요. 그렇게만 해주신다면 스틱스 강에 맹세코 두 번 다시 볼 일이 없을 거예요."

카론은 그녀의 말에 코웃음을 쳤다.

"네가 죽으면 다시 강을 건너야 한다는 걸 모르는 거냐?"

"장례를 치르지 않으면 태워주지 않는다면서요? 여기서 죽는다면 누가 장례를 치러준다는 거죠? 결국 죽어도 이 배에 태워주실 생각이 없었던 거잖아요."

그는 가벼운 한숨을 내쉬며 설아를 향해 자신의 노를 던졌다.

아무리 크기가 원래대로 돌아왔다곤 해도 어린아이 키만한 노를 받아낼 자신이 없었던 그녀는 재빨리 그 자리에서 벗어났다.

"무슨 짓이에요?!"

"무슨 짓이냐?!"

누가 먼저랄 것도 없이 동시에 고함 지른 그들은 서로를 잡아먹을 듯이 노려보기 시작했다.

"저런 걸 던지다니… 정말 사람을 죽일 셈이에요?!"

스스로도 멍청한 질문을 하고 있다는 생각이 들었지만 일단 고함부터 빽 지르고 보는 설아였다.

"내가 설명해 봐야 알아듣지도 못할 테니 일단 그 노부터 들어봐라."

카론의 말에 그녀는 의아한 표정으로 바닥에 떨어진 노를 주워 들었다.

두 손으로 들기도 버겁던 노는 조금씩 가벼워지기 시작하더니 나중에는 한 손으로 들어도 그리 무겁지 않을 만큼 가벼워졌다.

"이것도 걸쳐라."

카론은 낡고 초라한 자신의 망토를 설아에게 던졌고, 그녀는 재빨리 그것을 받아냈다.

"이걸 왜……?"

"걸치라면 잔말 말고 걸쳐라."

먼지와 얼룩이 뒤엉켜 있는 망토를 걸친다는 것이 썩 내키지 않았지만 그녀는 카론의 말대로 망토를 걸쳐 입었다. 마치 아이에게 어른 옷을 입혀놓은 것처럼 망토 자락은 바닥까지 늘어져 버렸지만 그는 만족스러운 미소를 지었다.

"그럭저럭 봐줄 만하군. 후드도 뒤집어써라."

머리끝까지 후드를 뒤집어쓰긴 했지만 설아는 그가 무슨 의도로 자신에게 이런 행동을 시키는지 이해할 수가 없었다.

"명심해. 강을 다 건널 때까지 절대로 고개를 들지 마라."

그의 말에 날카롭게 올라가 있던 설아의 눈초리가 스르륵 풀리는 듯했다.

"그 말뜻은 절 데려가 주시겠다는 건가요?"

"내가 미쳤냐?"

그녀의 말에서 카론은 두 눈을 부릅뜨며 말도 안 되는 소리 하지 말라는 듯한 표정을 지었다.

"그럼 지금 뭐 하자는 거예요?"

생각 같아서는 망토를 벗어 던지고 싶었지만 설아는 망토 끝자락을 바닥에 질질 끌어 먼지를 잔뜩 묻히는 것으로 화를 삭였다. 그 모습을 지켜보던 카론은 못마땅한 표정으로 입을 열었다.

"네가 날 태우고 건너는 거다."

"네?"

의아한 표정을 짓고 있는 설아에게 그는 미간을 찡그리며 자신의 코를 쥐고는 빨리 배에 타라는 시늉을 해 보였다. 설아는 잠시 이 상황이 이해가 되지 않는다는 표정으로 카론을 바라보았지만 그는 아무런 설명도 해주지 않았다.

"서두르지 않으면 성문이 닫힐 텐데 그래도 좋다는 거냐?"

그제야 정신을 차린 그녀는 급하게 뛰려다 자신의 망토 자락을 밟고 넘어지고 말았다.

"으아아앗!"

설아가 자신의 무릎을 만지작거리며 배 근처로 다가오자 카론은 혀를 치며 답답하다는 듯한 표정을 지었다.

"쯧쯧, 네가 아주 카론 망신이란 망신은 다 시키는구나."

"네?"

미간을 찡그리며 의아한 표정으로 훌쩍 배에 올라탄 설아에게 그는 가벼운 한숨을 내쉬었다.

"누가 타라든?"

그의 말에 발끈한 설아는 자신도 모르게 버럭 소리를 질렀다.

"당신이 타라고 하셨잖아요!"

"내가 언제?"

두 눈을 부릅뜨는 카론을 보자 설아는 기가 막힐 지경이었다.

"조금 전에 당신을 태우고 스틱스 강까지 가라면서요!"

"그런데?"

카론이 고개를 끄덕이자 설아는 어이가 없다는 표정으로 팔짱을 꼈다.

"그런데 배에 타지 말라는 건 무슨 심보예요? 저보고 헤엄이라도 치라는 말인가요?"

"…배가 육지에서 저 혼자 가냐? 그리고 배를 이용하는 거니 뱃삯은 지불해야지?"

그가 뭐, 이런 바보 같은 녀석이 다 있냐는 듯한 표정으로 자신을 바라보자 설아는 얼굴을 붉히며 배에서 내렸다. 그리고 품속을 뒤져 동전을 그에게 내밀었다. 카론은 동전을 받아 들고는 그녀를 향해 배를 밀라는 시늉을 해 보였다.

스르륵.

배를 강 쪽으로 밀어낸 그녀가 다시 배에 올라타자 그는 약간 긴장된 표정으로 강을 바라보았다. 설아는 노깃을 바닥에 대고 앞으로 밀어내며 계속해서 노를 저어 나갔다.

"다시 한 번 말하지만 지금부터는 절대로 고개를 들지 마라."

카론이 거의 혼잣말하는 것처럼 작은 목소리로 주의를 주자 설아는 대답 대신 묵묵히 노를 저어 나갔다.

비통의 강이라고 알려져 있는 아케론.

설아는 깃털처럼 가볍던 노가 묵직해져 오는 것을 느끼며 자신의 손목에 힘을 주기 시작했다.

"안 돼! 이렇게 허무하게 가다니……."

"흑흑! 일어나세요! 안 돼요!"

강에서 들려오는 슬픔에 가득 찬 목소리들은 마지막으로 저승과 이승을 잇는 장례식장에서 들려오는 목소리였다. 그리고 그 목소리들은 죽은 자들의 미련을 더욱더 떨치지 못하게 만들었다. 배가 앞으로 나갈 때마다 노질이 마치 무거운 납덩이를 들어 올리는 것마냥 힘들어지자 설아는 팔이 저려오는 것을 느꼈다.

"미련들이 구체화되어서 노깃에 매달려 있는 거다. 지상계로 돌아가고 싶은 생각이 아니라면 고개 내밀지 마라."

아케론의 검은 물빛과 닮은 무수히 많은 손들이 일제히 카론의 배 앞으로 다가왔다. 설아가 젓고 있는 배 뒤편으로 또 한 명의 카론이 배를 몰고 오다가 검은 손을 보자 잠시 노 젓기를 멈춘 것처럼 보였다.

"멈춰, 카론."

물속에서 음침한 목소리가 들려왔지만 설아는 멈추지 않고 계속해서 노를 저었다.

"카론!"

그녀는 그 목소리가 자신을 부르고 있다는 걸 깨닫지 못하고 계속해서 노를 저으려 했지만 카론이 발로 그녀를 툭툭 치며 멈추라는 시늉을 해 보였다.

설아가 노 젓기를 멈추자 검은 손은 배 위로 올라오기 시작했다. 작은 배 안에 수십 개의 손들이 빼곡하게 채워지자 설아는 소름 끼치는 기분이 들었지만 겉으론 아무런 내색도 하지 않았다.

"카론, 네 배에서 살아 있는 자의 악취가 풍긴다. 여기 있는 인간은 죽은 자가 확실한가?"

물속에서 계속해 차갑고 음침한 목소리가 들려오자 카론은 설아에게 대답을 하라는 듯 고개를 끄덕였지만 설아는 무슨 말을 해야 할지 당황한 듯했다.

"어째서 대답을 하지 않는 건가? 아무래도 수상하군. 미안하지만 카론, 자네가 태우고 있는 그 사람에 대해 조사를 해봐야겠군. 이해해 주길 바란다."

강의 음침한 목소리에 설아는 당황한 표정으로 카론을 바라보았지만 카론은 태연한 표정으로 그녀에게 좀 더 고개를 숙이라는 듯 손을 아래로 저었다.

설아가 고개를 숙인 바로 그 순간 검은 손들은 그녀를 피해 그대로 카론에게로 달려들었다. 온몸 전체가 검은 손으로 뒤덮인 카론은 살짝 미간을 찡그리긴 했지만 아무런 저항도 하지 않았다. 검은 손들은 카론의 몸을 배 밖으로 이끌기 시작했고 아케론 강은 언제든지 그를 삼킬 준비가 되어 있다는 듯 심술궂게 배를 흔들어댔다.

설아가 재빨리 카론에게로 팔을 뻗었지만 카론은 묵묵히 고개를 흔들었다. 아케론 강 위에 초라한 노인의 모습이 비춰지자 강에서는 또다시 음침한 목소리가 들려왔다.

"쓸데없이 의심해서 미안하다. 확실히 생명의 기운은 느껴지지 않는군. 가도 좋아."

그 말이 끝나기가 무섭게 검은 손들은 카론을 내려놓은 뒤 아케론 강으로 뛰어들었다. 강속으로 녹아내린 검은 손들은 형체도 없이 사라져 버렸고 강은 더 이상 아무런 반응을 보이지 않았다.

강물 색이 조금씩 바뀌기 시작하는 아케론 경계에 다다르자 카론은 덤덤한 표정으로 설아를 바라보았다.

"아케론 강은 무사히 건넜군."

그의 말이 끝나기가 무섭게 설아는 안도의 한숨을 내쉬었다.

"휴, 다행이로군요."

"내 코가 썩을 지경인데 다행이라고? 코키토스 강물 맛이 어떤지 알고 싶은 거냐?!"

씩씩거리는 카론에게서 적당한 거리를 두며 물러난 설아는 또다시 노를 붙잡았다.

사랑하는 사람들을 떠나보낸 자들의 슬픔이 담긴 비통의 강이 아케론이라면 코키토스는 끈적끈적한 진흙탕 같은 느낌이 들도록 했다.

설아는 아직도 씩씩거리고 있는 그를 향해 미안하단 듯 미소를 지었다.

"그런데 이곳에 들어오니까 몸이 무거워진 것 같지 않아요?"

설아가 팔을 움직이는 것조차 힘들단 표정으로 미간을 찡그리자 카론은 한심하단 표정으로 가벼운 한숨을 내쉬었다.

"지금부터는 가급적 숨 쉬지 마라."

"네? 그럼 저보고 죽으라는 말인가요?!"

눈을 크게 치켜뜨는 설아를 보며 그는 피식 미소 지었다.

"그 정도 기력이면 죽지는 않겠지. 내 말에 토 달 생각하지 말고 시키는 대로 순순히 따르는 게 좋을 거다."

카론은 마치 숙취에 시달리고 있는 듯한 설아와 달리 코키토스의 범위로 들어갈수록 생기가 넘쳐 나는 듯했다.

"카론, 자네 배에서 심장 뛰는 소리가 들리는군?"

카랑카랑한 노파의 목소리에 카론은 불쾌하다는 듯한 목소리로 고함을 질렀다.

"어디서 그런 말도 안 되는 소리를 늘어놓는 거요?! 코키토스! 아케론을 건너온 의미를 모르진 않을 테니 쓸데없는 의심 마시오!'

설아는 노파의 목소리가 들려온 순간부터 마치 무거운 돌덩어리를 얹어놓기라도 한 것처럼 가슴이 답답해져 오는 것을 느꼈다.

"아케론처럼 영혼을 확인할 수 있는 능력은 없지만 내가 아주 미세한 소리까지 들을 수 있고, 아주 미세한 냄새까지 맡을 수 있다는 걸 잊었는가?"

"허! 그것과 내 배에서 심장 소리가 들리는 것이 무슨 관계가 있다는 소리요? 설마 내 심장이 뛰고 있기라도 하단 말이오?!'

어이없다는 듯 코웃음을 치는 그에게 코키토스는 아무런 대답도 하지 않았다.

"당신의 그 잘난 청각으로 심장 소리가 어디서 들린다는 건지 말해 보시오! 손님이요? 나요?'

마치 자신이 배를 움직이고 있는 것처럼 큰소리를 쳤지만 카론은 여전히 자리에 앉아 미동도 하지 않고 있었다.

살아 있는 자와 죽은 자들의 절규로 음침한 분위기를 풍기던 아케론 강에 비해 코키토스 강은 설아의 심장 뛰는 소리까지 들릴 정도로 고요했다.

"카론, 자네에게서 심장 뛰는 소리가 느껴지는군."

코키토스 강에서 들려오는 카랑카랑한 목소리에 그는 어이가 없다는 듯한 목소리로 반문했다.

"지금 뭐라고 했소?'

"카론, 자네에게서 심장 뛰는 소리가 느껴진다고 했네."

"허! 망령이라도 난 거요?'

코웃음을 치는 카론에게 강답지 않게 거센 물살을 일으킨 코키토스는 노여움이 담긴 목소리로 고함을 질렀다.

"지금 누굴 모욕하려 드는 건가?!"

"강이 망령났단 소리는 단 한 번도 듣지 못했지만 당신을 보니 꼭 그런 것만은 아닌 것 같소. 나에게서 심장 뛰는 소리가 들린단 말이오?"

비아냥거리는 듯한 카론의 말에 코키토스의 목소리는 더욱더 카랑카랑해졌다.

"제정신으로 하는 소리인가?"

"당신에게 그 말 그대로 돌려주고 싶소. 카론에게서 심장 뛰는 소리가 들린다니, 어이가 없어서……."

카론의 말에 코키토스는 약간 화가 누그러진 듯한 목소리로 다시 한 번 그에게 말을 건넸다.

"물론 자네가 심장이 없다는 건 잘 알고 있지만, 심장 뛰는 소리가 들리는 곳은 분명히 자네가 서 있는 곳인 것을 난들 어쩌겠는가."

"듣자 듣자 하니 이러다 나중에는 내게서 인간 냄새가 난다느니, 살아 있다느니 하는 소리를 하고도 남겠구려."

카론의 말에 코키토스는 한동안 생각에 잠긴 듯 침묵을 지켰다. 수면은 코키토스의 마음을 대변하기라도 하듯 잠잠해졌고 정적을 참다못한 카론이 다시 한 번 입을 열었다.

"볼일이 없다면 이만 가보겠소. 여기서 이렇게 시간을 지체하게 되면 손님이 도착하기도 전에 청동문이 닫힐지도 모르니까 말이오."

카론의 말에 설아는 노질을 시작했다.

배가 천천히 강을 거스르기 시작하자 완전히 사라진 줄 알았던 코키토스의 의식이 다시 한 번 그들을 저지하고 나섰다.

"확실히 자네 목소리는 기억하고 있지만 이 숨소리도 자네의 위치에서 느껴지는군. 살아 있는 자들 특유의 고약한 냄새도 함께 말일세."

마치 커다란 장벽 같은 물의 기둥이 솟아오르자 설아는 당황한 표정으로 카론을 바라보았지만 그의 덤덤한 표정에서는 아무런 감정도 읽을 수가 없었다.

"트집 잡고 있는 것이 아니라 확실히 나에게서 살아 있는 자의 냄새가 나고 있다는 걸 스틱스 강에 걸고 맹세할 수 있소?"

금방이라도 카론의 배를 덮칠 듯한 기세의 거센 파도에도 그는 오히려 귀찮다는 듯한 어조로 코키토스를 상대했다.

"내가 쓸데없이 자네에게 시비를 걸어서 뭐 하겠는가? 분명히 이 심장 소리와 고약한 냄새는 자네에게서 나는 것일세. 강이 강을 걸고 맹세한다는 것이 좀 우습긴 하지만 스틱스 강에 걸고 맹세하지. 만약 내가 거짓 맹세를 하고 있는 것이라면 이 강물을 다 말려 버린다 해도 아무 말 않겠네."

스틱스 강에 걸고 한 맹세는 절대적인 위력을 발휘한다.

더군다나 코키토스 강의 의식은 강물에서 비롯된 것인데, 그런 강물을 다 말려 버린다는 것은 코키토스 강 자신의 죽음을 의미하는 것이었다.

설아는 카론이 무엇 때문에 이런 쓸데없는 맹세를 시키고 있는 것인지 의아한 생각이 들었지만 그가 말을 이을 때까지 조용히 듣고 있을 수밖에 없었다.

"나도 맹세하겠소. 스틱스 강에 걸고 이 심장 소리는 내 것이 아니오. 그리고 이 숨소리 역시 내 것이 아니오. 만일 내가 거짓말을 하고 있는 거라면 지금 당장 당신의 일부가 내 배를 뒤집어놓을 것이오. 그러니 이제 그만 나를 보내주시오. 청동문이 닫히면 나나 당신이나 서로 손님에게 면목이 없어지지 않겠소?"

카론의 진지한 맹세에 코키토스는 잠시 무엇인가를 생각하는 듯하더니 잠시 침묵을 지켰다.

"나는 어차피 손님을 내려놓고 다시 강을 지나가야 하니 정 그렇게 의심이 가거든 손님을 보낸 뒤에 따져도 늦지 않소. 그러니 나와 손님에게 더 이상 트집 잡지 않고 보내준다 스틱스 강에 걸고 맹세하시오."

자신의 결정을 재촉하는 듯한 카론의 말에 코키토스는 마지못해 승낙하는 듯했다.

"알겠네. 스틱스 강에 걸고 맹세하지. "

맹세에 따라 물결이 잔잔해지기 시작했지만 기운이 빠져 버린 설아는 더디게 배를 저어 나갔다.

한참 동안 노를 젓자 강의 색이 달라지기 시작하는 경계가 보였다. 코키토스 강을 거의 다 건넜다는 생각에 긴장이 풀린 설아는 가벼운 한숨을 내쉬었다.

"하아, 더 이상은 기운이 없어서 노 젓기도 못하겠어요."

"쉿! 떠들지 마라. 아직 강을 다 건넌 게 아니야."

낮은 목소리로 주의를 주는 카론을 향해 설아는 다시 한 번 가벼운 한숨을 내쉬었다.

"그놈의 한숨 좀 어떻게 못하겠냐?! 내 코가 썩어 들어갈 지경이다."

다시 한 번 주의를 주는 카론의 배 주변으로 물결들이 거세게 일기 시작했다.

"이런, 젠장! 다 틀렸군. 어서 빨리 노를 저어!"

카론이 악에 받힌 듯 고함을 질러댔지만 설아의 체력은 이미 바닥난 상태에 가까웠다. 거북이처럼 느릿느릿한 속도에 다급해진 카론은 설아를 뒤로 밀다시피 해서 노를 빼앗고는 놀라울 정도로 빠르게 저어 나가기 시작했다.

"카론! 카론! 감히 날 속이려 들었겠다!"

요란한 파도 소리에 노파의 목소리가 묻힐 법도 했지만 분노에 찬 목소리는 오히려 파도 소리를 삼켜 버리는 듯했다.

"내가 뭘 속였다는 거요?!"

카론은 응수하듯 소리쳤지만 노 젓기를 멈추지 않았다.

"그걸 몰라서 묻는 건가?!"

코키토스는 마치 자신이 바다라도 되는 것처럼 커다란 파도를 만들어냈고, 카론의 작은 가죽 배는 자꾸만 코키토스 안쪽으로 밀려 들어가고 있었다.

"트집 잡지 말고 약속을 지키시오!"

카론은 끝까지 안간힘을 다해 노를 저었지만 그의 작은 가죽 배는 언제 뒤집어질지 모르는 상황이었다.

"트집?! 트집이라 했는가?! 스틱스 강에 두고 거짓을 맹세해 놓고 트집이라고?!"

분노한 코키토스의 목소리가 강 전체에 쩌렁쩌렁하게 울려댔다.

"나는 거짓을 맹세한 적이 없소! 분명히 그 숨소리는 내 것이 아니었소! 내 맹세 어디에 거짓이 있다는 거요?!"

노 젓기를 포기한 카론이 항의하듯 버럭 소리를 지르자 코키토스는 어이가 없다는 듯한 목소리로 고함을 질렀다.

"살아 있는 인간과 자리를 바꾸고 자네 행세를 하게 만들지 않았는가! 자네는 내가 아무런 소리도 듣지 못하는 줄 아는가!"

다시 한 번 거센 파도가 몰아치자 카론은 노를 길게 뻗고는 마치 그것이 닻이라도 되는 양 힘껏 바닥에 내리꽂았다.

"거짓을 맹세한 것은 당신이오! 나와 손님을 보내주겠다고 분명히 스틱스 강에 걸고 맹세하지 않았소! 거짓 맹세로 당신이 소멸당한다고 해도 후회하지 않겠소?!"

"협박을 하는 건가?!"

다시 한 번 코키토스는 커다란 파도를 보내왔고 카론의 작은 배는 심하게 출렁거렸다. 배에서 떨어지지 않기 위해 안간힘을 쓰던 설아는 그만 중심을 잃고 강 속으로 빠지고 말았다.

"우아아앗!"

설아의 비명 소리에 놀라 뒤를 돌아본 카론은 재빨리 그녀를 향해 노를 뻗었지만 그녀는 벌써 코키토스의 바닥으로 가라앉아 버렸다.

"젠장! 손님을 돌려주시오!"

설아를 삼킨 코키토스는 카론의 고함 소리를 무시라도 하듯 잠잠해지기 시작했다.

"자네 손님은 내가 맡아두겠네."

"그 손님을 돌려주지 않는다면 나와의 맹세를 지키지 않은 것을 후회하도록 만들어주겠소!"

"마음대로 하시게."

코키토스의 의식은 그 말을 마지막으로 사라져 버렸고, 질식해 버릴 것 같은 느낌의 무거운 침묵만이 강을 가득 메웠다.

강에 빠져 버린 설아는 정체를 알 수 없는 끈적끈적하고 기분 나쁜 것이 온몸을 휘감고 있는 듯한 느낌을 받았다.

'으윽.'

물 위로 올라가기 위해 발버둥 치면 칠수록 그 끔찍한 느낌의 무엇인가가 자신을 더욱더 물속으로 끌어당기고 있었고, 마치 늪에 빠진 것처럼 코키토스 강에서 벗어날 수 없다는 걸 깨달을 뿐이었다. 그나마 다행인 것은 일반적인 강과 달리 자유롭게 숨을 쉴 수 있다는 것과 보여지는 것과 달리 젖지 않는다는 것이었다. 아마도 그 기분 나쁜 감촉의 무엇인가가 보호막 역할을 해주는 듯했다.

"살아 있는 자가 여기는 무슨 볼일이 있어서 온 건가?"

갑자기 카랑카랑한 노파의 목소리가 들려오자 설아는 주변을 두리번거렸다.

그러나 노파의 모습은 보이지 않고 마치 시체처럼 표정없는 인간, 그리고 유사 인간 종족들이 나란히 누워 있는 모습들만 눈에 들어왔다.

설아는 강 전체를 가득 채우고 있는 그들을 보자 온몸에 소름이 돋기 시작했다.

"이 사람들은 도대체……?"

경악에 찬 표정을 짓고 있는 설아에게 다시 한 번 노파의 목소리가 날아들었다.

"나를 찾고 있는 건가? 그렇다면 헛수고일세. 나는 코키토스 강 그 자체니까 말일세. 지금 여기에 누워 있는 자들이라면 신경 쓸 거 없어. 그자들은 모두 자네처럼 이곳을 건너다가 자신의 고통에 덜미를 잡힌 사람들이니까 말일세. 누워서 계속 악몽이나 꾸고들 있으라지. 어쨌거나 자넨 아직 내 질문에 대답하지 않았네. 무엇 때문에 이곳에 온 건가?

"만나야 할 사람이 있어요."

설아의 말에 코키토스는 입맛을 다시는 듯했다.

"애인인가, 부모인가?"

"네?"

"네가 꼭 만나야 한다는 그 죽은 이가 누구냔 말이다. 지금은 날 속인 카론 녀석이 괘씸해서 널 붙잡아두고 있지만 대답 여하에 따라 널 돌려보내 줄 수도 있다. 스틱스 강에 걸고 한 맹세는 꼭 지켜야 하니까 말이다."

내키지 않는다는 말투이긴 했지만 설아는 일이 아주 묘하게 돌아가고 있는 것을 깨달았다.

"부모도, 애인도 아니에요."

"무엇 때문에 만나려는 건가?"

"물어볼 말이 있어요."

설아의 대답에 코키토스는 그다지 만족스럽지 못한 목소리로 다시 한 번 질문했다.

"목숨을 걸 만한 가치가 있는 일인가?"

코키토스의 질문에 설아는 어깨를 으쓱거렸다.

"목숨을 걸었다고 생각하진 않는데요. 여기서 죽을 생각은 없으니까 말이에요."

"호오, 그렇단 말이지? 과연 코키토스 강물 맛을 보고도 그런 생각이 들까?"

코키토스의 말이 끝나기가 무섭게 얼굴을 감싸고 있던 끈적끈적한 느낌이 사라지더니 무엇인가 시원한 느낌이 들기 시작했다.

그러나 그것도 잠시, 곧 설아의 얼굴에 시커먼 진흙탕 물이 닿기 시작했다.

"이……!"

이게 무슨 짓이냐고 외치고 싶었지만 입을 벌리자마자 설아의 입속으로는 시커먼 진흙탕 물이 쏟아져 들어갔고 숨조차 쉬지 못하는 지경에 이르렀다.

그녀는 자신의 목을 부여잡고 괴로워했지만 괴로워하면 할수록 상황이 악화될 뿐 나아지는 것은 아무것도 없었다.

이대로 죽는 건가 싶은 허탈감이 들자 다시 끈적끈적하고 불쾌한 느낌의 무엇인가가 설아의 얼굴을 감쌌다. 간신히 숨을 쉴 수 있게 된 그녀는 마치 금방이라도 죽을 것같이 창백해진 안색으로 끊임없이 기침을 해댔다.

기침이 잦아들자 설아의 얼굴은 눈물, 콧물로 엉망이 되어버렸고, 심하게 밀려오는 구토감에 입을 열 수 없는 지경이 되어버렸다.

"쯧쯧, 얼굴이 엉망이 됐군 그래."

자기가 그렇게 만들어놓고 한심하다는 듯이 혀를 차는 코키토스에게 설아는 발끈했지만 강물 속에서도 육지와 다름없이 움직일 수 있었던 것은 순전히 그의 배려 때문이라는 것을 알게 된 마당에 코키토스의 심기를 불편하게 만들 생각은 없었다.

"이젠 이곳에 온 행위가 바로 자네의 목숨을 건 행동이었다는 실감이 드는가?"

코키토스가 능글맞은 목소리로 질문했지만 설아는 아무런 대답도 할 수 없었다.

그의 말에 그렇다고 대답하기엔 자존심이 상했고, 아니라고 대답하기에는 후환이 두려웠던 것이다.

얼마 지나지 않아 마치 시체같이 누워 있는 사람들처럼 설아 역시 쓰러져 버리고 말았다.

"쯧쯧, 기본적인 체력도 없으면서 여기서 뭘 하겠다는 건지……."

한심하다는 듯 혀를 차는 코키토스에게 어눌한 목소리가 날아들었다.

"그녀는… 비프론즈의 보호를… 받고 있어."

마치 시체처럼 무기력하게 누워 있던 자가 설아의 출현으로 인해 자리에서 벌떡 일어난 것이다.

"그래? 그래서 뭘 어쨌다는 건가?"

"비프론즈의… 분노를… 사겠다는 거야?"

계속해서 날아드는 날카롭지만 음울한 목소리에 코키토스는 코웃음을 쳤다.

"제아무리 비프론즈라지만 강인 나를 그가 어떻게 할 수 있다는 건가? 허! 기껏해야 씩씩거리면서 소똥이나 말똥을 갈길 수밖에 없겠지."

노골적으로 죽은 자들의 백작을 모욕하는 소리에 무기력하게 강바닥에 누워 있던 모든 자들은 몹시 화가 난 듯한 표정으로 눈을 치켜떴다.

"그가 듣고 있지 않다고 해서 함부로 떠들지 마. 게다가 다크 레이디께서도 이 소녀를 기다리신다고 들었어."

"다크 레이디께서도 이 소녀를 기다리신다고?"

"그래, 다크 레이디께서도."

코키토스는 난처하게 됐다는 듯 한숨을 내쉬다 이내 의아한 목소리로 그를 향해 질문을 던졌다.

"그런데 자네가 그 사실을 어떻게 알고 있는 건가? 자네는 줄곧 이곳에 누워 있지 않았나?"

그는 잠시 난처한 표정을 짓더니 이내 자신의 본모습을 드러냈다.

잿빛 수염과 S자 형으로 구부러진 뿔을 가진 마신의 모습을.

"데우투스님? 당신이 이곳까지 무슨 일로 찾아오신 겁니까?"

"다크 레이디께서 이 소녀를 데려오라고 하셨네. 설마 다크 레이디의 명령을 거역할 생각은 아니겠지? 소녀를 카론에게 돌려보내게."

"이 소녀가 다크 레이디께서 찾으실 정도의 가치가 있는 겁니까?"

"그거야 다크 레이디께서 판단하실 일이니 자네가 참견할 필요 없네."

딱 잘라 말하는 데우투스에게 코키토스는 더 이상 아무런 정보도 구할 수 없다고 판단한 것인지 순순히 설아를 수면 위로 띄워 올렸다.

"카론, 그 소녀를 데리고 어서 나가게. 내 마음이 바뀌기 전에 말일세."

쌀쌀맞은 코키토스의 경고에도 카론은 긴 노를 이용해 설아를 들어올린 뒤 최대한 느린 속도로 노를 젓기 시작했다.

불의 강이라고 불리는 플레게톤에 의식도 없는 설아를 데리고 갈 순 없었던 것이다.

아케론과 코키토스와는 달리 플레게톤은 지성이 없었다.

불이 물을 대신하고 있는 플레게톤은 죽은 자들에겐 아무런 위협이 되지 못하고, 자신이 죽은 자임을 다시 한 번 상기시키는 정도의 역할만을 하지만 살아 있는 설아로서는 이보다 더 위험한 강은 없었다. 그런 와중에 정신까지 잃었으니 아무리 코키토스가 으름장을 늘어놓는다 해도 그녀가 정신을 차릴 때까지는 어쩔 수 없었다.

이 상황을 지켜보고 있던 데우투스는 서둘러 청동문으로 향했다.

평상시와 다름없는 표정으로 청동문 앞에 서 있던 라드니르는 갑작스런 데우투스의 출현에 의아한 표정을 지었다.

"무슨 바람이 불어 혼자서 여기까지 나온 겁니까?"

"산책하고 들어가는 길입니다. 라드니르님께선 어떤 일로 나와 계신 겁니까?"

입가에 우호적인 미소를 머금으며 라드니르의 대답을 기다리던 데우투스는 아무런 대답을 하지 않는 그를 향해 의아한 표정을 지었다.

"뭔가 좋지 않은 일이라도 있는 겁니까? 안색이 좋지 않으시군요."

"상관 말고 들어가십시오."

라드니르는 차가운 목소리로 대화를 끊어버리려 했지만 넉살 좋은 데우투스는 아예 그의 옆에 털썩 앉아버렸다.

"데우투스, 내게 할 말이라도 있는 겁니까?"

"잠시 바람이나 쐬고 들어가려고 그러니 신경 쓰지 마십시오."

여전히 우호적인 미소를 지어 보이는 그와 달리 라드니르는 슬슬 신경이 날카로워지기 시작했다. 데우투스는 본래부터 그다지 좋아하지 않는 녀석이기도 하거니와 눈치도 무척이나 빠른 녀석이었다. 이런 상황에서 그가 옆에 있어봐야 좋을 것은 아무것도 없었다. 그러나 바람이나 쐬고 가겠다니 무작정 쫓아낼 수도 없는 노릇이고, 그렇다고 해서 설아와 만나기로 한 장소를 바꿀 수도 없는 노릇인지라 가슴 한구석이 답답해져 왔던 것이다.

"데우투스, 다크 레이디께선 요즘 어떠십니까?"

"여전하십니다. 한번 찾아뵙겠습니까? 백작님께서 방문해 주신다면 다크 레이디께서도 좋아하실 겁니다."

여전하다는 말은 그녀가 여전히 신경질적이고, 난폭한 상태라는 것임을 잘 알고 있는 라드니르로서는 데우투스의 '여전하다'는 말이 무척이나 마음에 걸렸다.

"조만간 찾아뵐까 생각 중입니다."

"가능하면 빨리 찾아뵙는 것이 좋을 듯합니다. 라드니르님께서 요즘 통 얼굴도 보여주지 않으시니 말씀은 하지 않으셔도 속으로는 무척 서운해하실지도 모를 일이지요."

"충고 고맙게 듣겠습니다."

"그런데 라드니르님께선 어째서 들어가시지 않고 나와 계시는 겁니까?"

"누구를 좀 만나기로 했는데 자리를 피해줄 순 없겠습니까?"

"…제가 있으면 곤란한 상대입니까?"

정색을 하는 데우투스를 향해 라드니르는 난처한 표정을 지었다.

"솔직히 말하자면 좀 그렇습니다."

무슨 일이 있어도 좀처럼 내색하는 법이 없는 라드니르가 자신에게 부탁을 하고 있는 것이 재밌게 느껴졌는지 데우투스는 피식 미소를 지었다.

"여기서 약속한 상대가 여자인 겁니까?"

그의 말에 라드니르의 표정이 딱딱하게 굳어졌다.

"…그걸 어떻게 알았습니까?"

"청동문 앞에서 라드니르님께서 여자를 만난다는 것이 알려지면 마계 최고의 스캔들감이 되겠지만 비밀은 지켜 드리겠습니다."

데우투스의 말이 그리 미덥지 않았는지 라드니르는 다시 한 번 다짐을 받아두었다.

"스틱스 강에 걸고 맹세하실 수 있겠습니까?"

"그러지요. 나, 데우투스는 라드니르님께서 청동문 앞에서 데이트할 상대를 애타게 기다리고 있었다는 사실을 누구에게도 발설하지 않을 것을 스틱스 강에 걸고 맹세합니다."

데우투스의 진지한 맹세에 라드니르는 온몸이 뻣뻣하게 굳어버렸다.

"지금 뭐라고 하셨습니까?"

"…스틱스 강에 걸고 맹세했습니다. 아무리 라드니르님이라고 해도 말씀드릴 수 없습니다."

"그게 아닙니다! 데이트라니!"

라드니르는 자리에서 벌떡 일어나 말도 안 되는 소리 하지 말라는 듯한 표정으로 버럭 고함을 질렀다.

"그럼 뭡니까?"

"단지 사람을 기다리고 있을 뿐입니다!"

"그 상대는 여자라고 하셨습니다."

"그렇습니다."

"제게 알려지면 곤란하다고 하셨습니다. 제 말이 맞습니까?"

데우투스의 질문에 그는 가벼운 한숨을 내쉬었다.

"맞습니다."

라드니르의 대답에 데우투스는 계속해서 의아한 표정을 지었다.

"그렇다면 도대체 데이트가 아니라 뭡니까? 비밀리에 만나려 하시고, 상대는 여자인데다 백작님께서 먼저 나와서 기다리고 계시는 이 상황은… 아무리 생각해 봐도 데이트로 보입니다만……."

그의 말에 라드니르는 평상시의 차가운 표정으로 돌아와 어깨를 으쓱거렸다.

"마음대로 생각하십시오. 그리고 부탁하건대 날 놀리는 일이 끝났다면 이제 그만 사라져 주셨으면 좋겠군요."

"이런, 이런… 기분 상하셨다면 죄송합니다. 그럴 생각은 없었으니 너그럽게 용서하십시오. 그리고 죄송하지만 전 좀 더 있다가 가겠습니다. 그 행운의 아가씨가 누군지 알지 못하고 이대로 돌아간다면 아마도 전 끝내 호기심 때문에 궁금해서 죽어버린 최초의 마족이 될지도 모릅니다."

데우투스의 허풍에 라드니르는 미간을 찡그리다 이내 어쩔 수 없다는 듯 고개를 저었다.

"좋습니다. 그럼 하나만 맹세하십시오. 당신은 오늘 이 자리에 없었던 거라고. 그러니 어떤 상황이 닥친다 해도 아무것도 보지 못하고, 듣지 못한 거라고 맹세하십시오."

그의 말에 데우투스는 고개를 끄덕였다.

"스틱스 강에 걸고 맹세했습니다."

간신히 그의 옆에 있는 것을 허락받은 데우투스는 예의 신사적인 미소를 유지하며 스틱스 강을 주시했다.

그들은 서로를 어떻게 떼어놓아야 할지 고민하기 시작했다.

＊　　　　＊　　　　＊

뮤─! 뮤!

뮤는 유이를 향해 어서 오라는 듯한 표정을 지어 보였다.

"뮤, 조금만 천천히 가."

배가 난파되고 난 뒤 선원들을 비롯한 모두는 뿔뿔이 흩어져 버렸다.

정신을 차리고 나니 유이의 눈앞에는 뮤밖에 없었고, 그녀는 할 수 없이 뮤와 함께 일행들을 찾아 나섰다.

그러나 그것도 한계가 있었다.

아무런 물건도 없고, 자신이 어디에 있는지도 모르는 상황에서 그녀가 할 수 있는 것은 아무것도 없었던 것이다.

"이제 어쩌면 좋지?"

유이는 잠시 쉬기 위해 뮤가 도망가지 못하도록 끌어안으며 가벼운 한숨을 내쉬었다.

"뭔가 도움이 될 만한 물건이 있다면 좋을 텐데……."

뮤! 뮤!

그녀의 말을 기다렸다는 듯이 뮤는 유이의 품에서 빠져나와 여러 가지 물건들을 뱉어내기 시작했다.

"…이게 도대체……."

어떻게 된 일인지 영문을 몰라 어리둥절해하는 그녀의 눈에 어쩐지 익숙한 검이 들어왔다.

바로 아크레가 가지고 있었던 글자가 새겨진 검.

"이 검이 어떻게 너한테 가 있는 거니?"

유이가 검을 들어 올리며 의아한 표정을 지어 보이자 뮤는 그와 똑같이 생긴 검을 두 개 더 뱉어냈다.

"…이건?"

그녀는 검을 집어 들고는 그것을 유심히 살펴보기 시작했다.

각각의 검에 서로 다른 글자가 새겨져 있다는 사실을 알아낸 유이는 의아한 표정을 지어 보였다.

'있어야 할 장소로 돌아가는 열쇠'라는 의미가 담긴 검이라니, 뭔가 이상한 기분이 들었던 것이다.

뮤?

뮤는 유이가 오랫동안 검에만 관심을 보이자 다른 것들은 그녀에게 필요없다고 생각했는지 도로 삼키기 시작했다.

"아얏! 뮤, 안 돼!"

유이는 뮤가 마지막으로 삼키려던 과일 자루를 잡아당겼고, 뮤는 순순히 과일 자루를 내려놓았다.

뮤?

뮤가 의아한 표정을 짓자 유이는 뮤를 한번 쓰다듬어 주고는 세 자루의 검을 과일 자루에 집어 넣었다. 그리고는 사과를 꺼내 뮤에게 건넨 뒤 자신도 다른 사과를 꺼내 한 입 베어 물었다.

뮤가 꺼낸 물건들을 써도 되는 것인가에 대해 유이는 잠시 고민했지만 어차피 뮤가 자신이 꺼낸 물건들에 대해 설명해 주지는 못할 것이고, 이렇게 된 거 이것이 모두 쉴드의 가호라 생각하기로 한 것이다.

간단하게 끼니를 해결한 유이는 과일 자루를 둘러메며 우선 마을을 찾아보기로 결심했다.

이곳이 어디인지 정확하게 알 길은 없지만 사람이 살고 있는 마을이라면 적어도 다른 사람들에게 도움을 요청할 수도 있을 것이고, 운이 좋다면 레번 일행들도 마을로 찾아오거나 이미 마을 안에 있을지도 모른다는 생각이 들었던 것이다.

그러나 뮤를 앞세워 주변을 샅샅이 살펴본 결과 그녀는 이곳이 무인도라는 것을 알 수 있었다. 반나절 동안 섬 구석구석을 돌아다녀 보았지만 사람의 흔적이라고는 조금도 찾아볼 수 없었던 것이다.

한참 동안 멍하니 해변가에 앉아 있던 그녀는 서늘한 바람이 불기 시작하자 나뭇조각들을 모으러 다시 산으로 올라갔다. 과일 자루를 해변가에 두고 오자니 새나 동물이 가져갈지도 모른단 생각이 들어 그것을 메고 오긴 했지만 그 때문에 나뭇조각을 많이 모을 수가 없었다.

"이럴 땐 나도 정령을 부릴 수 있다면 얼마나 좋을까."

뮤!

가벼운 한숨을 내쉬는 그녀에게 뮤는 책 한 권을 뱉어냈다.

"이건 뭐니?"

유이는 물건들을 바닥에 내려놓고는 뮤가 준 책을 집어 들었다.

뮤—!

뮤는 바닥에 내려진 나뭇조각들을 삼키고는 먼저 해변가로 내려가기 시작했다. 이미 석양이 지고 있기에 유이는 그 책을 자세히 살펴볼 수는 없었지만 그것이 백지라는 것은 확인할 수 있었다.

뮤가 삼켜 버려 마른 나뭇잎들과 나뭇조각들을 다시 챙겨 내려온 그녀는 자신이 들고 온 나뭇가지를 두 손으로 비벼대기 시작했다.

탁탁.

시간이 지나자 희끄무리한 연기와 함께 불꽃은 튀었지만 좀처럼 불은 붙지 않았다. 유이는 바싹 마른 나뭇잎들을 조금 더 가져다 댔다.

몇 번의 시행착오 끝에 바람이 어렵사리 붙여놓을 만하면 불꽃을 꺼뜨리고 있단 걸 깨달은 유이는 모래 구덩이를 파고 그 속에서 불을 피우려 했지만 모래바람은 짓궂게도 나뭇잎을 싣고 날아가 버리기 바빴다.

"뭔가 불이 붙을 만한 것이 없을까?"

미간을 찡그리던 유이의 눈에 뮤가 건네줬던 책이 들어오자 그녀는 잠시 갈등을 하는 듯했다.

"어차피 백지니까 좀 찢어도 상관없겠지?"

그녀는 조심스럽게 책의 앞장을 찢어냈다.

"…이걸 어쩌지."

하필이면 찢어낸 페이지에 무엇인가가 그려져 있었다니…….

유이는 난감한 표정으로 책과 찢어진 페이지를 번갈아 바라보다 조심스럽게 찢겨진 페이지를 책 속에 끼워 넣었다. 그러나 찢겨진 페이지는 바람이 불지 않음에도 마치 바람이 불고 있는 것처럼 바닥으로 천천히 떨어져 내렸다.

"이런……."

유이가 당황한 표정으로 그것을 주우려는 순간 종이는 흔적도 없이 사라져 버렸다.

"마스터, 부르셨습니까?"

등 뒤에서 들려오는 남자의 목소리에 유이는 화들짝 놀란 표정으로 뒤를 돌아보았다.

"누구세요?"

"누구십니까?"

유이와 의문의 남자가 동시에 의아한 표정을 짓자 상황을 지켜보던 남주와 가희는 서로 마주 보며 난처한 표정을 지었다.

"저거 남주, 네 거 맞지?"

"실프가 나온 걸 보면 틀림없이 내 소환서야. 저게 왜 유이 손에 있는 거지?"

"혹시 여기 뮤가 있는 거 아닐까?"

가희의 말에 남주는 주위를 두리번거렸지만 뮤는 보이지 않았다. 두 소녀들이 당황하는 동안 유이와 실프 역시 만만치 않게 당황하고 있었다.

"이제 보니 마스터의 친구 분이셨군요. 가희님 맞으시죠?"

키가 3m가 넘는 거인이 자신을 잘 알고 있다는 듯 친근한 미소를 지으며 전혀 엉뚱한 이름을 대자 유이는 부정을 해야 할지, 가만히 있어야 할지에 대해 잠시 고민에 빠졌다.

"그런데 마스터께서는 어디에 계신 겁니까?"

그가 의아한 표정을 지으며 질문하자 유이는 평상시의 침착한 태도를 보였다.

"잠깐만요, 뭔가 오해가 있었나 보군요. 전 가희가 아니라 유이라고 합니다. 당신은 누구시죠? 인간은 아닌 것 같은데……."

유이의 말에 그는 어리둥절한 표정을 짓더니 마치 그녀를 관찰하는 듯한 시선으로 뚫어져라 바라보기 시작했다.

"그렇군요. 마스터의 친구 분과 매우 닮긴 했지만… 그분이 아니셨군요. 이거 초면에 실례가 많았습니다. 저는 실프라고 합니다. 최상급 진이죠."

실프가 공손하게 허리 숙여 인사를 건네자 그녀는 뮤가 무엇 때문에 자신에게 이 책을 준 것인지 깨달을 수 있었다.

뮤는 단순히 정령을 부리고 싶다는 유이의 말에 아예 소환서를 준 것이다.

"어쨌거나 만나뵙게 돼서 영광이군요. 제가 당신을 소환한 것 같은데 제 말이 맞아요?"

유이는 실프에게 악수를 청하고는 생긋 미소를 지었다.

"…그런 것 같군요. 그런데 그 책은 어디서 난 겁니까?"

"제가 키우는 애완 동물이 가져다 주던걸요."

그녀의 말에 실프는 어이없어하는 표정으로 반문했다.

"…애완 동물이… 가져다 줬단 말입니까?"

"네. 믿어지지 않으시겠지만 정말이에요."

유이의 말에 그는 미심쩍은 표정을 지었지만 이내 평상시의 표정으로 돌아왔다.

"어쨌거나 좋습니다. 하지만 전 이미 소환서를 통해 마스터와 계약을 했으므로 당신과 계약하지 않을 선택권이 있습니다. 이해하셨습니까?"

팔짱을 낀 채 거만한 표정을 짓는 실프를 보며 남주는 고개를 끄덕였다.

'실프가 꽤 의리가 있단 말이야.'

"이 책 주인이 있다면 당연히 돌려 드릴 테니 걱정하지 마세요. 난 그냥 이 책이 어떤 책인지도 모르고 불이라도 붙일까 싶어 찢은 거니까요."

생긋 미소를 짓던 유이의 주변으로 썰렁한 바람이 불어왔다.

"…태우려고 했다는 겁니까?"

약간의 냉기가 느껴지는 그의 목소리에 유이는 몸을 움찔거렸다.

"어, 어떤 책인지 몰랐거든요. 죄송합니다."

실프는 겁을 먹은 듯한 유이에게 더욱 험악한 표정을 지어 보이며 차가운 목소리로 경고했다.

"다시는 그 책을 태우려고 하지 마십시오. 그 책을 태운다는 것은 계약을 파기한다는 것이기도 하고, 안에 머물러 있는 존재들을 죽인다는 의미도 되니까 말입니다."

그의 말에 유이의 얼굴이 창백해졌다.

"미안해요. 정말 몰랐어요."

유이가 계속해서 고개를 숙이자 실프는 그녀가 불을 피우려던 자리에 불의 정령 사라만다를 소환해 내고는 불을 붙이도록 명령했다. 사라만다가 나뭇가지 더미에 불덩이를 토해낸 뒤 자신이 할 일을 다했다는 듯 사라져 버리자 실프는 덤덤한 표정으로 입을 열었다.

"사라만다가 붙인 불은 그리 쉽게 꺼지지 않을 겁니다. 뭔가 더 부탁하실 일은 없으십니까?"

"없어요. 감사합니다."

"그렇다면 전 이제 소환에 응하더라도 당신의 부탁은 들어주지 않을 테니 서운해하지 마십시오. 이번은 당신과 처음 만난 기념으로 당신의 부탁을 들어드린 것에 불과하니까 말입니다."

실프는 다시 책 속으로 사라져 버렸고 유이는 그제야 안도의 한숨을 내쉬었다.

"하아, 이 책이 소환서였다니……."

유이는 모닥불 가까이로 바싹 다가가서는 소환서를 펼쳐 들었다.

"이럴 줄 알았으면 날 레번에게 데려가 달라고 부탁할 걸 그랬나?"

커다란 키와 우락부락한 체형에 어울리지 않게 친절한 태도를 보여준 실프였지만 유이는 어쩐지 그가 두려웠다. 게다가 다음번에 소환해 냈을 때는 부탁을 들어주지 않는다고 미리 경고까지 해놓고 사라진 실프였다. 그를 불러내서 좋을 건 아무것도 없다고 판단한 유이는 책장을 뒤로 넘겼다. 자신이 찢었던 페이지는 신기하게도 찢겨졌던 흔적도 없이 그대로 붙어 있었고, 그 뒤는 새카만 종이에 섬뜩한 핏빛의 무엇인가가 쓰여져 있었지만 유이는 그것이 무엇을 뜻하는지 알 수 없었다.

"실프를 부를 바엔 다른 페이지의 소환수를 불러내서 부탁해 볼까?"

유이는 자신의 말이 끝나기가 무섭게 세 번째 페이지를 찢어냈고 그 페이지를 공중에 날려 버렸다.

"혹시 너, 다른 소환수와도 계약을 맺은 거야?"

가희의 질문에 남주는 고개를 저었다.

"아니, 실프가 가르쳐 준 소환진은 있지만 계약을 한 건 그 둘뿐이야."

"그때 실프 아저씨가 가르쳐 준 소환진이 뭐였지?"

"드래곤, 천사 유니콘, 악마였었어."

남주는 마른침을 꿀꺽 삼키고는 유이를 뚫어져라 바라보았다.

과연 그녀는 어떤 소환수를 소환해 낸 것일까.

14장
그녀가 의도한 것

의도하지 않았지만 의도한 결과

"피란트님, 뭔가 잘못된 거라도……?"

세이드가 의아한 시선을 보내자 그는 미간을 찡그렸다.

'이거 어떻게 생각해야 하는 건가? 그녀를 납치한 배후에 드래곤이나 마족이 있다는 건가? …드래곤이 프리스티스 따위를 어디에 쓸 거라고 납치를 한다는 거지?

"피란트님?"

세이드는 아무런 대답도 하지 않는 그를 보며 살짝 미간을 찡그렸다.

"피란트님!"

"아? …세이드, 마족이 하이 프리스티스를 필요로 하는 경우가 있을까?"

"마족이 하이 프리스티스를? 아! 드물긴 하지만 그거라면……."

"그거라니?"

"마왕을 부활시키는 대가로 하이 프리스티스를 제물로 쓰는 경우 말이죠. 드물긴 하지만 그런 경우라면 하이 프리스티스 이상의 제물이 또 어디에 있겠습니까?"

그녀의 간단한 설명에 피란트는 고개를 끄덕였다.

"혹시 이번 마왕이 부활한다는 소문 들었어?"

"금시초문이지만 가능성은 있습니다. 한동안 마왕이 활동한다는 소문이 전혀 없었던 걸로 봐선 한바탕 일을 벌이기 위해 힘을 비축해 둔 것일 수도 있거든요."

세이드의 말에 그는 고개를 끄덕였다.

"그럼 블랙 드래곤이 마왕의 일에 개입할 가능성은 없는 건가?"

계속되는 질문에 세이드는 어깨를 으쓱거렸다.

"그 부분에 있어선 저도 딱 부러지게 뭐라고 대답할 수가 없군요. 마계에는 데우투스나 라드니르 같은 인재들이 많으니 그들이 블랙 일족에게 끌리는 제안을 해왔다면 아마도 뿌리치기 어려울 테니까요."

그녀의 말에 피란트의 머리 속은 또다시 혼란스러워졌다.

"세이드, 아무래도 마왕이 뭔가를 하려나 본데 자네가 좀 만나보지 않겠어?"

"제가 말인가요?"

"아무래도 마족과 관련이 있는 블랙 일족이라면 내가 가는 것보다 조금이라도 더 많은 정보를 얻을 수 있지 않겠어?"

피란트의 말에 세이드는 미간을 찡그렸다.

도대체 일이 어떻게 돌아가는 것인지 설명도 해주지 않고 일방적으로 마계에 다녀오라니…….

"전 지금부터 할 일이 있습니다만……."

말끝을 흐리며 거절하려는 그녀의 말에 피란트는 차가운 표정을 지으며 입을 열었다.

"이번 일에 드래곤이 끼어 있다면 케니도 결국 안전할 수 없을 거다."

"그게 무슨 말입니까?!"

흥분한 세이드의 눈에서 불꽃이 이는 듯했다.

"마왕이 움직이면 천계는 가만히 있을 것 같아? 그들은 마족을 치기 전에 마족을 도운 자들부터 치려고 할 거야. 마족과 드래곤을 동시에 상대하긴 어려울 테니 말이야. 결국 엄청난 전쟁이 일어나게 되겠지."

그의 말에 세이드의 안색이 딱딱하게 굳어졌다.

"그게 케니와 무슨 상관입니까?"

"이번 마왕 부활 사건에 블랙 일족이 가담한 것 같아."

"블랙 일족이라니요? 확실한 겁니까?"

흥분한 세이드를 향해 그는 설아와 유이가 함께 있는 영상을 가리켰다.

"저것보다 확실한 증거가 또 있을 것 같아?"

"…알겠습니다. 가서 확인해 보죠. 그럼 피란트님께서는 티먼트님께 이번 사건에 대해 뭔가 아시는 바가 없는지 알아봐 주십시오. 그리고 케니도 티먼트님께 맡겨주십시오."

"티먼트님께?"

"피란트님께선 위험한 일을 조사 중이시니 아이를 돌보는 것엔 적합하지 않은 것 같고, 유희 중인 드래곤에게 아이를 맡길 수도 없으니 티먼트님께서 봐주시는 것이 가장 안심이 될 것 같군요."

세이드의 말에 피란트는 골치가 아프다는 듯한 표정으로 미간을 찡그렸다.

"그건 별로 현명한 생각이 아닌 것 같은데… 세이드, 티먼트님께선 애 보기에 전혀 소질이 없으신 분이야. 그분의 자식만 봐도 알 수 있을 텐데?"

좀처럼 다른 드래곤에게 관심을 보이지 않는 피란트가 티먼트에 대해 잘 알고 있다는 듯한 태도를 보이자 세이드는 의아한 표정을 지었다.

"티먼트님을 잘 아시는 겁니까? 그분은 그다지 사교성있는 분 같진 않으시던데 어떻게 알게 되신 거죠? 게다가 티먼트님의 아이라면 누구를 말씀하시는 건지?"

"내가 바로 그분의 아이였지. 내 입으로 말하긴 그렇지만, 내 성격처럼 만들고 싶지 않다면 티먼트님껜 절대로 케니를 맡겨선 안 돼. 케니의 장래를 생각한다면 내 말 명심하는 게 좋을 거야."

세이드는 피란트의 말에 가벼운 한숨을 내쉬었다.

드래곤도 쓸려고 찾으면 유회 중이라더니, 어떻게 주변의 드래곤들이 하나같이 성격 이상한 드래곤밖에 없는 것인지……

"그래도 일단 티먼트님께 가봐야겠지. 그리고 나서 바로 아델라이데에게 케니를 데려다 줄 테니까 너무 걱정하지 마."

피란트는 케니를 안아 들고는 모습을 감추었다.

세이드는 자신의 딸과 제대로 된 인사도 하지 못하고 헤어져 버린 현재의 상황이 너무나 허무했다. 용언의 맹세를 깨뜨려서라도 케니의 목소리를 찾아올 작정이었지만 그것은 뒤로 미룰 수밖에 없었다.

"그럼 이제 슬슬 마계로 가봐야겠군."

"케니, 오랜만이구나. 그동안 많이 컸군."

"삐잇."

케니는 피란트가 바닥으로 내려주자 티먼트에게 덥석 안기었다.

"자주 뵙는군요."

피란트가 멋쩍은 미소를 지으며 인사를 건네자 티먼트는 미간을 찡 그렸다.

"잘 왔다. 그렇지 않아도 네게 할 말이 있었는데 마침 잘됐어."

"할 말이라니요?"

"그래. 아델라이데와도 관련이 있을 것 같으니 일단 아델라이데와 관련된 일부터 설명해야 할 것 같군."

티먼트의 말에 그는 뭔가 다급한 표정을 지었다.

"이야기는 조금 있다 듣도록 하겠습니다. 아델라이데의 행방을 알고 계신다면 저 대신 티먼트님께서 케니를 그녀에게 데려가 주시면 안 되겠습니까?"

"갑자기 그게 무슨 말이냐?"

티먼트가 불쾌하단 표정으로 질문을 던지자 피란트는 난처한 표정으로 말했다.

"나중에 설명해 드리겠습니다. 케니! 티먼트님 말 잘 듣고 있어."

그 말을 마지막으로 피란트는 거대한 소환진에 의해 사라져 버렸다.

"정신이 하나도 없군. 케니, 모처럼 놀러 와준 건데 할아버지가 아무것도 못해줘서 어쩌나?"

"삐잇!"

케니가 괜찮다는 듯 고개를 흔들자 티먼트는 인자한 미소를 지어 보였다.

"역시 케니는 착하구나. 그런데 케니, 그건 무슨 종류의 놀이냐? 어른 말에는 제대로 대답해야 착한 해츨링이지."

그는 케니의 대답을 듣기도 전에 마법으로 만들어낸 의자에 케니를 앉히고는 테이블 가득 그녀가 좋아하는 음식들을 늘어놓았다.

"이것 먹고 있거라. 할아버지는 아델라이데와 이야기를 좀 해봐야겠구나."

인자한 미소를 지어 보이며 그는 아델라이데와의 대화를 시도했다.

'아델라이데!'

'티먼트님?'

몇 번의 시도 끝에 아델라이데와의 대화에 성공한 티먼트는 바로 본론을 꺼내 들었다.

'지금 케니가 와 있네. 피란트가 자네에게 맡겨달라고 부탁했네만 지금 어디인가? 지난번에 자네가 좀 빠져 달라고 하는 바람에 지금 이노르로 가기는 곤란하고… 여기에 들렀으면 하는데 괜찮겠나?'

'그거야 어렵지 않지만 세이드에게 무슨 일이라도 생긴 건가요?'

'피란트 녀석이 갑자기 소환에 응하는 바람에 제대로 설명을 듣지도 못했네.'

티먼트의 말에 아델라이데는 가벼운 한숨을 내쉬었다.

'케니는 괜찮은가요?'

'잘 먹고 얌전하게 있으니 걱정 말게나. 케니만 보면 세이드에게도 그리 큰일이 있는 것 같진 않으니 너무 신경 쓰지 말게.'

티먼트의 말에 아델라이데는 가벼운 한숨을 내쉬었다.

어떤 엄마가 애를 돌보는 것에 소홀하겠냐만은 세이드는 드래곤들 사이에서도 극성 엄마로 유명했다. 그런 그녀가 자신의 아이를 남에게 맡기다니…….

'어쨌거나 신경 써줘서 고맙습니다.'

아델라이데의 인사를 마지막으로 대화는 잠시 중단되었다.

"이제 곧 아델라이데가 올 거야."

티먼트는 케니를 보며 인자한 미소를 지었다.

*   *   *

"정신이 드냐?"

카론은 멍한 눈으로 자신을 바라보고 있는 설아를 향해 한심하다는 듯한 시선을 보냈다.

"이게 어떻게 된 거죠?"

"죽다 살아난 거다. 안됐지만 이제 건너야 할 강은 여기야."

카론이 가리키는 방향으로 고개를 돌린 설아의 얼굴에서 식은땀이 흘러내렸다.

강물 대신 불꽃이 물결치듯 넘실거리는 불의 강이라니…….

"…할 말이 없네요."

설아가 질렸다는 표정으로 플레게톤을 바라보자 카론은 피식 미소를 지었다.

"떨어지면 죽는 거다. 그러니 정신 바짝 차리고 있어."

카론의 말에 설아는 고개를 끄덕였고 배는 플레게톤을 향해 빠르게 움직였다.

숨이 콱콱 막혀오는 열기와 찜통 같은 더위에 설아는 온몸이 축 늘어지는 것만 같았다.

"어쩐지 끓는 물속에 있는 달걀의 기분을 알 것 같아요."

"힘내라."

카론은 그답지 않게 설아를 응원해 주더니 빠른 속도로 노를 저어 나갔다.

의식이 없던 플레게톤인지라 강을 건너는 것에 별다른 방해를 받지 않은 그들은 무사히 플레게톤을 지나 망각의 강 레테를 건넌 뒤 아름다운 엘리시온 벌판을 지났다. 그리고 그들은 마침내 스틱스 강에 도착했다.

스틱스 강은 증오의 강이라는 이름에 걸맞게 그 어떤 강보다 깊고 넓었다.

그러나 아무런 일도 일어나지 않고 조용히 강을 건널 수 있었다.

살아 있는 자들의 증오를 받아주진 않았던 것이다.

"여기까지 데려다 줘서 고마워요."

설아가 고개를 숙이며 감사의 인사를 건네자 카론은 아무 말 없이 되돌아갔다.

청동문이 있는 곳으로 올라가자 어렴풋이 라드니르와 낯익은 누군가의 실루엣이 보였다.

'저건… 누구지?'

좀 더 자세히 살펴보기 위해 설아는 눈살을 찌푸렸지만 그가 누구인지 전혀 추측이 되지 않았다.

조심스럽게 그들에게 접근하자 이내 라드니르가 설아를 발견한 듯 그녀에게로 다가왔다.

"무사하셨다니 다행입니다."

특유의 무표정한 얼굴로 자신을 맞이하는 라드니르를 보며 설아는 살짝 미간을 찡그렸다.

"어쩐지 무사하지 않길 바랐다는 것같이 들리는군요? 게다가 혼자서만 편하게 사라지다니, 너무 무책임한 거 아니에요?"

씩씩거리는 설아를 보며 라드니르는 가벼운 한숨을 내쉬었다.

"그럴 리가 있겠습니까? 저도 설아님을 혼자 이곳까지 오시게 하는 것은 내키지 않았지만 인간은 반드시 스틱스 강을 거쳐야만 이 청동문으로 들어올 수 있습니다. 더군다나 카론은 마족을 자신의 배에 태우지 않으니 저로서도 어쩔 도리가 없었습니다."

설아는 당연하지 않느냐는 듯한 그의 태도에 아무런 반박도 할 수 없었다.

분위기가 갑자기 가라앉자 라드니르는 다시 한 번 가벼운 한숨을 내쉬었다.

"이 문 안으로 들어가게 되면 이곳으로 들어오시기 위해 겪었던 일들과는 비교도 할 수 없을 정도로 위험해진다는 걸 미리 말씀드리고 싶습니다."

"그런 것쯤은 일일이 설명하지 않아도 다 알고 있어요."

퉁명스럽게 대답하고 청동문으로 다가가려던 설아의 눈에 덥수룩한 수염을 만지작거리는 데우투스가 들어왔다.

"생각보다 일찍 도착하신 것을 보니 다행히도 이곳까지 오시는 길이 그리 힘들진 않으셨나 봅니다."

붙임성 좋게 아는 척을 해오는 그를 보며 설아는 약간 긴장한 표정을 지었다.

"누군가 했더니 데우투스, 당신이었군요. 그런데 당신이 어째서 여기에 있는 거죠?"

"마족이 마계에 있는 것은 당연한 일 아닙니까?"

우호적인 미소를 지어 보이는 데우투스와 달리 설아는 이게 어떻게 된 일인지 설명해 달라는 표정으로 라드니르를 바라보았다.

"그렇게 경계하실 필요는 없습니다. 다크 레이디를 만나는 것에 도움을 드리려는 것뿐이니까 말입니다."

데우투스의 말에 라드니르는 의아한 표정을 지었다.

"갑자기 그게 무슨 말씀입니까? 제가 여기서 설아님을 만나기로 한 걸 이미 알고 계셨다는 겁니까?"

"자세한 설명은 나중에 하도록 하겠습니다. 긴 대화를 나누기엔 이곳은 그다지 적당한 장소가 아닌 것 같군요."

라드니르가 뭐라고 대답하기도 전에 말을 잘라 버리는 그를 보며 설아는 살짝 미간을 찡그렸다.

"…당신이 날 어떻게 도와주신다는 건가요?"

"다크 레이디를 불러내기 위해서는 적어도 두 명 이상의 마족과 동행해야 한다는 사실을 모르셨군요."

"라드니르, 그게 사실인가요?"

설아가 의아하다는 표정으로 그를 바라보자 라드니르는 특유의 무표정한 얼굴로 입을 열었다.

"꼭 그런 건 아닙니다. 다크 레이디를 만나기만 하는 것이라면 설아님께서 혼자 만나신다 해도 전혀 상관없습니다. …제 생각엔 그가 정말로 도움을 주려는 것이라면 자신의 말대로 도움이 됐으면 됐지 방해가 되진 않을 테니까 함께 가도 괜찮을 것 같습니다만, 설아님 생각은 어떠십니까?"

라드니르의 말에 고개를 끄덕인 설아는 작은 목소리로 데우투스를 향해 질문했다.

"제가 무엇 때문에 그녀를 만나려고 하는지 알고 있나요?"

"백작님께선 말씀을 해주지 않으시더군요. 그렇지만 마침 다크 레이디께서도 당신을 만나고 싶어하시는 눈치였으니 그런 건 그리 중요하지 않을 듯합니다. 따라오시죠."

데우투스가 여전히 신사적인 태도로 설아를 안내하려 하자 라드니르는 긴장한 표정으로 그를 저지했다.

"다크 레이디께서 설아님을 만나고 싶어하셨다니, 그게 정말입니까?"

라드니르가 버럭 화를 내자 데우투스는 여전히 호의적인 미소를 지으며 천천히 입을 열었다.

"만약 제가 백작님께 모든 것을 이야기했다면 함께 설아님을 기다리도록 허락해 주셨겠습니까?"

그의 말에 라드니르의 루비 빛 눈동자가 점점 피처럼 붉은빛으로 변하기 시작했다.

"당연히 쫓아냈을 겁니다. 다크 레이디께서 살아 있는 사람을 부른다는 것은 그를 마족으로 만들기 위해서란 걸 당신도 잘 알고 있지 않습니까? 만약 설아님께 무슨 일이 생긴다면 비프론즈의 명예를 걸고 그 대가를 반드시 당신에게서 받아내겠습니다."

찬바람이 일 것만 같은 라드니르의 냉랭한 목소리에 데우투스는 어깨를 으쓱거렸다.

"좋으실 대로."

데우투스가 따라오라는 듯 청동문을 열자 라드니르는 재빨리 설아를 자신의 뒤로 잡아끌었다.

크르르륵!

"켈베로스!"

마치 문이 열리길 기다리고 있었던 것처럼 잽싸게 튀어나온 켈베로스는 설아를 향해 위협하듯 낮게 으르렁거렸다. 설아는 본능적으로 자신의 몸이 부들부들 떨리는 것을 느꼈지만 기선을 제압하기 위해 켈베로스를 정면으로 바라보려 노력했다.

뱀의 꼬리를 가진 검은 개를 보며 설아는 자신이 무엇 때문에 그를 보려고 했는지도 잊은 듯 고개를 돌려 버리고 말았다.

한 몸에 세 개의 머리를 가지고 있는 것은 그렇다 치더라도 턱 주위에 무수한 뱀 머리가 갈기처럼 뻗어나 있는 켈베로스는 공포 그 자체였던 것이다.

뱀들이 뿜어내는 독이 바닥에 닿으면 그곳에서 바곳이 생겨났고, 바곳들은 설아가 함부로 움직이지 못하도록 위협하는 훌륭한 무기가 되었다.

크르르륵!

다시 한 번 으르렁거리는 켈베로스를 향해 데우투스는 마치 자신의 애완견을 나무라듯 머리를 호되게 쥐어박았다.

"시끄럽다! 저리로 물러나 있어!"

켈베로스는 데우투스를 향해 뱀으로 된 꼬리를 살랑살랑 흔들었지만 자리에서 물러날 생각은 없는 듯했다.

"마법으로 켈베로스를 제압했다가는 안에서 수상하게 생각할 것 같고, 이대로는 위험하니 좋은 방법 없겠습니까?"

라드니르가 데우투스를 향해 질문하자 그는 야릇한 미소를 지으며 입을 열었다.

"한 가지 방법이 있지만……."

말끝을 흐리는 그를 보며 라드니르는 덤덤한 표정으로 대답을 재촉했다.

"어떤 방법입니까?"

"켈베로스는 죽은 자들을 좋아합니다. 백작님께서 원하신다면 이곳의 영혼을 모으는 일은 그리 어렵지 않을 것 같은데 말입니다. 영혼들을 불러 모아놓고 켈베로스가 움직이지 못하도록 백작님께서 켈베로스를 안고 계시면 어떻겠습니까?"

마족과 죽은 자들에게는 마치 애완견처럼 꼬리까지 흔들어가며 애교를 부리는 켈베로스지만 침입자와 도망자에게는 용서가 없었다.

오죽하면 지옥의 파수꾼이라고 불리겠는가.

라드니르는 내키지 않는다는 표정을 지었지만 지금 이곳에서 켈베로스를 상대하려면 자신보다 적합한 상대는 없었다.

"일단 청동문 안으로 들어가는 것이 중요하니 그때까지만 백작님께서 켈베로스를 안고 계시면 나머지는 제가 알아서 처리하겠습니다."

여전히 우호적인 미소를 지어 보이는 데우투스를 향해 라드니르는 내키지 않는다는 표정을 짓긴 했지만 이내 고개를 끄덕였다.

"상황이 이렇게 됐으니 할 수 없군요. 설아님, 괜찮겠습니까? 지금이라도 돌아간다고 하시면 제가……."

"괜찮아요."

설아가 라드니르의 말을 싹둑 잘라 버리자 데우투스는 피식 미소를 지었다.

"그럼 부탁드리겠습니다."

데우투스가 정중하게 고개 숙이는 것을 신호로 그는 켈베로스 앞으로 다가갔다.

그의 주변으로 푸른 불꽃이 일기 시작하자 켈베로스는 설아를 경계하는 것도 잊어버린 듯 라드니르의 곁으로 다가와 꼬리를 살랑살랑 흔들기 시작했다.

청동문 안으로 미처 들어가지 못하고 배회하고 있던 영혼들이 라드니르의 곁으로 모여들었고, 켈베로스의 꼬리는 더욱더 빠르게 흔들리기 시작했다.

라드니르가 켈베로스를 안아 들자 데우투스는 설아를 향해 어서 오라는 듯 손짓을 해 보이며 자신이 먼저 청동문 쪽으로 건너갔고, 잠시 그가 설아에게 등을 보인 사이 그녀는 재빠르게 켈베로스를 향해 수전(袖箭)을 쏘았다. 강력한 수면제가 들어 있는 화살촉은 정확히 켈베로스를 명중시켰고, 켈베로스는 그대로 깊은 잠에 빠진 듯 온몸을 축 늘어뜨렸다.

라드니르는 잠시 놀란 눈으로 설아를 바라보았다. 그녀가 아무 짓도 하지 않았다는 표정으로 시치미를 떼자 그도 켈베로스를 안은 채 조용히 침묵을 지켰다.

"그럼 라드니르, 나중에 봐요."

설아의 의미심장한 말에 그는 고개를 끄덕였다.

설아가 무사히 청동문 안으로 들어서자 데우투스는 라드니르를 향해 미안하다는 듯한 표정을 지으며 그녀의 뒤를 따라 청동문 안으로 들어가더니 있는 힘껏 청동문을 닫아버렸다.

"미안하지만 다크 레이디는 설아님만 뵙기를 원하십니다."

평상시와 다름없이 마력이 담긴 그의 목소리는 문밖에서도 또렷하게 들려왔고, 잔뜩 화가 난 라드니르의 눈동자가 마치 피처럼 붉게 물들었다.

"스틱스 강에 건 맹세를 깨겠다는 겁니까?!"

"스틱스 강에 걸고 한 맹세를 그리 쉽게 깰 리가 있겠습니까? 백작님과 한 맹세는 반드시 지킬 겁니다."

단호한 그의 말에 라드니르는 어이없다는 표정으로 반문했다.

"반드시 지킨다니… 지금 당신이 하는 행동이 맹세를 지키기 위한 행동입니까?"

라드니르의 목소리는 조용했지만 어쩐지 살기가 느껴졌다.

"제가 한 맹세가 무엇입니까?"

데우투스는 우호적인 목소리로 라드니르를 향해 반문했고, 그로 인해 라드니르의 목소리는 한층 거칠어졌다.

"몰라서 묻는 겁니까? 데우투스! 당신은 오늘 어떠한 일이 벌어지더라도 절대 관여하지 않기로 맹세하지 않았습니까?!"

라드니르의 말에 데우투스는 깜짝 놀란 듯한 목소리로 반문했다.

"제가 그런 말을 했단 말입니까? 뭔가 오해를 하신 듯하군요. 제가한 맹세는 다른 것이었습니다. 맹세했기 때문에 그것이 무엇인지 말씀드릴 순 없지만 잘 기억해 보십시오. 저는 그런 적 없습니다. 제가 정말 당신에게 오늘 이 자리에서 무슨 일이 벌어지더라도 관여하지 않겠다고 구체적으로 맹세한 적이 있습니까?"

데우투스의 뻔뻔한 말에 라드니르는 자신이 그에게 속았음을 깨달았다.

그는 스틱스 강에 맹세한다고 말했지 끼어들지 않겠다는 구체적인 맹세는 하지 않았던 것이다.

"자, 그럼 가실까요?"

데우투스는 설아를 향해 우호적인 미소를 지으며 손을 내밀었다.

"다크 레이디는 날 혼자서 보고 싶다고 한 것 같은데… 함께 가주시려는 건가요?"

설아는 그의 손을 잡는 대신 비아냥거리며 그를 지나쳐 갔다.

당황한 데우투스는 설아를 붙잡으려 했지만 그녀는 이미 흔적도 없이 사라져 버렸다.

아마도 다크 레이디가 데려갔으리라 생각한 데우투스는 잔뜩 화가 나 있을 라드니르를 어떻게 풀어줘야 할지 머리가 지끈거리기 시작했다.

한 번 화가 나면 아무도 말릴 수 없을 정도로 잔인해지는 비프론즈이기에 아무리 넉살 좋은 데우투스라 해도 후환이 두려운 건 어쩔 수 없었다.

"다크 레이디께서 손님을 모시고 갔으니 저도 이만 물러가겠습니다."

데우투스마저 사라지고 나자 라드니르는 켈베로스를 품에서 내려놓고 거칠게 청동문 앞으로 다가갔다.

굳게 닫혔던 청동문은 소리없이 열리기 시작했고, 라드니르는 자신의 부름에 응해준 이들과 함께 문 안으로 들어갔다.

"전 지금부터 다크 레이디에게 가봐야 하니 다들 그만 돌아가도 좋습니다."

라드니르의 말에 그의 곁에 모인 영혼들이 하나둘씩 흩어지기 시작했다.

마지막 남은 한 명의 영혼마저 라드니르에게서 떨어지자 그는 자신의 앞에 뭔가 거대한 마법진이 생겨나고 있음을 발견할 수 있었다.

"워프 게이트인가?"

라드니르는 하필이면 이럴 때 마계를 찾은 손님이 누구인지 궁금해하면서도 정작 자신이 그를 맞아야 한다는 것이 내키지 않았는지 이내 눈살을 찌푸렸다.

"라드니르 백작, 오랜만이군요."

화려한 문에서 나온 자는 성격이 까다롭기로 유명한 블랙 드래곤 세이드 스크린이었다.

'하필이면 이럴 때 드래곤의 방문이라니…….'

"오랜만입니다. 케서린님께서는 잘 계십니까?"

해츨링을 두고 외출하는 경우는 극히 드물기에 라드니르는 케니의 안부부터 챙겼다.

"…썩 좋은 편이라고 할 순 없겠네요. 케니 때문에 이곳을 방문한 것이니까요."

그녀의 말에 라드니르는 의아한 표정을 지었다.

"케니님께 무슨 문제라도 생긴 겁니까?"

"자세한 것은 기회가 되면 말씀드리죠. 라드니르 백작, 최근 마왕을 만난 적이 있습니까?"

라드니르는 마치 자신의 친구를 부르는 듯한 태도로 마왕을 찾는 그녀가 마음에 들지 않았지만 별 내색은 하지 않았다.

"무슨 일로 마왕님을 찾으시는 겁니까?"

"지상계에서 마족들의 움직임이 심상치 않다고 하더군요. 혹시 마왕이 부활하는 것 아니냐는 말이 나돌 정도로 말입니다."

그녀의 말에 라드니르는 의아한 표정을 지었다.

"금시초문입니다. 혹시… 어느 어리석은 마족이 케니님을 해친 겁니까?"

라드니르의 말에 세이드의 눈에서 불꽃이 튀었다.

"그랬다면 지금 백작께서 제 앞에 무사히 서 있진 못하시겠죠?"

얼음처럼 차가워진 세이드의 목소리에 라드니르는 가벼운 한숨을 내쉬었다.

"만약 마왕님께서 지상계에서 활동하고자 하셨다면 제가 모를 리가 있겠습니까?"

라드니르의 말에 세이드는 잠시 무엇인가를 곰곰이 생각하는 듯했다.

"당신이 거짓말을 한다고 생각하진 않지만 다크 레이디와 직접 이야기해 보고 싶군요. 안내해 주시겠습니까?"

세이드의 목소리는 부탁이라기보다 명령처럼 강압적으로 들렸지만 라드니르는 그다지 불쾌하게 생각하지 않았다.

그렇지 않아도 어떻게 다크 레이디와 설아 사이에 끼어들어야 할지 난감하던 차에 마침 좋은 핑곗거리가 생겼던 것이다.

"안내해 드리겠습니다."

라드니르는 세이드와 함께 어둠 속으로 천천히 걸어 들어갔다.

다크 레이디의 방은 정해진 위치에 존재하고 있는 곳이 아닌지라 오로지 감으로 찾아야만 했다.

다크 레이디를 만나기 위해 마족을 동행시키는 것은 바로 그런 이유에서였다.

"이곳입니다."

라드니르의 말이 끝나기가 무섭게 문이 나타나더니 그들을 향해 안으로 들어오라는 듯 천천히 열리기 시작했다.

"다크 레이디?"

세이드는 인기척이라곤 전혀 느껴지지 않는 다크 레이디의 방을 둘러보며 의아한 표정을 지었다.

"설아님?"

아무런 인기척이 느껴지지 않는 것이 이상했던지 라드니르 역시 방을 살피기 시작했다.

"지금 뭐라고 하셨죠?"

세이드는 라드니르의 입에서 '설아' 라는 이름이 나오자 자신의 귀를 의심했다.

"다크 레이디께서 먼저 만나고 있던 분이 계십니다. 저와 함께 다크 레이디를 만나려고 했는데⋯⋯."

"잠깐! 설아? 설아라고 하신 건가요?"

세이드는 설아의 환영을 만들어 보이고는 다시 한 번 확인하듯 질문했다.

"혹시 당신이 말하는 소녀가 이 소녀인가요?"

"⋯세이드님께서 어떻게 설아님을 아시는 겁니까?"

라드니르가 의아한 표정을 짓자 세이드의 얼굴에선 적개심이 묻어났다.

"이 설아라는 소녀⋯ 마족인가요?"

날카로운 세이드의 목소리에 라드니르는 어이가 없었다.

"그런 말도 안 되는 소리를⋯ 어딜 봐서 설아님이 마족으로 보입니까?"

"⋯말도 안 돼! 그럼 저 녀석이 드래곤이라는 말이야?"

패닉 상태에 빠져 버린 세이드는 자신이 만들어낸 환영을 향해 버럭 고함을 질렀다.

"지금 뭐라고 하셨습니까?"

라드니르가 의아한 표정을 짓자 세이드는 설아의 환영을 잡아먹을 듯이 노려보았다.

"이 녀석이 드래곤이라고 했어요."

"…실례지만 요즘 시력이 많이 나빠지신 겁니까?"

뜬금없는 라드니르의 질문에 세이드의 날카로운 시선이 설아의 환영에서 라드니르에게로 옮겨졌다.

무안해진 라드니르는 헛기침하며 자신의 말을 이어 나갔다.

"어딜 봐서 설아님이 드래곤으로 보입니까?"

라드니르는 보고도 모르겠냐는 표정으로 어깨를 으쓱거렸다.

"비프론즈가 인간 소녀에게 존대를 할 정도로 약해 빠진 존재였다는 건가요?"

세이드의 모욕적인 발언에도 라드니르의 표정은 조금도 변하지 않았다.

"뭐죠?"

"세이드님의 눈에는 설아님이 평범한 인간 소녀로 보이십니까?"

그의 차분한 목소리에 세이드는 머리가 지끈거렸다.

첫 만남부터 분명히 평범과는 거리가 멀었지만 인간이라는 존재 자체가 그리 특별할 것 없다는 생각에 세이드는 가벼운 코웃음을 쳤다.

뮤—!

인기척이라고는 자신들 외에 아무것도 느끼지 못했던 라드니르와 세이드는 갑작스럽게 들려온 뮤의 목소리에 약간의 긴장감을 느꼈다.

"설아님?"

라드니르의 조심스러운 목소리에 반응하듯 뮤는 그들 앞에 나타났다.

뮤—!

그리고는 또다시 설아의 모습에 반응하기라도 하듯 그녀의 환영 옆으로 가다가 그녀를 삼켜 버리기라도 할 것처럼 입을 크게 벌렸다.

뮤—! 뮤!

보다 못한 라드니르가 뮤의 뒷덜미를 잡아채자 어디선가 설아의 목소리가 날아들었다.

"라드니르! 꽉 잡고 있어!"

"설아님?"

라드니르가 의아한 표정으로 주변을 두리번거리자 뮤는 그 틈을 이용해 잽싸게 바닥으로 뛰어내리더니 이내 모습을 감추어 버렸다.

"이런 바보 같은!"

다크 레이디의 목소리가 들려오자 세이드는 의아한 표정으로 목소리가 들려온 방향으로 고개를 돌렸다.

"다크 레이디?"

세이드와 라드니르가 어리둥절한 표정을 짓자 설아와 다크 레이디가 모습을 드러냈다.

"오랜만이군요, 세이드 스크린 씨."

설아가 먼저 인사를 건네자 세이드는 그녀의 인사를 받는 대신 이게 어떻게 된 일인지 해명해 달라는 표정으로 다크 레이디를 바라보았다.

"세이드, 마왕의 인사를 씹다니… 건방지다고 생각하지 않아?"

다크 레이디의 말에 세이드와 라드니르는 경악을 금치 못했다.

"…지금 뭐라고 했어?"

"지금 뭐라고 하셨습니까?"

세이드와 라드니르가 동시에 고함을 지르듯 질문하자 설아는 머리를 긁적거렸다.

"나, 지금부터 마왕이야."

황당한 그녀의 말에 세이드와 라드니르는 비명 같은 고함을 질렀다.

"어떻게 이런 말도 안 되는 일이?!"

"말도 안 돼!"

인간에 불과한 소녀가 마왕이라니……

세이드는 자신이 꿈을 꾸고 있는 게 아닌지 의심이 들기 시작했다.

"내가 그렇게 결정했어. 전대 마왕에게도 통보했으니 상관없잖아?"

다크 레이디가 별거 아니라는 듯 어깨를 으쓱거리자 세이드와 라드니르는 더 이상 아무런 말도 할 수 없었다. 마계의 의식체인 다크 레이디가 좋다고 승낙한 일에 마계의 주민인 라드니르가 나설 수도 없는 일인데다, 이방인에 불과한 세이드가 참견할 수도 없는 일인 것이다.

"세이드, 그런데 무슨 일로 날 찾아온 거야?"

다크 레이디는 오랜만에 찾아온 세이드를 향해 생긋 미소를 지었다.

"…궁금한 게 있어서 찾아왔는데… 이제 질문할 필요가 없어졌군."

세이드가 어이없는 눈으로 설아를 바라보자 설아는 머리를 긁적거렸다.

"잘 찾아왔어요. 세이드 씨, 난 당신이 지금부터 돌아가서 하려는 일이 무엇인지 잘 알고 있어요. 미르셀을 없애려는 거죠?"

그녀의 말에 뜨끔한 표정을 짓던 그녀는 이내 퉁명스러운 목소리로 반문했다.

"내가 왜 그런 일을 한다는 거지?"

"케니의 목소리를 되찾기 위해서죠."

설아의 말에 다크 레이디와 라드니르는 의아한 표정을 지었지만 그녀들은 아무런 설명도 하지 않았다.

"…미르셀을 없애면 케니의 목소리도 함께 사라져. 그런데 내가 미르셀을 없앤다고?"

말도 안 되는 소리 하지 말라는 듯한 세이드에게 설아는 머리를 긁적거렸다.

"케니의 목소리라면 거기 없어요."

"…뭐?"

설아는 어깨를 으쓱거리며 자신의 말을 이어 나갔다.

"우리가 그것을 가지고 이노르로 옮겼으니까요. 아델라이데에게 부탁할 생각이었거든요. 당신에게 전해달라고."

설아의 말에 세이드는 허탈한 표정을 지었다.

"그럼 그 구슬을 아델라이데가 가지고 있다는 거야?"

"아니요, 지금은 이노르에 있을 거예요. 우리가 처음 아델라이데를 만났을 때는 그녀에게 뭘 부탁할 만한 상황이 아니었거든요. 그래서 유이라는 사람에게 부탁하려 했는데… 지금은 아델라이데가 정상으로 돌아왔으니 아마도 그녀가 이노르의 집에 도착한다면 금방 찾을 수 있을 거예요. 그러니 아델라이데에게 연락을 해보세요. 마침 케니도 아델라이데와 함께 있을 테니."

설아의 말에 세이드의 안색이 한결 편안해지자 다크 레이디가 조심스럽게 대화에 끼어들었다.

"케니에게 안 좋은 일이라도 있었던 거야?"

"인간에게 목소리를 봉인당했어. 용언으로 인간을 해치지 않겠다고 맹세했기 때문에 난 아무것도 할 수 없었지."

광룡이 될 것까지 감수해 가며 미르셀을 엎어버릴 각오로 봉인의 구슬을 찾으려 했던 세이드는 설아를 향해 감사의 인사를 건넸다.

"고마워, 네가 아니었으면 광룡이 되어버렸을지도 몰라."

"고마워하긴 일러요, 세이드 씨. 복수하고 싶지 않나요?"

설아가 의미심장한 미소를 지으며 세이드를 바라보자 그녀는 솔깃한 표정으로 설아의 말이 이어지길 기다렸다. 설아는 그런 세이드를 향해 다시 한 번 미소를 지었다.

"나와 계약해요."

"계약?"

"임플란드를 얼마든지 가지고 놀게 해줄 테니 나랑 계약하자구요."

설아의 말에 세이드는 의아한 표정을 지었고 라드니르는 걱정스런 표정을 지었다.

"설아님, 설마 자신의 동족을 해치려는 겁니까?"

"해츨링의 목소리를 봉인해 뒀던 대가는 치러야지."

설아의 대답이 마음에 들었는지 세이드는 그녀의 제안에 고개를 끄덕였다.

"좋아, 계약하지. 계약 내용은?"

"인간에게 대피할 시간을 주고 마을을 부수라는 거예요. 물론 그 시간 내에 피하지 못한 사람이 있다면 그건 세이드 씨가 알아서 할 일이구요."

설아의 말에 세이드는 미간을 찡그렸다.

"인간을 해치면 난 광룡이 될 텐데?"

"괜찮아요. 용언의 계약은 만료되었으니까."

세이드는 설아의 말에 의아한 표정을 지었다.

"그게 무슨 소리야?"

"당신과 계약했던 자가 죽었거든요. 기간이 정해진 게 아니니까 그건 이미 계약이 끝나 버린 거죠. 세이드 씨, 저와 했던 이야기를 모든 드래곤에게 알려주세요. 이번 일은 당신만 관여하겠다고. 다른 드래곤은 나서지 말라고 말이에요."

설아의 말에 세이드는 고개를 끄덕였다.

"그럼 언제부터 시작할까?"

"지금부터 시작하세요. 레번 크로우에게 사람들을 대피시킬 권한을 주시는 것 잊지 마세요."

설아의 말에 세이드는 지상으로 사라져 버렸다.

"설아님, 도대체 무슨 생각을 하고 계신 겁니까?"

라드니르가 이해할 수 없다는 표정으로 설아를 바라보자 그녀는 가벼운 한숨을 내쉬었다.

"슬슬 이야기를 끝낼 때가 된 것 같아."

알 수 없는 말을 중얼거리는 그녀를 향해 다크 레이디와 라드니르는 의아한 표정을 지을 뿐이었다.

*   *   *

"그렇게 헤어지고 나서 또다시 날 소환해 내다니… 멍청한 거냐, 대담한 거냐?"

피란트는 자신을 소환서로 불러낸 사람이 설아라고 판단했는지 상대를 확인하기도 전에 비아냥거리기 시작했고, 아무것도 모르는 유이는 식은땀을 흘릴 수밖에 없었다.

"죄, 죄송해요."

목소리가 생소하다고 판단한 피란트는 고개를 들어 소환사를 확인했다.

하얀 피부의 낯익은 얼굴… 소환서의 주인은 어느덧 다른 사람으로 바뀌어 있었다. 그녀의 얼굴을 다시 한 번 뚫어져라 살펴본 피란트는 마치 무엇인가로 머리를 세게 얻어맞은 듯한 느낌이 들었다.

"혹시… 하이 프리스티스 유이?"

유이는 중성적인 매력을 풍기는 피란트를 뚫어져라 바라보고는 의아한 표정으로 반문했다.

"절 아시나요?"

"당신을 알고 있을 뿐만 아니라 당신이 있어야 할 곳까지 알고 있죠. 가실까요?"

피란트는 유이의 손을 덥썩 붙잡고는 워프 게이트의 시동어를 외쳤다. 그들을 지켜보고 있던 가희와 남주는 당황한 표정으로 서로를 바라보다 열려진 게이트 안으로 뛰어들었다.

"지금 어디로 가는 거죠?"

유이가 약간 불안하단 표정으로 피란트를 바라보자 그는 걱정 말란 표정을 지었다.

"라이더 형과 한스 형이 당신을 찾고 있습니다. 형들에게 데려다 주는 거니까 마음 푹 놓으십시오."

그의 말에 유이의 얼굴이 점점 창백하게 굳어졌다.

"지금은 안 돼요!"

갑자기 걸음을 멈춘 그녀를 보며 피란트는 살짝 미간을 찡그렸다.

"뭐가 안 된다는 겁니까?"

"일행이 있는데 행방불명됐어요. 그들이 무사한지 어떤지 알지도 못하는데 저 혼자 엘프들의 숲으로 돌아갈 순 없어요."

뭔가 결심을 단단히 굳힌 듯한 유이의 표정에선 비장함까지 묻어 나
왔다.

"뭐, 그건 그쪽 사정이니까 라이더 형에게 직접 이야기하시죠. 그런
데… 그 소환서는 어디서 난 거죠?"

"뮤에게 받았어요. 주인이 따로 있다고 하니까 잠시 맡아두는 거예
요."

유이의 말에 피란트는 더욱 의아한 표정을 지었다.

언젠가 설아도 비슷한 말을 했었다는 사실이 떠오른 것이다.

"혹시 그 소환서 설아가 가지고 있지 않았습니까?"

"설아? 그게 누구죠?"

유이가 의아한 표정으로 반문하자 피란트는 그녀를 어떻게 설명해
야 할지 막막해졌다.

마족인지, 인간인지, 그렇지 않으면 드래곤이기라도 한 것인지 그로
서는 도저히 알 길이 없었던 것이다.

"설아와 함께 세이드라는 블랙 드래곤을 만났던 것 기억나지 않습니
까?"

"네? 제가 드래곤을 만났다구요?"

의아해하는 그녀와 달리 피란트는 가벼운 한숨을 내쉬었다.

"기억이 지워진 모양입니다. 유이님, 당신을 납치한 사람이 누구였
는지 기억하고 있습니까?"

"아크레라는 기사였죠. 임플란드 소속의……."

"기억이 지워진 것은 부분적인 건가 봅니다. 일단 절 소환한 건 당
신이지만 전 아무와도 계약하지 않았으니 미안하지만 라이더 형의 입

장부터 생각할 수밖에 없습니다. 이해해 주시길."

정중한 태도로 양해를 구하는 그에게 유이는 뭐라고 할 말이 없었다. 할 수 없이 발걸음을 옮기기 시작한 그녀는 얼마 지나지 않아 워프 게이트에서 벗어날 수 있었다.

"이 문만 열면 라이더 형을 만날 수 있을 겁니다."

피란트는 조심스럽게 문을 열고는 유이를 향해 먼저 나가라는 시늉을 해 보였다.

"피란트, 이 녀석은 잠깐이라고 해놓고 뭐가 이렇게 오래 걸리는 거야?"

라이더가 한스를 향해 짜증 섞인 목소리로 불만을 털어놓자 한스는 사람 좋은 얼굴로 그를 다독거렸다.

"곧 오겠죠. 뭔가 사정이 있을 겁니다."

"그 곧이라는 게 언제냐고! 이 녀석은 우리 마을 엘프보다 더 시간 개념이 없잖아!"

버럭 소리를 지르는 라이더에게 한스는 가벼운 한숨을 내쉬었다.

피란트가 늦어지면 늦어질수록 한스는 라이더의 화풀이 상대가 되어가고 있었다.

"형, 늦어서 미안."

유이가 우물쭈물거리며 말을 걸지 못하자 피란트는 벽면을 '똑똑' 소리나게 두드리고는 그들의 시선을 자신에게로 옮겼다.

"피란트! 넌 금방 온다는 녀석이 왜 이렇게 늦게 오는 거냐?"

버럭 화를 내는 라이더 앞에 피란트는 유이를 방패로 삼았다.

"내가 누구를 모시고 왔는지부터 봐주면 안 될까?"

라이더는 유이를 보고 경직된 표정으로 잠시 할 말을 잃은 듯하다 이내 한스에게로 버럭 소리를 질렀다.

"그것 봐! 한스, 내가 무슨 사정이 있어서 늦는 거라고 했잖아! 넌 왜 그것도 못 참고 피란트에게 화를 내고 그러냐?"

"제가 언제 화를 냈다고 그러십니까?"

의아한 표정으로 반문하는 한스를 무시하며 라이더는 유이에게로 시선을 돌렸다.

"유이님, 괜찮으십니까? 어디 불편한 데 없으십니까?"

"난 괜찮아요. 라이더, 당신도 여전하시네요."

유이가 안됐다는 듯한 시선으로 한스를 바라보자 그는 예의 사람 좋은 미소를 지어 보였다.

"한스라고 합니다. 여왕 폐하의 명으로 엘프의 숲 경계를 지키는 자입니다만, 제 부주의로 유이님께서 고생하셨으니 어떻게 사과를 드려야 할지……."

"그다지 고생하지 않았으니 미안해하실 필요 없어요. 고생이라면 저보다 한스님께서 더 심하셨을 것 같은데… 정말 수고하셨어요."

유이의 말에 한스는 가슴이 찡해오는 것을 느낄 수 있었다.

누군가가 자신의 고생을 알아주리란 생각은 한 번도 해본 적이 없었건만, 유이는 진심으로 라이더에게 휘둘리는 한스가 안됐다고 말해 주고 있었다.

"이제 간신히 숲으로 돌아갈 수 있게 됐군. 피란트, 한스, 그동안 고마웠어."

"잠깐만요! 라이더, 아직 숲으로 돌아갈 순 없어요."

다급하게 자신의 말에 끼어드는 유이를 보며 라이더는 의아한 표정을 지어 보였다.

"그게 무슨 말입니까?"

"저를 엘프들의 숲까지 호위해 주기로 한 일행이 있는데 얼마 전에 사고를 당해서 흩어지게 됐어요. 가더라도 인사 정도는 하고 가야 하잖아요."

유이의 말에 라이더는 살짝 미간을 찡그렸다.

"설마 그 일행이라는 게 아크레를 말하는 건 아니시죠?"

"아니에요, 그는 큰 부상을 입어서 그 대신 나이트 레번께서 호위해 주셨어요."

"아크레 대신 말입니까?"

라이더의 짙은 눈썹이 파르르 떨리기 시작했다.

"네."

유이가 긍정의 뜻으로 고개를 끄덕이자 라이더는 단호하게 고개를 저었다.

"그렇다면 그냥 숲으로 돌아가야겠습니다. 유이님, 처음부터 그는 엘프들의 숲까지 당신을 호위하는 임무를 가진 거니까 나중에 유이님께서 숲으로 돌아가셨다는 걸 알게 되더라도 불만을 가지진 않을 겁니다."

"어쨌거나 무사하다는 소식은 전해야 하잖아요."

"그런 거라면 돌아가서 임플란드 성으로 편지라도 보내면 됩니다."

냉정하게 잘라 말하는 라이더를 향해 유이는 고개를 저었다.

"그럴 순 없어요. 일행이 위험에 처했는지도 모르는데 나만 편하게 있으라는 건가요?"

유이와 라이더가 좀처럼 자신의 의견을 좁히려 하지 않자 피란트는 유이에게 수정 구슬을 내밀었다.

"그 사람이 어떻게 생겼는지 떠올려 보십시오."

피란트의 말에 유이는 레번을 떠올렸다.

170㎝를 넘지 못할 것 같은, 남자치고는 다소 작은 키를 지닌 레번이었지만 근육질의 탄탄한 몸매는 그를 결코 왜소하게 보이지 않게 했고, 금발과 녹색 눈동자는 주근깨와 험상궂은 눈매에 눌려 그를 악당으로 보이게 만들고 있었다.

"지금 일행이라고 말씀하신 게 이 사람이 맞습니까?"

라이더는 얼굴에 '나는 악당이다' 라는 보증 마크가 찍혀 있는 듯한 레번을 손가락으로 가리키며 다시 한 번 어이없단 표정을 지어 보였다.

"맞아요. 어디 있는지 알 수 있나요?"

유이가 피란트를 향해 질문하자 피란트는 난처한 표정으로 라이더를 바라보았다.

"아무리 피란트라고 해도 아무런 단서도 없이 그를 찾아내긴 불가능합니다."

유이는 라이더의 말에도 아랑곳하지 않고 피란트에게 대답을 재촉하는 듯한 눈빛을 보냈다. 피란트는 난처한 표정으로 이번엔 한스에게 도움을 요청하는 눈빛을 보냈지만 한스는 계속해서 침묵을 지키며 무엇인가를 생각하는 듯했다.

"정말 찾을 수 없는 건가요?"

유이의 한숨 섞인 질문에 한스는 고개를 갸웃거렸다.

"어디서 많이 봤다고 생각했더니, 그 사람 피닉스 단 소속의 소드 마스터 아닙니까?"

"네, 그렇게 들었어요."

유이는 기대에 가득 찬 눈빛으로 한스를 바라보았고, 그는 계속해서 자신의 말을 이어 나갔다.

"피란트님, 소드 마스터의 경지에 이른 사람들은 독특한 마나가 풍길 텐데… 그 마나를 추적하면 찾을 수 있지 않겠습니까?"

진지한 표정으로 질문하는 그를 향해 라이더가 눈을 부라렸다.

"한스, 모르면 가만히 있어. 마나를 추적하는 것이 얼마나 힘든 건지 알고 있어? 사람을 찾을 때까지 피란트가 계속해서 마나를 소비해야만 하는데, 마나는 어디서 한도 끝도 없이 나오는 건 줄 알아?"

"피란트님께선 드래곤이시니 그다지 마나에 대한 염려는 하지 않으셔도 될 것 같습니다만, 제가 잘못 생각한 겁니까?"

한스의 말에 피란트는 항복했다는 듯 두 손을 들어 보였다.

"네! 네! 한스 형 말대로 저야 드래곤이니 마나 걱정은 필요없죠. 유이님께서 찾으시는 분이 소드 마스터라면 대륙 전체를 뒤져도 다섯이 채 안 될 테니 그리 오래 걸리진 않을 겁니다. 라이더 형, 인사만 하고 숲으로 돌아가신다니 형이 그만 양보해."

피란트마저 유이 편을 들고 나서자 라이더는 더 이상 아무런 반대도 하지 않았다.

피란트는 마왕 부활 의식의 제물이 됐을 거라고 생각한 유이가 사실은 일행까지 거느린 채 엘프들의 숲으로 돌아오고 있었음에 한시름 놓았다.

그리고 혹시나 레번이라는 사람이 설아의 정체를 알고 있을지도 모른다는 생각에서 그를 만나보고 싶단 생각이 들었다.

어차피 한스와 라이더는 유이를 찾기 위해 여행을 시작한 것이고, 목적을 이룬 마당에 숲으로 돌아갈 일만 남았지만 자신은 달랐다.

뚜렷한 목적 없이 시작하게 된 여행이었고, 다들 엘프들의 숲에 돌아가 버리고 나면 딱히 할 일도 없었다.

설아의 정체가 무엇인지 알아내기에 자신만한 적임자도 없을 것이라고 생각한 그는 아무런 망설임 없이 레번의 마나를 찾기 시작했다.

우선 함께 있었다가 사고로 헤어지게 됐다는 유이의 말에 따라 그녀를 발견했던 장소부터 남들보다 강한 형태의 마나를 찾기 시작한 피란트는 3분도 채 지나지 않은 시간에 레번으로 의심되는 자를 찾아낼 수 있었다.

유이가 있던 섬의 맞은편 섬에서 소드 마스터의 것으로 추측되는 마나와 누구의 것인지 전혀 알 수 없는 마나가 느껴졌던 것이다.

워프 게이트를 통해 다시 한 번 이동하는 그들을 따라 가희와 남주도 바쁘게 움직였다.

"유이! 유이!"

"카악! 유이!"

티로는 레번을 따라 유이를 외치며 숲을 뛰어다니기 시작했다.

여기저기 정신없이 뛰어다니는 티로를 보며 잔소리하기조차 귀찮아졌던 레번은 티로의 발을 걸었고, 티로는 '쾅당' 소리를 내며 앞으로 넘어지고 말았다.

"카악! 레번이 발 걸었어! 레번이 발 걸었어!"

티로는 코를 주물럭거리며 화를 냈고, 레번은 갈라지다 못해 도저히 인간의 목소리라고 생각되지 않을 정도로 허스키해진 목소리로 시니컬하게 대답했다.

"시끄러워."

티로는 날개를 퍼덕거리며 불만 어린 목소리로 레번에게 거세게 항의하기 시작했다.

"캬악! 레번 바보! 레번 바보!"

레번은 미간을 찡그리더니 바닥에 있는 작은 돌멩이를 들어 티로에게 던졌고, 그것은 티로의 머리를 정확하게 맞추고는 바닥으로 다시 떨어져 버렸다.

"내가 시끄럽다고 했지?"

"캬악! 아파! 아파!"

머리를 감싸 쥐며 엄살을 떨어대던 티로는 레번이 눈을 부라리자 바닥에 납작 엎드려서 죽은 척을 하기 시작했다.

"한결 낫군."

레번은 머리 속에 마치 메뚜기가 뛰어다니는 것만 같았던 느낌이 사라지자 한결 밝아진 얼굴로 주변을 둘러보았다.

조금 전까지만 해도 존재하지 않았던 낯선 사람들이 자신을 향해 살기등등한 눈빛을 보내고 있단 걸 깨달은 레번은 의아한 표정으로 그들을 바라보았다.

"저 녀석이 어린 하피를 죽였어!"

성질 급한 라이더가 레번에게 달려들자 한스와 피란트는 그를 말리기 위해 덩달아 달리기 시작했다.

"라이더! 참아요!"

한스가 뒤에서 그를 끌어안자 피란트는 간신히 한숨을 돌리며 여전히 죽은 척하고 있는 티로를 살피기 시작했다.

"괜찮아, 죽지 않았어."

그의 말에 라이더는 흥분을 가라앉히려 애썼다.

"어이! 까마귀, 쇼하지 말고 일어나."

쿨하게 내뱉는 악당 같은 레번의 대사에 라이더의 눈이 다시 한 번 날카로워졌다.

"캬악! 난 너 싫어! 너 싫어!"

레번의 말에 자리에서 벌떡 일어난 티로는 애꿎은 라이더의 다리를 발로 걷어찼다.

"무사해 보이니 다행이에요."

유이가 라이더와 레번 사이에 끼어들며 자신의 존재를 알리자 레번의 안색이 한결 밝아졌다.

"누가 할 소릴……. 그런데 도대체 어디서 그렇게 갑자기 나타난 거야?"

한스는 계속해서 라이더를 잡고 있어야 할지, 그렇지 않으면 놓아줘야 할지 갈등하는 듯하더니 이내 팔을 풀었다.

"레번, 소개할게요. 절 찾기 위해서 엘프들의 숲에서 오신 분들이에요. 이쪽은 그동안 절 보호해 주신 레번님이세요. 여기 계신 피란트님이 워프를 열어줘서 간신히 레번님을 찾을 수 있었어요."

유이의 간략한 소개에 레번은 의아한 표정을 지었다.

"엘프들의 숲이라더니, 인간들이 더 많은 것 같군요?"

유이가 대답하기 전에 라이더가 나서서 코웃음을 치기 시작했다.

"흥! 엘프들의 숲에서 온 건 나 혼자고, 이들은 내 일행이오."

자칫 썰렁해질 것 같은 분위기에 한스가 얼른 그들 사이에 끼어들었다.

"반갑습니다. 소문으로만 듣던 레번님을 여기서 뵙게 되다니… 전 한스라고 합니다. 이노르에서 왔죠."

악수를 청하는 한스의 손을 잡은 레번은 뭔가 날카로운 것이 자신의 손을 찌르는 것을 느꼈다. 화들짝 놀라 한스의 손을 뿌리친 레번은 자신의 손에 하얀 뼛조각이 박힌 것을 발견해 냈다. 레니의 뼈가 한스의 손에서 레번에게로 옮겨간 것이다. 예상치 못한 결과에 당황한 한스는 피란트를 향해 도움을 청했지만 그 역시 이런 경우는 처음 보는지라 속수무책이었다.

"이노르의 인사 방법은 이런 건가?"

고통을 참아내며 레번이 눈살을 찌푸리자 한스는 고개를 숙였다.

"죄송합니다. 일이 이렇게 될지 몰랐습니다."

레번이 자신의 손으로 파고드는 뼈를 뽑아내기 위해 이를 악물었지만 쉽사리 뽑히지 않았다.

"잠시만요!"

유이가 레번의 손을 잡고 신성력을 쏟아 붓기 시작했지만 레니의 뼈는 언데드와 달리 쉴드가 만든 것인지라 아무런 효과도 없었다. 그저 뼈가 파고들어 가느라 벌어진 상처들만 깨끗하게 재생될 뿐이었다.

"캬악! 그건 레니 거야! 레니 거야!"

"레니? 그 폐선에서 봤던 뼈다귀 말이냐?"

레니라는 이름이 친숙하다고 생각했던 그들은 레번의 말에 다들 자신의 머리를 쳤다.

폐선에서의 언데드라면 이가 갈렸던 것이다.

"캬아악! 그건 레니밖에 못 써! 레니밖에 못 써!"

날카로운 목소리로 소리를 지르던 티로는 레번의 손을 보며 뭔가 결심했다는 표정을 지어 보였다.

"레니 나와! 레니 나와!"

갑작스런 티로의 말에 피란트는 레번의 곁에서 예사롭지 않은 기운
이 풍겼던 것을 기억해 냈다.

"레니 나와! 나와! 나오지 않으면 열쇠 줄 거야! 열쇠 줄 거야!"

티로의 카랑카랑한 목소리에 다들 의아한 표정을 지었다.

"열쇠라니? 무슨 열쇠?"

라이더가 티로를 향해 질문하자 티로는 그의 발을 호되게 밟았다.

"난 너 싫어! 너 싫어! 말 걸지 마!"

"윽! 내가 뭘 어쨌다고!"

버럭 화를 내는 라이더에게 한스는 가벼운 한숨을 내쉬었다.

"혹시 이 하피의 이름이 티로 아닙니까?"

"네, 티로예요. 그런데 한스님께서 티로를 어떻게 아시는 거죠?"

"레니라는 분도 만났던 분 같군요."

자신의 손가락에 뼈를 붙였던 세이렌은 레니밖에 없었다.

그 뒤로 아무런 이상도 없었기에 그것에 대해서는 완전히 잊고 있었
는데 그것이 이런 화를 부를 줄이야……

"정말 면목없게 됐습니다."

한스의 말에 레번은 눈살을 찌푸렸다.

"이미 엎질러진 물이니 할 수 없지."

티로는 레번의 말에 더욱 커다란 목소리로 고함을 질렀다.

"레니! 나 열쇠 꺼낼 거야! 열쇠 꺼낼 거야!"

티로의 말에도 레니가 모습을 드러내지 않자 티로는 딱딱하게 굳어
진 얼굴로 다시 한 번 언성을 높였다.

"열쇠 꺼낸다! 열쇠 꺼낸다!"

티로의 비장한 목소리에 안 되겠다고 생각했는지 레니가 그 모습을

드러냈다.

"그만둬! 자살이라도 할 생각이야?"

레니의 말에도 티로는 전혀 주눅 들지 않았다.

"저 뼈 가져가. 저 뼈 가져가."

레니는 티로의 말에 뿌드득 소리가 날 정도로 이를 갈아댔다.

"티로! 그분께서 널 지켜보고 있을 거야."

"뼈 가져가지 않으면 열쇠를 꺼낼 거야! 열쇠를 꺼낼 거야!"

기세등등한 그녀의 목소리에 레니는 천천히 레번에게 다가가더니 작은 목소리로 무엇인가 중얼거리기 시작했다. 그리고는 뼈를 뽑는 대신 티로에게 다가가 시동어를 외쳤다.

"슬립!"

티로가 레니의 마법에 그대로 털썩 쓰러져 코를 골기 시작하자 다들 어이없다는 표정으로 그녀를 바라보았다.

"이제 시끄러운 하피를 처리했으니 당신들만 없애 버리면 티로도 더 이상 경솔하게 굴지 못하겠죠."

레니는 그들 한 명 한 명을 뚫어져라 노려보고는 마지막으로 레번을 노려보았다.

"그렇게 호락호락하게 당할 것 같아?"

레번이 악당 같은 미소를 지으며 검을 뽑아 들자 레니는 그를 비웃는 듯한 표정으로 천천히 입을 열었다.

"당신이 싸워야 할 상대는 내가 아니라 저들입니다."

"무슨 헛소리를!"

레번은 말과 달리 레니의 말에 반응하듯 무방비 상태의 한스에게 검을 날렸다.

한스는 잽싸게 몸을 숙이고는 옆으로 구르기 시작했다. 날카로운 레번의 검은 아슬아슬하게 한스를 빗겨 나갔지만 레번은 계속해서 공격을 시도했다.

"어이, 그쯤에서 그만둬. 이러다 사람 잡겠다."

"내가 하고 싶어서 하는 게 아니라 몸이 멋대로 움직이는 거다!"

라이더의 쿨한 목소리에 레번은 다급한 목소리로 고함을 질렀다.

그제야 상황을 파악한 라이더는 레이피어를 뽑아 들었다.

챙!

날카로운 금속성의 마찰음이 울려 퍼지자 잠깐의 힘겨루기가 이어지는 듯하더니 라이더가 솜씨 좋게 몸을 뒤로 뺐다.

"괜찮아?"

재빨리 몸을 일으킨 한스를 향해 라이더가 걱정스러운 표정을 짓자 한스는 고개를 끄덕였다.

"괜찮습니다."

한스가 롱 소드를 뽑아 들고 방어 자세를 취하자 레번은 비명에 가까운 고함을 질렀다.

"다들 피해!"

쾅!

요란한 굉음 소리와 함께 아슬아슬하게 옆으로 몸을 굴린 한스와 라이더는 자신들이 서 있던 자리에 장정 셋은 족히 들어가고도 남을 구덩이가 패인 것을 보고 식은땀을 흘렸다.

"휴, 장난이 아니군요."

한스가 자세를 고쳐 잡자 또다시 레번의 비명이 터져 나왔다.

"옆구리잇!"

한스와 라이더는 거의 동시에 자신들의 검을 교차시켜 레번의 검을 막아냈지만 레번의 힘은 그들의 힘을 합한 것보다 월등히 뛰어났다.

"으윽……."

라이더는 팔이 뻐근해져 옴을 느끼며 한스를 향해 옆으로 빠지라는 눈빛을 보냈고, 자신도 뒤로 물러섰다.

"다리를 부러뜨려!"

레번은 라이더를 향해 자신의 다리를 부러뜨리라고 고함을 질렀지만 라이더는 그의 공격을 막기도 벅찼다.

"이 자식! 네가 소드 마스터랑 싸워봐라! 그렇게 쉽나!"

다시 한 번 예리한 검기가 날아들자 라이더는 잽싸게 그것을 피해내며 찌르기 공격에 나섰다. 검은 날카로운 마찰음을 내며 서로 얽히기 시작했고 라이더의 얼굴에선 굵은 땀방울이 흘러내렸다.

"야, 이 자식아! 네 다리 부러뜨리려다 내 팔목이 먼저 부러지겠다!"

전혀 엘프답지 않은 그의 말투에 레번은 혀를 찼다.

"사내자식이 그렇게 허약해서야… 다리가 힘들면 팔이라도 부러뜨려!"

"내 팔을?"

어이없다는 듯 반문하는 라이더에게 레번 역시 어이없다는 표정으로 대답했다.

"바보 자식! 내 팔 말이다!"

"이 녀석이 누구보고 바보래?!"

또다시 찌르기를 시도하는 라이더를 호되게 발로 걸어찬 레번은 당황한 표정으로 라이더를 살폈다.

"괜찮냐?"

"너, 이 자식! 일부러 그런 거지?!"

"고의가 아니었다."

말과 달리 레번은 지친 기색도 없이 다시 한 번 라이더에게 검을 날렸다.

"두 사람 지금 만담하냐?"

피란트가 마치 남의 일이라는 듯 재밌단 표정으로 느긋하게 구경만 하자 레번과 한스는 동시에 고함을 질렀다.

"거기서 그만 떠들고 좀 거들어!"

"아, 네."

피란트는 건성으로 그들을 향해 손을 흔들어 보이고는 간단하게 시동어를 읊조렸다.

"홀드!"

속박의 주문에 걸린 레번은 그제야 안도의 한숨을 내쉬었다.

"한스 형이 조금만 시간을 끌어줬다면 4대 하급 정령만으로도 충분히 제압할 수 있었을 텐데……."

피란트가 귀찮다는 말투로 투덜거리자 라이더는 머리를 절레절레 흔들었다.

"네 눈에는 소드 마스터가 그렇게 만만해 보이냐? 소드 마스터를 상대하려면 아무리 잘난 정령사라도 최소한 상급 정령은 있어야 할 만하다고. 한스가 시간을 끌어준다고 해도 중급 정령 둘 이상은 있어야 버틸 수 있을걸?"

마치 괴물을 보는 듯한 시선으로 자신을 바라보는 라이더에게 레번은 피식 미소를 지었다.

"알아주니 고맙군. 이왕 도와주는 김에 나 대신 저 뼈다귀를 해치워

주겠나?"

레번의 말에 가장 빠른 반응을 보인 것은 의외의 인물 한스였다.

그는 일행조차 눈치 채지 못할 정도로 빠른 속도로 레니에게 다가가 롱 소드를 그녀의 목에 겨누었다.

"레번님을 원래대로 돌려주십시오."

레니는 그의 말에 코웃음을 치더니 공중에서 리라를 꺼내 들었다.

디리링~

마치 잔잔한 호수에 물방울이 떨어지는 듯한 목소리와 아름다운 연주가 시작되었다.

"세이렌의 노래는……."

레니가 노래를 부르기 시작하자 다들 재빨리 귀를 틀어막았지만 몸을 움직일 수 없었던 레번과 레니에게 검을 들이댄 한스는 그녀의 노랫소리에 그대로 노출되고 말았다.

"티로! 티로! 일어나!"

유이는 티로를 향해 고함을 질렀지만 그녀는 잠에서 깨어날 줄 몰랐다.

피란트는 그런 유이를 바라보며 한심하다는 듯 가벼운 한숨을 내쉬더니 발로 티로를 호되게 걷어찼다.

"일어나!"

드래곤 피어가 섞인 피란트의 고함 소리에 티로뿐만 아니라 그 자리에 있던 모두가 몸을 움찔거리기 시작했다. 마치 사자 앞에 놓인 초식동물처럼 본능적인 공포가 그들을 지배하고 있었던 것이다.

"캬아악! 일어났어! 일어났어!"

티로는 비명을 지르며 자리에서 벌떡 일어났다.

라이더는 어린 하피를 상대로 드래곤 피어를 쓰는 피란트가 마음에 들지 않았지만 그 효과만큼은 무척이나 탁월했다.

리라를 연주하던 레니마저 그 자리에서 굳어버린 것이다.

"티로, 레번에게 열쇠를 준다고 하지 않았어?"

피란트의 말에 티로는 그녀답지 않게 창백해진 얼굴로 잠시 망설이는 듯하더니 두 눈을 질끈 감았다.

"안 돼! 티로, 안 돼!"

레니의 비명 소리와 함께 티로는 천천히 레번에게 다가갔다. 그리고는 천천히 손을 내밀었다.

"이거 레번 거야, 레번 거야."

티로의 손에서 갑작스럽게 열쇠가 나타나자 레번은 엉겁결에 그녀가 내민 열쇠를 받아 들었다.

열쇠가 레번의 손에 쥐어지자 레니와 티로는 동시에 쓰러져 버리고 말았다.

"티로?"

레번이 티로에게 손을 가져다 대는 순간 레니와 티로는 가루가 되어 날아가 버렸다.

"티로?"

다들 뭐가 뭔지 모르겠다는 표정으로 가루가 날려간 방향을 한참 동안 바라보았다.

"…뭐가 뭔지 모르겠지만 레번, 그동안 유이님을 지켜줘서 고마웠다. 이제부터는 내가 모시고 갈 테니 걱정 말고 돌아가."

라이더가 이상하게 가라앉고 있는 분위기를 무시하며 레번에게 말을 걸자 레번은 조용히 유이를 바라보았다.

"그동안 고마웠어요."

서운함을 감추지 못하는 유이에게 레번은 어깨를 으쓱거렸다.

"건강하십시오. 임플란드에 오시면 언제든지 저희 집으로 놀러 오셔도 좋습니다."

레번 역시 서운한 표정으로 손을 내밀자 유이는 천천히 악수를 하고 나서 자신의 과일 자루에 담긴 세 자루의 검을 꺼내 들었다.

"아크레님의 검과 똑같이 생긴 검이에요. 어떤 연관성이 있는 것인지 알아보는 것도 나쁘지 않을 거예요. 이별 선물로는 너무 삭막한가요?"

생긋 미소 짓는 유이에게 그는 고개를 저었다.

"감사히 받겠습니다."

"원한다면 왕이 살고 있는 성으로 보내주지. 어떻게 할 텐가?"

피란트의 질문에 그는 고개를 저었다.

"나야 그렇게 서둘러야 할 이유가 없지. 먼저 출발해."

레번의 말에 워프 게이트를 열려던 피란트는 잠시 누군가의 말을 듣고 있는 듯한 모습으로 완전히 행동을 멈춰 버렸다.

"이별은 잠시 미뤄야겠군."

자리에 털썩 주저앉는 피란트를 향해 불만을 터뜨리는 사람은 그들 중 아무도 없었다.

*   *   *

"오빠, 잠깐 저랑 산책 좀 다녀오지 않을래요?"

아데가 귀여운 미소를 지어 보이자 빈은 의아한 표정을 지었다.

"지금도 갑판으로 나와 있잖아. 선실로 들어가고 싶은 거야?"

"이런 산책 말고 진짜 산책 말이에요. 따라와요."

아델라이데는 빈의 손을 잡아끌고는 순식간에 워프 게이트를 열어 버렸다.

"따라와요. 사실 친구에게 부탁받은 일이 있는데… 오빠도 좀 도와 줘야 해요. 케니는 수줍음이 많아서 저 혼자 돌보려면 심심하거든요."

무슨 일인지 제대로 설명해 줄 생각도 없는지 아델라이데는 혼자서 계속해서 떠들어대고는 워프 게이트의 문을 열었다.

"삐잇—"

문밖으로 나오자마자 그들은 혼자서 놀고 있는 케니를 발견할 수 있었다.

"어라? 케니, 티먼트 할아버지는 어디 가셨어?"

"삐잇—"

케니는 작은 쪽지를 내밀고는 고개를 절레절레 흔들었다. 쪽지에는 일이 더 복잡해지기 전에 휴식기를 가지겠다는 짤막한 내용만 남아 있을 뿐이었다.

"…어린 해츨링을 두고 휴식기라니, 무책임하군요."

아델라이데가 작은 목소리로 투덜거리자 그녀의 머리 속에 세이드의 목소리가 들려왔다.

'아델라이데, 피란트님, 제 말 들리나요?'

'잘 들려.'

'아아, 나도 잘 들려. 피란트님, 오랜만이군요.'

피란트의 무뚝뚝한 음성이 날아들자 아델라이데는 반갑게 그를 향해 인사를 건넸다.

'케니는 잘 있어?'

세이드의 걱정스런 목소리에 아델라이데는 케니를 다시 한 번 흘깃 거렸다.

'잘 있어. 티먼트님께서는 휴식기에 들어가셨고.'

'아아, 티먼트님께 제일 먼저 상황을 보고드렸더니 답답하시다고 차라리 동면 상태에 들어가겠다고 하셨거든.'

세이드의 두서없는 말에 피란트의 호흡이 빨라졌다.

'어떻게 됐어?'

'좋은 소식은 아델라이데가 이노르로 가면 케니의 목소리가 봉인된 구슬을 찾을 수 있다는 거고, 나쁜 소식은 설아라는 소녀가 마왕이라는 거예요.'

'말도 안 돼.'

'거짓말!'

세이드는 그런 그들의 반응을 예상하기라도 한 듯 케니의 목소리가 봉인당한 뒤부터 지금까지 있었던 기억을 피란트와 아델라이데에게 보내고는 다른 드래곤들에게도 전해달라는 부탁을 잊지 않았다.

'도시 몇 개 정도 부수는 것으로 계산을 끝낼 생각이니까 절대로 다른 드래곤들에게 끼어들지 말아달라고 전해줘.'

'알겠어. 세이드, 예고는 어떻게 할 생각이야?'

아델라이데의 질문에 세이드는 미간을 찡그렸다.

'레번이라는 인간부터 찾아야겠지.'

세이드의 말에 피란트는 가벼운 한숨을 내쉬었다.

'나와 함께 있어. 세이드, 내가 있는 곳으로 와.'

'알겠습니다. 아델라이데, 당분간 케니를 부탁해.'

세이드의 말에 아델라이데는 고개를 끄덕거렸다.

"아델라이데?"

빈은 멍하게 있는 아델라이데의 어깨를 흔들었다.

"아아, 미안해요. 잠시 다른 생각을 하느라 오빠가 부르는 소리를 못 들었어요."

"삐잇—"

낯가림이 심한 케니답지 않게 빈의 다리에 매달리는 것을 보며 아델라이데는 생긋 미소 지으며 워프 게이트를 열었다.

"오빠, 혹시 미르셀에 갔던 적 있어요?"

세이드가 전해준 기억에서 빈을 본 듯한 느낌에 아델라이데는 조심스럽게 질문을 던졌다.

빈은 케니에 대한 이야기를 해야 하는 것인지, 하지 않아야 하는 것인지 잠시 동안 갈등하다 이내 고개를 끄덕였다.

"아데, 난 사실 케니의 목소리를 찾아주려고 널 찾은 거였어. 드래곤인 네게 구슬을 건네주면 모든 게 끝날 줄 알았거든. 그런데… 이노르에 도착해 보니……."

"으음, 어떻게 된 일인지 알 것 같군요."

아델라이데는 그녀의 말을 자르며 가벼운 한숨을 내쉬었다. 잠시 동안 어색한 침묵이 이어지자 아델라이데는 다시 한 번 입을 열었다.

"오빠… 임플란드 인이 아니죠?"

뜬금없는 그녀의 질문에 빈은 고개를 끄덕였다.

"그럼… 임플란드가 없어진다 해도 그다지 충격을 받거나 하진 않겠죠?"

잠깐 망설이는 듯한 표정으로 조심스럽게 질문을 잇는 아델라이데에게 빈은 의아한 표정을 지어 보였다.

"무슨 말이야?"

"…케니의 목소리를 봉인해 둔 대가로 임플란드 도시가 파괴될 거예요."

"사람들은……?"

창백해진 표정으로 질문하는 빈에게 아델라이데는 가벼운 한숨을 내쉬었다.

"예고를 해준다고 했으니까 그 기간 안에만 피하면 살 수 있어요."

"…예고? 어떻게 예고를 한다는 거야?"

그녀의 질문에 아델라이데는 천천히 입을 열었다.

"날짜를 레번이라는 나이트에게 전해준다는군요."

레번이라는 이름에 빈은 설아가 움직이고 있음을 깨달았다.

'도대체 뭘 어쩌겠다는 거야?'

빈은 가벼운 한숨을 내쉬었다.

자신의 목적은 케니의 목소리가 담긴 봉인의 구슬과 뮤를 찾는 것이었지만, 봉인의 구슬은 아델라이데가 무사히 케니에게 넘겨줄 것이고 뮤의 모습은 보이지 않았다.

얼마 전에 저택을 다녀왔던 아델라이데에게서도 뮤에 대한 이야기는 듣지 못했다.

결과적으로 그녀가 할 수 있는 일이 모두 사라진 것이었다.

'레번이라면 가희랑 남주가 있는 곳이지? 그럼… 나도 그쪽으로 합류하는 편이 나으려나?'

한참 동안 아무런 말이 없는 빈을 바라보며 아델라이데는 잠시 걸음을 멈추었다.

"오빠, 레번이라는 사람 도와주고 와요. 원한다면 보내 드릴게요."

"…해츨링 때문에 생긴 일인데 인간들의 편에 서도 되는 거야?"

빈의 의아한 표정에 아델라이데는 어깨를 으쓱거렸다.

"특별히 인간 편을 들어주는 건 아니에요. 미르셀은 제 레어가 있는 곳이기도 하고… 죽이는 것보다 도시를 파괴하는 것이 목적인 것 같으니 이 정도는 괜찮을 거예요."

"그렇다면 부탁해."

아델라이데는 피란트를 떠올리며 그가 있는 곳으로 빈을 보내 버렸다.

세이드의 기억을 공유하고 있는 한 피란트도 빈에게 적대감을 가지진 않을 거라고 생각한 그녀는 빈이 가능한 자신의 레어 주변에서 누군가가 죽어 나가는 것을 최대한 막아주기를 바랄 수밖에 없었다.

"무사히 잘 다녀와요."

*　　　*　　　*

세이드로부터 이야기를 전해 들은 피란트는 덤덤한 표정으로 현재의 상황을 설명하기 시작했다.

"그러니까 지금 임플란드를 없애 버리겠다는 건가?"

레번은 미간을 찡그리며 피란트를 노려보았다.

인간이 해츨링의 목소리를 봉인한 뒤 그 어미 드래곤을 해츨링과 함께 꼼짝도 못하도록 막았다. 그리고 그 봉인의 구슬을 빼돌렸지만 누군가가 그것을 찾아줬고, 결국 자유의 몸이 된 어미 드래곤이 복수를 하기 위해 나섰다는 것이 피란트의 설명이었다.

인간인 레번의 입장에서도 나쁜 것은 인간이었다. 뭐라고 반박할 여지가 없었다.

그러나 사고를 친 인간은 죽었다.

그렇다면 아무런 죄가 없는 사람들은 왜 이런 고통을 겪어야 한다는 것인가?

단지 인간이기 때문에?

"임플란트를 없애 버리려는 게 아니라 주요 도시 몇 개만 부순다는 거야. 이것도 많이 봐준 거지. 입장을 바꿔서 생각해 봐. 하나밖에 없는 딸을 벙어리로 만들어 버린 오크에게 너라면 어떻게 할 것 같냐? 보이면 보이는 족족 죽이려 들지 않는다고 장담할 수 있어?"

피란트의 말에 레번의 얼굴은 더욱더 일그러지기 시작했다.

"그렇다면… 날 자신의 전령사(傳令使)로 삼은 이유는?"

"소드 마스터라 그런 것 아닐까?"

피란트의 말에 그는 코웃음을 쳤다.

"소드 마스터가 나만 있는 건 아닐 텐데?"

그의 말에 라이더는 머리를 긁적거렸다.

"드래곤을 상대로 자기 할 말 다 할 수 있는 자도 그리 흔하진 않을 테지."

"요컨대 체력 좋고 성질 더러운 녀석이 필요했다는 건가?"

레번은 리프란 호수에서 벌어졌던 일들을 떠올리며 가벼운 한숨을 내쉬었다.

세이드가 원하는 조건은 아크레에게도 해당되는 것이었다.

물론 성질 더러운 것이 아닌, 인내심이라고 표현하는 것이 다른 점이라면 다른 점이겠지만……

"세이드가 도착한 모양이군."

피란트의 말에 레번은 세이드가 도착할 거라는 자리를 지키고 서 있었다.

"…가희야, 레번이 가지고 있는 단검이라도 가져가야 하지 않을까?"

남주의 조심스러운 질문에 가희는 고개를 끄덕였지만 이대로 몸을 숨긴 채라면 검은커녕 아무것도 만질 수 없었다.

"저 검을 만지는 순간에 우리 모습도 드러나게 될 텐데… 괜찮을까?"

"일단 도망가야지. 스크롤 있으니까 괜찮아. 일단 난 소환서를 맡을 테니까 넌 저 검을 맡아."

남주는 가희를 향해 설아가 건넨 양피지를 들어 보였다.

"자, 물건 잡자마자 바로 튀는 거다."

남주가 다시 한 번 주의를 주듯 말을 잇자 가희는 연신 고개를 끄덕였다.

"알았어. 그럼 간다!"

기합을 넣듯 버럭 소리를 지르는 가희를 보며 남주는 고개를 절레절레 흔들었다.

"여어, 처음 뵙겠습니다."

기껏 기합까지 넣었건만 가희는 익숙한 목소리에 당황하기 시작했다.

"…누구시죠?"

한스가 의아한 표정으로 질문하자 빈은 멋쩍은 미소를 지으며 주변을 둘러보았다.

라이더를 비롯해 한스, 피란트, 레번, 유이까지. 아니, 숨어 있을 가희와 남주까지 일곱 명의 시선을 느끼며 그녀는 가볍게 심호흡하더니 이내 입을 열었다.

"빈이라고 합니다. 아델라이데가 절 이곳으로 보내줬죠. 참고로 레번님께서 들고 계신 망고슈의 주인 중 한 명이고, 유이님께서 가지고 계신 소환서 역시 제 친구의 것이랍니다."

그녀의 말에 유이는 의아한 표정을 지었다.

"당신 말을 어떻게 믿죠?"

"증거라면… 제 친구들이 증거랄까요. 이 녀석들 보나마나 자기들 물건 챙겨다가 바로 튀려 생각하고 있었을걸요. 가희야, 남주야, 나와. 들켰어."

빈의 말에 남주는 자신의 얼굴을 손으로 벅벅 문지르고는 빈을 노려보았다.

"그게 네 입으로 분 거지, 들킨 거냐?!"

가희는 잠시 망설이다 고개를 저었다.

"난 모습을 드러내지 않는 편이 좋겠어. 괜히 혼란을 일으키고 싶진 않거든."

가희의 말에 남주는 고개를 끄덕이며 모습을 드러냈다.

"그 책은 제 거예요. 못 믿겠다면 실프라는 진을 불러서 확인하세요."

나타나자마자 본론부터 꺼내는 남주를 향해 빈은 고개를 저었고, 진이라는 말에 유이는 두 손을 내저었다.

"이름까지 알고 있다면 확인할 필요 없죠. 여기 물건 돌려 드릴게요."

유이가 소환서를 내밀자 남주는 그것을 받아 들고는 고개를 꾸벅 숙였다.

"고마워요."

레번 역시 유이에게 받았던 검을 빈에게 내밀고는 신기하단 표정을 지어 보였다.

소녀들은 빈이 그에게서 검을 받아 들자 순식간에 사라져 버렸다.

이야기 속의 인물들이 남아 있던 소환서는 다시 바닥으로 떨어져 버렸고, 검은 사라져 버렸다.

다시 기숙사로

"이게 어떻게 된 일이지?"

세 소녀 중 가장 먼저 깨어난 빈이 의아한 표정으로 주변을 두리번 거리자 모니터를 주시하고 있던 혜령이 빈을 향해 생긋 미소를 지었다.

"그게 현실 세계로 돌아오는 스위치였나 봐."

"네? 그럼 다른 애들은요?"

빈이 의아한 표정으로 남주와 가희를 바라보자 그녀들도 곧 정신을 차리는 듯했다.

"어라? 우리가 왜 여기에 있는 거죠?"

남주가 어이없다는 표정을 짓자 빈은 혜령이 했던 말을 그대로 반복 했다.

"그 망고슈가 현실 세계로 돌아오는 스위치 같은 거였대."

"에엣? 그럼 설아는?"

가희가 말도 안 된다는 표정으로 질문하자 혜령은 모니터를 가리켰다.

"이제 거의 끝나가. 그래서 너희도 나올 수 있었던 거고."

"그게 무슨 말이에요?"

남주가 의아한 표정을 짓자 혜령은 계속해서 모니터를 가리켰다.

"보면 알아."

그녀의 말에 빈은 모니터 앞으로 다가갔다.

모니터 상의 이야기 진행은 상당히 많이 진행되어 있었다.

*　　　*　　　*

세이드는 레번에게 도시를 부수리라는 예고를 시작했다.

레번은 어떻게든 사람들을 피신시키기 위해 노력했지만 처음 그의 말을 믿지 않았던 도시는 불행히도 몇 사람들을 제외하곤 거의 전멸해버렸다.

레번은 지금 벌어지고 있는 일들이 너무나도 비현실적이게 느껴졌지만 할 수 있는 일이라고는 세이드가 예고한 장소로 죽도록 달려가 사람들을 피신시키는 길밖에 없었다.

엘프들의 숲으로 금방이라도 돌아갈 것 같았던 유이와 라이더는 세이드가 도시 파괴하는 일을 멈출 때까지 레번을 돕기 위해 임플란드에 남아 있었다.

사람 좋은 한스는 세이드를 멈추게 만들 방법을 고심하다 이내 레번의 역할을 대신 맡았다. 시간을 벌게 된 레번은 세이드의 레어로 찾아가 그녀와의 대화를 시도했다.

"이제 그 정도면 할 만큼 하지 않았소?"

드래곤의 모습으로 폴리모프한 세이드에 비해 레번은 너무나도 작게 느껴졌다.

"이제 임플란드에 도시라고 부를 만한 것은 거의 다 사라져 버렸소. 무엇이 더 남았다는 거요?"

레번은 기가 막히다 못해 머리가 지끈거릴 지경이었다.

"수도가 남아 있으니 반은 남은 거지."

냉정하게 잘라 말하는 세이드를 보며 레번은 그가 예전에 호수에서 보았던 아크레의 모습을 떠올렸다.

드래곤 앞에서도 전혀 주눅이 들지 않던 그의 당당한 모습과 눈부신 은빛 검기를.

죽기를 각오하고 블랙 드래곤에게 덤벼들었으리라.

'과연 이 괴물 같은 드래곤을 상대로 아크레님은 얼마나 버티셨을까?'

한 시간? 하루? 어쩌면 10초도 버텨내지 못했을 수도 있었다.

'아크레님이라면 기적적으로 이겼을지도 모르지.'

천재로 불리는 아크레가 누군가에게 진다는 것이 도저히 상상 안 되는 레번이었다.

그는 아크레와 자신을 비교하며 냉소를 지었다.

그와 비교하면 자신은 기사라기보다 동네 건달 수준이었다.

검을 쓰는 것은 자신있었지만 그 외의 모든 면에서 자신이 뒤처지는 것은 어쩔 수 없었다.

어차피 격식을 따질 것도 아니고, 싸움은 약하게 나오는 쪽이 지는 법이다.

"내가 당신 레어를 부순다고 해도 그런 말이 나올까?"

비아냥거리는 듯한 레번의 목소리에 세이드는 어이없는 표정을 지었다.

"감히 레어를 부수겠다고?"

"드래곤은 죽이지 않을 테니까 안심해."

어깨를 으쓱거리는 레번을 향해 세이드는 코웃음 쳤다.

"지금 내게 시비를 걸고 있는 거냐?"

'난 드래곤을 상대로 얼마나 버틸 수 있을까?'

레번은 야릇한 미소를 지으며 세이드를 바라보았다.

"몰랐나 본데, 시비를 걸어온 쪽은 너다! 와라! 덩치만 커다란 와이번아!"

레번의 손에 들려진 검에선 푸른빛의 검기가 맺혀졌다.

"어디부터 시작할까? 레어 입구부터 천천히 무너뜨리는 게 좋을까?"

레번은 자신의 말을 끝내기가 무섭게 검기를 쏘아 올렸다.

'쾅!' 하는 폭발음과 함께 레어의 입구에 장정 셋은 들어가고도 남을 만한 구덩이가 생겨나자 세이드의 눈이 날카롭게 치켜 올라갔다.

"감히 인간 주제에!"

세이드는 앞발을 치켜들어 레번을 후려치려 했지만 레번은 그것을 잽싸게 피해냈다.

여차하면 그를 돕기 위해 몸을 숨기고 있던 라이더가 어이없다는 표정으로 피란트를 바라보았다.

"저 녀석이 기사냐, 건달이냐?"

"…어쨌거나 드래곤을 상대로 꽤 하는데? 저러다 세이드 녀석, 자기 손으로 레어를 박살 내게 될지도 모르겠어."

피란트의 말대로 세이드는 레번을 후려치는 대신 번번이 자신의 레어에 발길질을 퍼부어대고 있었다. 덕분에 세이드의 레어는 입구가 완전히 막혀 버렸다.

"이런 쥐새끼 같은……!"

세이드는 엉망진창이 된 자신의 레어를 바라보며 이를 뿌드득뿌드득 갈더니 다시 한 번 레번을 향해 꼬리를 날렸다.

레번은 검기를 실은 검으로 세이드의 꼬리를 긋고는 바닥으로 몸을 굴렸다.

자잘한 상처들을 입고 약이 오를 대로 바짝 올라 버린 세이드는 재빨리 바닥에서 구르고 있는 레번을 낚아챘다.

"크윽!"

날카로운 발톱이 몸을 조여오자 그는 이를 악물었다.

"잘도 남의 레어를 엉망으로 만들었겠다."

그녀의 말에 레번은 어이가 없다는 듯 코웃음을 쳤다.

"하! 난 구덩이밖에 안 팠어. 나머지는 다 네가 한 거라고. 우리 뒤집어씌우지 맙시다."

뒷골목 건달처럼 계속해서 비아냥거리는 레번을 향해 세이드는 미간을 찡그렸다.

"네가 계속해서 잘난 척할 수 있는지 어디 두고 보자."

세이드는 레번의 몸이 축 늘어질 때까지 그를 쥐고 있는 앞발에 힘을 주기 시작했다.

"슬슬 말려야 할 것 같은데?"

라이더의 말에 피란트는 가벼운 한숨을 내쉬며 블루 드래곤의 모습으로 폴리모프했다.

"이봐, 세이드."

갑작스런 피란트의 등장에 그렇지 않아도 심기가 불편해져 있던 세이드의 눈에서 불똥이 튀었다.

"분명히 제 일에 끼어들지 말라고 부탁드렸습니다."

"끼어드는 게 아니라 충고하러 왔다. 레번이 없으면 넌 네가 부술 도시에 대해서 어떻게 예고를 하려는 거냐?"

피란트의 말에 세이드는 잠시 생각에 잠긴 듯하더니 조용히 레번을 바닥으로 내려놓았다.

"쯧쯧, 몸이 이 지경이 됐으니……. 아무래도 케니에 대한 대가는 이 정도로 끝내야겠군."

"난 예고만 하면 그뿐입니다. 사람들에게 알리는 것은 레번이 할 일이죠. 여기서 끝낼 생각은 조금도 없습니다."

세이드의 단호한 목소리에 레번은 끝내 놓지 않았던 검을 세이드의 앞다리에 찔러 넣었다.

"쿠오오오옷!"

갑작스런 충격에 세이드는 자신도 모르게 레번을 단숨에 밟아버리고 말았다.

"세이드!"

미처 피란트가 말릴 틈도 없이 벌어진 일인지라 세이드는 자신이 저지른 일에 자신조차 당황하는 듯했다. 피란트의 다급한 목소리에 라이더가 재빨리 레번에게 다가갔지만 시체조차 참혹하게 망가져 버린 그는 이미 즉사하고 말았다.

"처음부터 죽을 작정이었던 건가?"

세이드가 허탈한 표정으로 레번을 내려다보았지만 그로부터는 아무런 대답도 들을 수 없었다.

"케니에 대한 대가는 이것으로 끝낼 수밖에 없게 됐군."

피란트의 말에 세이드는 고개를 끄덕였다.

라이더는 죽은 사람을 앞에 두고 아직도 대가타령을 해대는 드래곤들을 보며 어이가 없었지만 겉으로는 별 내색 하지 않고 레번의 시체 앞으로 다가갔다.

"장례를 치러야겠어."

라이더의 말에 레번은 끔찍한 몰골이 된 자신의 시체를 바라보며 가벼운 한숨을 내쉬었다.

원래부터 그다지 잘생긴 얼굴이라고 생각하진 않았지만 저건 좀 심하다는 생각이 들었던 것이다. 그리고 그것이 자신의 죽음을 본 첫 소감이란 것을 깨달은 레번은 피식 미소를 지었다.

"일단 시신부터 수습을 해야겠지."

피란트는 엉망이 되어버린 레번을 깨끗하게 치료해 냈다.

"이제 인간에 대한 복수는 끝난 겁니까?"

마치 지금의 상황을 지켜보기라도 한 것처럼 설아와 라드니르가 갑자기 나타났다. 이를 본 라이더와 피란트의 표정이 굳어진 것과는 대조적으로 세이드의 표정은 덤덤해졌다.

"끝났어."

그녀의 말에 설아는 생긋 미소를 지었다.

"라드니르, 부탁해."

설아의 말에 라드니르는 고개를 끄덕이더니 의아한 표정을 짓고 있는 레번의 영혼에게로 다가가 그의 뒷덜미를 낚아챘다.

"이게… 무슨 짓이냐?"

자신의 영혼을 볼 수 있는 존재가 있을 거라곤 생각지도 못했던 레번은 돌발적인 상황에 당황한 표정으로 라드니르의 손을 잡으려 했지만 그의 손은 허공에서 맴돌 뿐이었다.

라드니르는 레번을 그의 육체로 끌고 들어갔다.

"들어가."

라드니르의 짤막한 말에 레번은 의아한 표정을 지었다.

"뭐라는 거냐?"

"들어가라면 잔말 말고 들어가."

라드니르는 심드렁한 태도로 레번을 꾹꾹 누르기 시작했다.

"으와왓! 뭐 하는 거냐?!"

육체에 빨려 들어간다는 느낌에 화들짝 놀란 레번은 밖으로 빠져나가려고 발버둥 쳤지만 라드니르의 힘은 예상외로 강했다.

"귀찮게 하지 말고 들어가!"

마침내 레번의 머리까지 밀어 넣어버린 라드니르는 죽은 듯이 눈을 감고 있는 레번의 귀에 검지와 엄지를 부딪쳐 '딱!' 소리를 만들어냈다.

"일어나."

너무나도 짤막한 그의 말에 다들 의아한 표정을 지었지만 놀랍게도 레번은 눈을 번쩍 떴다.

"…이게 어떻게 된……?"

라이더가 의아한 표정을 짓자 라드니르는 가벼운 한숨을 내쉬었다.

"마침 스틱스 강을 건너지 않은 상태였기에 되살려 드릴 수 있었습니다."

설아는 레번을 일으켜 세우며 생긋 미소를 지었다.

"이것 봐요, 레번. 아크레의 무덤이 어딘지 알고 있어요?"

"설아님!"

라드니르가 안 된다는 듯 고함을 질렀지만 설아는 그의 말을 씹으며 레번에게 대답을 재촉했다.

"알고 있나요?"

"…정확하게는 모르지만 그분의 집으로 가면 알 수 있지 않겠습니까?"

"그건 곤란해요. 묘를 파야 하는데… 허락할 리가 없잖아요. 아들이 죽자마자 사라진 당신을 보는 눈도 곱지 않을 텐데……."

설아의 말에 라드니르는 안도의 한숨을 내쉬었다.

"묘의 위치도 모르니 살려 드리긴 더 더욱 어렵겠습니다."

라드니르의 말에 설아는 고개를 끄덕거렸다.

"하긴… 육체가 없으면 살 수 없겠죠?"

"그렇습니다."

처음으로 자신의 의견을 굽히는 듯한 설아를 보며 라드니르는 흡족한 미소를 지었다.

"뭐, 일이 이렇게 됐으니 물어보는 수밖에 없겠군요."

"물어본다니, 누구에게 말입니까?"

라드니르의 말에 설아는 어깨를 으쓱거렸다.

"본인 말고 또 누가 있겠어요. 불러요."

짤막한 설아의 말에 라드니르는 식은땀을 흘렸다.

"지금 뭐라고 하셨습니까?"

"부르라고요."

"누구를 말입니까?"

같은 질문을 반복하는 라드니르를 향해 설아는 미간을 찡그렸다.

"아크레를 불러주세요."

가만히 그들의 대화를 듣고 있던 레번과 라이더의 눈에서 불꽃이 일었다.

"아크레를 부르다니! 그게 무슨 말이야?!"

"아크레님을 되살릴 수 있습니까?"

설아는 라이더와 레번의 말을 샐러드 씹듯 씹어버리고는 라드니르를 노려보았다.

"부탁하는데 안 들어줄 거예요?"

"안 된다는데 계속 우기실 겁니까?"

라드니르 역시 물러설 수 없다는 듯 팽팽하게 맞받아치자 설아는 단호하게 고개를 끄덕였다.

"계속 우길 거예요."

세이드는 그런 그들을 보며 골치 아프다는 듯 고개를 절레절레 흔들었다.

'정말⋯ 저게 마왕이란 말이야?'

세이드에게 졸지에 '저게'로 불리고 있는 걸 아는지 모르는지 설아는 계속해서 라드니르를 재촉했다.

"어쨌거나 지금은 내가 왕이니까 내 말에 따라줘요."

설아의 말에 라드니르는 가벼운 한숨을 내쉬며 아크레를 불러냈다.

레번이 죽었을 때는 이제 막 죽은 영혼인지라 그런 것에 민감한 라드니르의 눈에만 보였지만 아크레의 경우는 이곳에 있는 모든 이들의 눈에 똑똑히 보여지고 있었다.

"아크레님!"

레번이 그에게 다가가자 피란트가 급하게 그를 저지했다.

"일단 저쪽 용건이 끝나고 난 뒤 살아나면 이야기해. 성급하게 굴었다가 마계로 돌아가는 수가 있으니까."

그의 말에 레번은 고개를 끄덕였다.

영혼을 보았다는 것은 그의 죽음을 확인했다는 의미였지만 레번은 머리 속이 한결 맑아진 느낌이었다. 그가 다시 살아날 수 있다니…….

"아크레, 나 기억해요?"

설아가 반색하며 자신을 반기자 아크레는 고개를 끄덕였다.

"제가 설아님을 잊을 리가 있겠습니까? 그런데 저는 무슨 일로 부르신 겁니까?"

예전과 다름없는 정중한 태도에 설아는 생긋 미소를 지었다.

"아크레, 당신의 무덤을 알아내야 하는데 알려줄 수 있나요?"

"제 무덤을 말입니까?"

아크레가 의아한 표정을 짓자 라드니르는 시큰둥한 목소리로 대답했다.

"설아님께서는 기어이 당신을 살리고자 하십니다."

한 번 죽은 자는 마계의 주민이 되어 다시 환생을 할 때까지는 마계에서 머무른다.

뛰어난 자가 많으면 많을수록 마계에 큰 이득이다.

흔치 않은 소드 마스터를 둘이나 되살려 보내려니 라드니르는 마음이 편치 않았다.

"저는 이미 죽은 몸입니다."

아크레가 조용히 입을 열자 설아는 의아한 표정을 지었다.

"그래서요?"

"어떻게 다시 되살아날 수 있다는 말입니까?"

그의 진지한 목소리에 설아는 가벼운 한숨을 내쉬며 레번을 가리켰다.

"저기 저 사람 보여요?"

"나이트 레번을 말씀하시는 겁니까?"

"그래요. 저기 있는 드래곤에게 한 번 죽었던 몸이에요."

설아의 말에 아크레의 안색이 어두워졌다.

"언제 그런 일을 겪은 겁니까?"

"조금 전까지 죽어 있었죠. 그걸 라드니르가 살려준 거예요."

설아의 말에 아크레는 의아한 표정을 지었다.

"지금 무슨 말씀을 하고 싶으신 겁니까?"

"당신이 되살아나지 않겠다면 레번님의 목숨도 다시 거두겠다는 말을 하고 있는 겁니다. 같은 경우거든요, 당신과."

이것은 명백한 협박이었음에도 레번의 안색은 밝아졌다.

어차피 아크레가 살아날 수 없다면 자신도 살아 있어선 안 된다는 생각이 들었던 것이다.

"지금 협박하시는 겁니까?"

아크레가 무거운 한숨을 토해내자 설아는 어깨를 으쓱거렸다.

"살아달라고 부탁하는 거예요."

"무엇 때문에 그러시는 겁니까?"

"이야기를 완성시키기 위해서입니다."

설아는 라드니르와 아크레만을 데리고 무의 공간으로 자리를 옮겼다.

"이야기라니… 무슨 이야기를 말씀하시는 겁니까?"

"당신은… 당신 자신의 삶에 만족했나요? 그대로 죽었을 때 아무런 미련도 없었어요?"

설아의 질문에 아크레는 옅은 미소를 지었다.

"자신의 삶에 100% 만족하는 사람이 어디 있겠습니까?"

아크레의 말에 설아는 가벼운 한숨을 내쉬었다.

"아크레, 당신이 한번 해보세요. 나중에 다시 마계로 건너갈 때 카론이 아까워서 노를 젓지 못할 정도로 충실하게."

그녀의 말에 아크레는 가벼운 한숨을 내쉬었다.

"제가 살아나야만 당신의 이야기가 완성되는 겁니까?"

설아는 아크레의 질문에 눈을 동그랗게 떴다.

"……?"

"어떤 이야기인지 모르겠지만, 설아님께서 이야기를 완성시키기 위해 저에게 살아달라고 하셨습니다만… 어쩐지 당신의 부탁을 들어줘야만 할 것 같은 느낌이 드는군요."

아크레의 말에 설아는 생긋 미소를 지었다.

"고마워요."

무의 공간은 아크레의 승낙에 그의 무덤이 있는 곳으로 바뀌었다.

라드니르는 아크레의 육체에 그의 영혼을 연결시키고는 그를 기다리고 있을 레번에게로 워프 게이트를 열었다.

"이제… 내 이야기는 끝이에요."

설아는 하늘을 올려다보며 생긋 미소를 지었고, 거짓말처럼 라드니르와 아크레의 모습이 사라져 갔다. 피란트와 세이드의 모습도, 라드니르의 모습도 사라지자 설아는 본능적으로 이것이 마지막이라는 것을 깨달았다.

뮤!

끝이라는 설아의 말에 반응하기라도 한 것처럼 갑작스럽게 나타난 뮤는 새로운 공간을 토해냈다.

설아는 그 공간 안으로 발을 디디며 생긋 미소를 지었다.

"이야기도 끝났으니 이젠 돌아갈 수 있겠지."

분명히 이 공간은 한 번도 와본 적이 없었던 곳임에도 불구하고 설아의 표정은 점점 아쉬움으로 물들기 시작했다. 자신의 시야에 들어온 풍경 하나하나를 머리 속에 새겨 넣으려는 사람처럼 신중하게 주변을 둘러보던 그녀는 천천히 눈을 감았다.

따스하게 내리쬐는 햇살과 시원한 바람을 느끼며 현실로 돌아가도 절대로 이곳을, 자신이 경험했던 일들을 잊지 말자고 다짐하며 그녀는 천천히 눈을 떴다.

"…이게 어떻게 된 일이지?"

설아가 다시 눈을 뜬 후의 세상은 완전히 다른 곳으로 바뀌어 있었다.

완전히 끝나 버린 이야기처럼 아무것도 없는 무(無)의 공간으로 변한 것이다.

이야기가 끝나면 당연히 현실 세계에 있을 거라고 생각했는데 아무리 둘러봐도 인기척이라고는 조금도 느껴지지 않는 프로그램 안이었다.

"아무도 없는 거야?"

조금 전까지만 해도 자신의 옆에 있던 뮤의 모습조차 보이지 않자 설아는 조심스럽게 걸음을 옮기며 주변을 살피기 시작했다.

"뮤! 어디에 있니?"

뮤우—!

설아의 목소리에 반응하듯 어디선가 뮤의 목소리가 들려왔다.

"뮤니? 어디야?"

뮤—!

귀를 쫑긋 세우고 있는 그녀에게 다시 한 번 뮤의 목소리가 날아들었다.

"오른쪽인가?"

목소리를 따라가기 시작하자 먼발치에서 인기척이 느껴졌다.

"뮤, 이리 나와봐."

뮤일 거라는 생각에 설아는 반가운 마음이 들었다. 아는 사람이라면 더 좋았겠지만 혼자가 아니라는 것만으로도 한결 마음이 든든해지는 느낌이었다.

뮤?

자신을 부르는 목소리에 고개를 갸웃거리고 있을 뮤를 향해 설아는 최대한 상냥한 미소를 지었다.

뮤!

슬라임 두 개를 엎어놓은 듯한 뮤가 통통거리며 자신에게 다가오자 설아는 뮤를 살짝 안아 들었다.

"이젠 우리들밖에 안 남았네. 어떻게 해야 돌아갈 수 있는 거지?"

가벼운 한숨을 내쉬는 설아를 보며 뮤는 고개를 갸웃거리더니 뭔가 생각났다는 듯한 표정으로 그녀의 품에서 빠져나와 하늘을 올려다보았다.

뮤! 뮤!

보이지 않는 누군가와 대화를 하기라도 하듯이 뮤는 한참 동안 하늘을 응시했다.

"거기 뭐라도 있어?"

설아의 말에도 뮤는 아무런 반응을 보이지 않았다.

"앗! 뮤야?!"

무엇인가를 기다리는 것처럼 한참 동안 꼼짝도 하지 않고 하늘만 바라보던 뮤는 마치 유령처럼 투명해지기 시작했다. 깜짝 놀란 설아가 뮤를 향해 손을 뻗었을 때 이미 뮤의 모습은 형체도 없이 사라져 버린 뒤였다.

"이야기를 무사히 끝낸 것 축하한다."

아무런 인기척도 없이 갑자기 자신의 등 뒤에서 들려오는 익숙한 목소리에 설아는 온몸이 딱딱하게 굳어지는 것을 느꼈다.

'이 목소리는… 석진 선배?'

"이쪽으로 앉아."

석진은 공간을 교실의 모습으로 바꾸어놓고는 설아에게 자신의 자리로 가서 앉기를 권했다.

"석진 선배? 갑자기 어디서 나타난 거예요?"

설아는 그가 권하는 대로 자리에 앉아 의아한 표정으로 그를 바라보았다.

"난 계속 이 프로그램 안에 있었어. 말하자면 이건 프로그램을 만들면서 남겨놓은 또 하나의 나야. 예전에 또 다른 설아가 존재했었던 것처럼 말이야. 네 이야기가 끝나면 널 다시 돌려보내 주기 위해 만들어진 거지."

"그럼 석진 선배가 심사 위원이라는 말이군요?"

프로그램 종료 조건 중 정통성과 창의성이 인정되어야만 이야기가 끝난다고 했던 것을 떠올린 설아는 내심 내키지 않는다는 듯한 표정으로 석진을 바라보았다.

어떤 종류의 것이든 무엇인가를 평가하기 위해서는 그 분야를 잘 알고 있는 사람이 평가하는 것이 공정하다고 생각하는 설아에게 있어 석진은 그리 내키는 상대가 아니었다.

그런 그녀의 생각을 읽기라도 한 것인지 석진은 설아를 향해 피식 미소를 지어 보이고는 뮤를 꺼내 들어 바닥에 내려놓았다.

"걱정하지 마, 심사위원은 따로 있으니까."

"설마 그 심사위원이 뮤는 아니겠죠?"

"왜? 뮤가 심사위원이면 안 되는 이유라도 있는 거냐?"

석진의 질문에 설아는 어이없는 표정으로 반문했다.

"정말 뮤가 심사위원이라는 거예요?"

"뮤라면 자격이 충분하잖아? 감시자로서 처음부터 이 세계를 지켜봤으니까. 무엇보다 그 녀석은……."

석진은 말끝을 흐리며 뮤를 바라보더니 진지한 표정으로 자신의 말을 이었다.

"뮤의 정체에 대해 대충 짐작 가는 거 없어?"

"뮤의 정체라면… 프로그램 그 자체인 것 같기도 하고, 독자 같기도 한데. 틀렸어요?"

이야기 전체에서 문제점을 찾아내고 지적하는 역할과 원하는 곳으로 이동할 수 있는 능력은 설아와 비슷할 정도로 제약이 없었다.

"정말 모르겠어?"

석진은 답답하단 표정으로 설아를 바라보았지만 그녀는 더 이상 그럴듯한 해답을 찾지 못했다.

"정말 모르겠어?"

다시 한 번 확인하는 듯한 목소리에 설아는 의아한 표정을 지었다.

목소리가 무척이나 귀에 익은 여자 목소리였던 것이다.

"이래도 모르겠어?"

목소리가 들려오는 쪽으로 고개를 돌리며 설아는 자신도 모르게 눈을 크게 떴다.

뮤가 설아의 모습으로 변한 것이다.

"넌… 나잖아?!"

도대체 이게 어떻게 된 일인지 영문을 알 수 없었던 설아는 잠시 현기증을 느꼈다.

"도대체 내가 몇 명이라는 소리야?"

버럭 소리를 지르는 그녀에게 석진은 피식 미소를 지었다.

"어이, 그렇게 소리 질러도 돼? 명색이 심사 위원인데 잘 보여야 하지 않아?"

"내가 나한테 잘 보여서 뭘 어쩌라고요?"

약간 퉁명스러운 설아의 말투에 뮤는 다시 뮤의 모습으로 돌아갔다.

"넌 이곳에 도착했을 때부터 이 세계를 살펴봤어. 뭔가 잘못된 것은 없는지, 이야기를 계속 진행해도 될지 계속 갈등했었어. 난 그것을 지켜봤고 빠짐없이 기록했어. 마지막엔 네가 생각하는 대로 움직였지. 그건 네가 아니라면 불가능했겠지. 넌 너이면서 네가 아니야."

뮤의 입에서 처음으로 '뮤'가 아닌 제대로 된 목소리가 들려왔다. 설아는 그녀의 말이 끝날 때까지 차분하게 기다렸다.

"내가 아니라고?"

"이 세계의 프로그램이지. 이곳을 사용하는 사람의 성격을 복사해서 내게 인식시키면 난 네 생각과 행동 패턴을 읽어내서 한발 빠르게 움직여 상황을 정리해."

"그런 의미였군."

생각을 읽어 행동을 예측하고 때로는 그 감정에 호응하기도 하지만 미리 만들어진 프로그램이라면 충분히 객관적인 평가를 받을 수 있을 거라 생각한 설아는 바싹 긴장되기 시작했다.

"그래서 어땠어?"

설아는 뮤가 대답하기 위해 입을 여는 순간이 마치 정지된 영상을 보는 것만큼이나 긴장되고 길게 느껴졌다. 그러나 뜻밖에도 소리가 들려온 것은 뮤에게서가 아니었다.

"이제 돌아와도 좋아."

이곳에서 들리는 것이 아닌 현실에서 들리는 생생한 혜령의 목소리였다.

"……?"

설아는 의아한 표정으로 주변을 살펴보았지만 이곳에는 뮤와 자신, 둘뿐이었다.

어느 사이엔가 석진마저 사라진 것이다.

"뭐 하고 있어? 어서 와, 모두 기다리고 있어."

다시 한 번 들려오는 혜령의 목소리에 설아는 뮤를 바라보았다.

그리고 단조롭기 짝이 없는 뮤의 얼굴에 설아는 처음으로 미소가 어리는 것을 볼 수 있었다.

"뮤? 내 이야기가 어땠는지 말해 줘."

설아의 재촉에 뮤는 천천히 입을 열었다.

"난 네 생각을 읽을 수 있어. 넌 열심히 네 이야기를 즐겼니?"

뮤의 질문에 설아는 기분 좋은 미소를 지었다.

"적어도 처음보단."

"그랬다면 네 이야기가 어땠냐고 묻지 않아도 될 것 같은데?"

뮤의 말에 설아의 표정이 다시 밝아졌다.

"그 말은……?"

"이제 집으로 돌아갈 시간이야."

뮤의 말이 끝나자 설아는 주변이 온통 새하얗게 변하는 것을 느낄 수 있었다.

"설아야, 설아야?"

빈의 목소리가 들린다 싶더니 어느새 설아의 머리 위로 눈부신 빛이 쏟아져 내렸다.

"윤설아!"

고막이 떨어져 나갈 것만 같은 빈의 고함 소리에 설아는 자리에서 벌떡 일어났다.

"으와앗!"

"설아야, 괜찮아?"

가희가 걱정스러운 눈으로 설아를 바라보자 그녀는 잠시 멍한 표정으로 주변을 바라보았다. 그곳과 달리 생활의 냄새가 물씬 풍겨오는 현실의 세계로 돌아온 것이다.

"고생했다, 짜식."

남주가 설아의 머리를 엉망으로 흐트러뜨리자 친구들은 우르르 그녀 주변으로 모이더니 그녀를 맨 아래에 깔고는 온몸으로 뭉개기 시작했다.

"쿠에! 살려줘!"

허우적거리는 설아를 바라보는 혜령의 얼굴에선 미소가 묻어 나왔다.

"여기 있어, 네 원고."

손톱만한 칩에 담긴 이야기.

드디어 끝났다는 생각에 설아는 친구들을 옆으로 떨쳐 버리고는 칩을 받아 들었다. '우워어어!' 하는 비명 소리와 '너 죽었어!' 라는 협박성의 말들은 마치 들리지도 않는다는 듯 설아의 얼굴에서 미소가 지워지지 않았다.

"드디어 끝나 버렸네."

"수고했어. 시원섭섭하지?"

혜령의 질문에 설아는 고개를 저었다.

시원섭섭이라는 말보다 우선 제일 먼저 드는 생각은 다음엔 더 잘할 수 있을 것 같다는 뭔가 성장한 듯한 기분이었다.

"우리 이대로 끝내기 아쉬운데… 한 번 더 할까요?"

"뭐야?!"

"에잇—!"

빈과 남주가 설아를 향해 다시 한 번 육탄공격을 퍼붓자 혜령과 가희는 웃음을 터뜨렸고 당하는 설아 역시 겸연쩍은 미소를 지어 보였다.

*
  *   *
      *   END
          *

"제 이야기는 이걸로 끝입니다……."

이야기가 끝나고 난 뒤 설아는 잔뜩 굳어진 얼굴로 사람들의 반응을 살폈다.

민식이보다 멋진 이야기를 만들겠다고 말한 이상 아이들의 기대치가 높아져 있으리라는 건 어느 정도 예상하고 있었다.

그러나 아무리 예상하고 있었던 것이라 해도 자신에게 집중되어 있는 여러 가지 의미의 시선들을 아무렇지도 않게 받아낼 자신은 없었다.

호의적인 반응을 보이는 눈빛과 냉소적인 눈빛, 그리고 무관심…….

설아는 그들에게 가벼운 목례를 해 보였고, 그것을 시작으로 의례적인 박수가 쳐진 뒤 교수님께서 토론을 시작하라는 듯 고개를 끄덕여 보였다.

"그럼 설아 양의 이야기로 토론을 시작하지. 질문 있는 사람은 손을 들어보게."

"1번 장민식입니다. 정통적인 판타지의 기본 틀은 마법, 검, 용사, 드래곤이 나오는 것으로 이미 정형화되었다고 해도 과언이 아닙니다. 몬스터의 경우에도 마찬가지죠. 요즘 나오는 판타지들을 보면 어느 것 하나 거스르지 않고 그 정석을 따르고 있습니다. 그러나 불행하게도 그 정석 중 세계관이나 몬스터 같은 자료들을 제대로 알고 쓰는 것이 얼마 없다는 겁니다. 드래곤의 속성, 성격만 해도 정해진 것을 따르는 사람은 몇 되지 않습니다. 최소한 판타지를 좋아하는 독자들에게 혼란을 주지 않기 위해서라도 정확한 자료 수집은 필요한 것입니다. 이 이야기에서도 블랙, 블루, 그린, 골드 이렇게 4종류의 드래곤들이 나왔습니다만 각각의 특성은 그다지 나타나지 않은 것 같은데… 어떻게 생각하십니까? 무엇보다 그 자존심 강하고 오만한 종족이 자신들에 비하면 별것 아닌 인간을 아버지라거나 형이라고 따른다는 설정이 아무래도 억지스럽습니다만 이 점에 대해서는 어떻게 생각하십니까? 마지막으로 제가 말하고 싶은 것은 '위'라는 종족을 만들어내서 그것을 사용했다는 것 자체가 제대로 된 판타지라고 보기 힘들다는 것입니다. 어디까지나 '위'라는 존재는 있을 수 없는 존재니까 말입니다."

마치 기다렸다는 듯이 질문을 시작하는 민식의 말에 설아는 가벼운 한숨을 내쉬었다.

"제가 생각하는 판타지 문학은 자유롭고 실험적인 문학이에요. 우리가 판타지의 교과서로 여기는 고전 '반지전쟁'을 가지고 말을 해볼까요? 그 판타지도 당시에는 실험적인 문학이었지 않았나요? 호비

트라는 종족은 '반지전쟁'에서 등장, 유명해졌죠. 사실 그전에도 그런 종족이 있었는지 어쨌는지는 저도 잘 모릅니다만(사실 있었다고 해도 잘 사용되지 않았겠죠)… 호비트가 대단한 히트를 치자 그전만 해도 인간이 주를 이루고 있었던 주인공들이 아닌 이(異)종족이 주인공이 된 소설들이 쏟아져 나오기 시작했습니다. 다른 예를 들어볼까요? '반지전쟁'보다는 아니지만 고전인 '로도스도 전기'는 어떻죠? 거기에선 엘프라는 종족이 확연히 드러나죠. '드워프와는 사이가 나쁘고, 아름답고 마법을 대단히 잘 다룬다'. 현재 대부분의 엘프가 그렇게 묘사되고 있죠. 이 두 작품의 예만 해도 판타지의 전통성을 운운한다는 것이 얼마나 어리석은지 알 수 있지 않나요? 납득하지 못하시겠다면 또 다른 예를 들어보도록 하죠. 바로 아더 왕 전설을 토대로 한 글들인데… 그 글들은 이제까지 제가 예로 들었던 판타지와도 다른 모습을 보여주고 있죠. 바로 드래곤 같은 몬스터와의 싸움보다는 기사도, 정의를 다루고 있다는 점인데… 그렇다고 이 글을 보고 순수 문학이라고, 또는 역사 소설이라는 말을 하는 사람이 있나요? 우리는 이 글을 판타지라고 정의 내리고 있고, 이제까지의 판타지 정통성을 운운하는 것은 크게 나누어 이 세 가지 분류로 구분하고 있죠. 반론 있습니까?"

그녀의 말에 사람들이 별다른 반응을 보이지 않자 그녀는 짧은 한숨을 내쉬며 자신의 말을 이어 나갔다.

"물론 제가 만들어낸 '위'라는 종족은 제 이야기 속에서밖에 찾아볼 수 없겠죠. 그렇지만 원하는 사람에게 제 허락 하에 누구든지 자유롭게 쓸 수 있게 한다면 현재의 '엘프'나 '드워프'처럼 어느 이야기에서나 흔하게 찾아볼 수 있게 될 겁니다. 누가 최초로 시작했느냐 하는 것도 중요하겠지만, 그 종족이 생명력을 갖고 다른 이야기에서도 볼 수 있게 되는 것도 중요하지 않을까요? 어차피 창작이라는 것은 '최초'의 자리가 항상 생길 수밖에 없습니다. 이야기는 상상력을 바탕으로 만들어지죠. 그것을 '있을 수 없는 이야기다! 그러니까 안 돼' 라고 규정 지어버리는 쪽이 이상하다고 생각합니다만, 제 생각이 잘못된 것입니까?"

그녀의 말에 또 다른 소녀가 손을 들었다.

"드래곤에 대해서는 어떻게 설명하실 건가요? 그리고 당신의 이야기가 흔히들 이야기하는 먼치킨 류의 이야기가 아니라고 자부하실 수 있으세요?"

"제가 아니라고 해서 먼치킨의 이야기가 먼치킨이 아니게 되는 겁니까?"

설아의 말에 그녀는 의아한 표정을 지어 보였다.

"무슨 말씀이신지……?"

"독자의 몫이라는 겁니다. 이 이야기가 누군가에게는 멋진 이야기로 전해졌을 것이고, 또 그렇지 못한 사람들도 있겠죠. 나름대로 열심히 쓴 글이지만 결국 소설에 대한 최종 판단은 작가가 아니라 독자가 하는 것이니 제가 뭐라고 말할 수 있는 부분은 아니겠죠. 물론 제가 하고 싶은 이야기는 제 이야기가 먼치킨이 아니라는 것이지만."

설아는 살짝 미간을 찡그리며 잠시 침묵했다.

"그리고 드래곤에 관한 이야기는… 드래곤의 종류별에 대한 성격을 따지기 이전에 거기에 등장하는 인물이 제 창작 캐릭터란 사실은 잊으신 겁니까? 물론 드래곤이 자존심 강한 종족이라는 것은 알고 있습니다. 그러나 아델라이데가 '아빠' 라고 부르는 존재와 피란트가 '형' 이라고 부르는 존재에 대한 계기는 충분히 설명했다고 판단했었는데 제가 잘못 생각한 것 같군요."

어차피 작가가 독자를 일일이 쫓아다니며 설명하는 것이 아닌 이상 100%의 이해나 100%의 공감을 끌어내기란 어려운 일이다.

더군다나 작가의 의도를 이해하지 못하는 독자에게 강압적으로 내 설정이 이러니까 무조건 설정에 따라달라고 이야기하는 것은 작가의 독단이며 아집이다.

그리고 설아 스스로도 드래곤에 대한 부분은 분명히 표현력 부족의 문제라 생각하고 있었다. 그것을 인정한다는 것이 자존심 상하는지라 인정하고 싶지 않긴 했지만 자신은 아직 햇병아리였다.

"이 이야기에서 하고 싶었던 말이 뭡니까? 어떤 점이 다른 이야기와 다르다는 거죠? 그리 잘 썼다고 말하긴 힘든 것 같은데……."

민식이 약간 설아를 비웃는 듯한 말투로 질문하자 설아는 가벼운 한숨을 내쉬었다.

자화자찬(自畵自讚) 같아 뭐라고 말하기가 껄끄러워진 것이다.

"물론 그렇게 대단하진 않아요. 그렇지만 처음부터 작가의 의도대로 시작되어 주지 않은 이야기를 원하는 조건으로 만든 다음 끝을 맺었다면 그렇게까지 나쁘다는 평가를 받을 정도는 아닌 것 같은데, 틀렸나요?"

민식으로부터 아무런 대답이 없자 설아는 생긋 미소를 지으며 자신의 말을 이어 나갔다.

"여러 가지 이야기를 하고 있지만 딱 한 가지만 말하자면 무슨 일이든 시작은 쉽지만 마무리를 짓는 건 어려운 법이라는 이야기를 하고 싶었습니다."

설아는 민식을 향해 의미심장한 미소를 지어 보였다.

그에게 빼앗겼던 이야기⋯⋯.

이야기에 끌려 다니면서 약간 변형되기는 했지만 어디까지나 그것은 설아의 이야기였다.

설아가 잠시 다른 생각에 빠진 동안 누군가 또 손을 들었다.

"이야기가 어쩐지 매듭 지어지지 않은 느낌이 드는데… 무엇 때문에 그런 겁니까?"

설아는 그의 질문에 뭐라고 대답을 해야 할지 난감해졌다.

천인들의 이야기라든가, 키리아들의 이야기 등등 아직 매듭을 지어야 했던 이야기는 남아 있었지만 그 이야기를 모두 하기 위해서는 또다시 이야기를 수습해야만 했다.

자신이 하려고 했던 이야기에서 빗겨 나갔던 이야기들.

무엇보다 설아는 자신의 이야기를 모두 처음의 조건으로 되돌린 상태에서 이야기를 끝내고 싶었다.

아무도 자신의 이야기를 방해하는 사람이 없는 맨 처음의 조건.

온전한 캐릭터와 온전한 세계관, 그리고…

자신이 만들어낸 사건들.

그러나 지금의 이 감정들을 어떻게 설명하면 좋을지 설아는 알 수 없었다.

"⋯⋯."

할 말을 찾지 못해 계속해서 침묵을 지키는 그녀에게 또 다른 질문이 날아들었다.

"이야기 안에 '후까시' 같은 말은 넣지 않는 편이 나았으리라고 생각합니다만⋯⋯."

그의 말에 설아는 머리를 긁적였다.

미처 생각하지 못한 부분이었던 것이다.

"주의하겠습니다."

고개를 숙이는 그녀에게 교수님은 충고하듯 입을 열었다.

"여러분은 비속어, 은어, 이모티콘, 욕설 사용이 어울리는 장르가 따로 있다고 생각합니까?"

교수님의 말씀이 무슨 뜻인지 의아해진 학생들은 쉽게 대답을 하지 못했다.

그런 것들이 들어가도 어색하지 않은 책들이 분명 있긴 있었다. 그러나 장르로 나누자면?

"연상되는 것이 분명히 있을 겁니다. 그렇지만 문학이라는 말과 함께 연상시킨다면 과연 어떤 것이 연상됩니까?"

또다시 교실이 조용해지자 교수님은 미소를 지으며 자신이 말을 이었다.

"처음부터 비속어나 은어, 욕설과 이모티콘 사용이 어울리는 장르는 없습니다. 그것을 사용하는 것은 작가의 마음입니다. 그렇지만 같은 장르에 그것을 사용하는 작가가 많으면 많을수록 그 장르는 당연히 저급한 장르로 낙인찍히게 됩니다. 여러분은 언제나 그 점을 기억하지 않으면 안 됩니다."

글을 쓰는 작가라면 자신이 쓰는 글에 어느 정도 자부심을 갖는다.

그것은 그 사람이 뛰어난 작가라서가 아니라 단순히 자신의 세계를 만든다는 것에 대한 자부심이었다. 그러나 정작 그 자부심을 지키는 방법을 아는 작가는 의외로 적었다. 갈수록 비속어나 은어 등을 아무렇지도 않게 사용하는 걸 보면 확실히 그런 개념들을 잊어버리는 듯했다.

설아는 가벼운 한숨을 쉬며 글은 쓰면 쓸수록 어려운 것이라는 걸 다시 한 번 깨달았다.

"질문 계속하도록."

교수님의 말에 몇 차례의 문답이 이어졌고 설아는 마지막 질문을 받았다.

"자신이 만들어낸 이야기에 만족합니까?"

"어느 정도는… 아무래도 잔뜩 고생하면서 쓴 글이니까."

"오늘 수업은 여기까지입니다."

교수님의 말을 끝으로 설아는 자신의 이야기가 담긴 프로그램을 챙겨 들었다.

지금까지 겪었던 일들을 절대로 잊지 말자고 다짐하며 그녀는 가벼운 한숨을 내쉬었다.

수업을 준비하면서 자신의 이야기가 즉석에서 평가된다는 것에 무섭다는 생각이 들 정도로 잔뜩 긴장했건만 생각보다 힘들지는 않았었다. 이 이야기를 완성하고 나서 재능이 없다는 것을 뼈저리게 깨달았지만 역시… 작가가 될 때까지 꾸준히 달리는 길밖에 없단 생각이 들었다.

'이제야 글을 어떻게 쓰는 건지 알 것 같아.'

용기를 내어 디딘 한 발짝.

그러나 거기서 멈추면 달리기는커녕 걷기조차 되지 않는다.

설아는 힐끔 민식을 바라보았다.

한때 학교 내에서 가장 보기 싫었고, 동시에 가장 부러웠던 존재였던 그를 봐도 이제는 아무런 느낌이 들지 않았다.

"석진 선배에게 고맙다고 전해줘. 덕분에 난 성장한 것 같은 느낌이 든다고."

설아는 아무렇지도 않게 그를 지나쳐 가며 생긋 미소를 지었다.

외전

위, 그들의 어드벤처

위는 쉴드가 이곳을 만들었을 때부터 여기에 살고 있었다.

정확히 말하자면 우리가 이 세계에 살고 있는 것은 쉴드의 의지가 아니었겠지만, 위는 어디에나 존재하는 법.

게다가 쉴드는 위가 존재한다는 사실을 알고 있었지만 위를 완전히 없앨 순 없었다.

위가 모두 몇 마리인지, 정확하게 어디에서 나타나는지는 이곳을 만들어낸 쉴드조차 제대로 파악하지 못한 것이다.

그만큼 우리들 '위'라는 종족이 대단한 존재라는 뜻이 아니겠는가.

사실 쉴드가 처음 이곳을 만들어냈을 때는 위가 아무리 활개 치고 돌아다녀도 티가 나지 않을 정도로 쉴드가 만들어낸 세상은 다양하고 넓었었다.

그러나 그 시기가 우리들 위에게 있어 좋았던 시기냐고 묻는다면 나는 단호하게 '아니다'라고 대답하겠다. 쉴드가 만들어냈던 세계에선 '위'라는 이름은커녕 '위'가 마치 존재하지도 않는 것처럼 모든 이들에게 철저히 무시당했었다.

우리의 말은 아무도 듣지 못했고, 우리의 모습은 아무도 보지 못했다. 다시 한 번 말하건대 쉴드는 분명히 우리의 존재를 알고 있었다.

우리들 중 눈에 띌 정도로 말이 많은 위는 쉴드에 의해 제거당했다는 것이 바로 그 증거가 아니고 뭐겠는가.

점점 우리는 침묵하는 법을 배워 나갔다.

스스로를 지키는 법을 터득한 것이랄까.

우리들 위는 정보를 모으는 데 천부적인 소질을 가지고 있기에 결국 모든 정보를 손안에 넣을 수 있었다.

뭐든지 할 수 있을 것 같았던 쉴드는 절대자의 이름으로 이 세계의 모든 이들로부터 찬양받았지만 만능은 아니었다.

그가 제공하는 것은 방대하지만 완전한 건 아니었다.

보석으로 치자면 원석(原石)과 같은 존재에 지나지 않은 것이다. 우리 세계의 칼자루를 쥐고 있던 자는 따로 있었다.

설아라는 평범한 소녀.

원석을 가공해 줄 대장장이 같은 존재가 있다는 것.

우리는 처음에는 그녀라는 존재가 나타나리라는 것을 알아차리지 못했다.

그녀의 첫인상에 대해 이야기하자면 정말이지 최악이라고밖엔 표현할 길이 없다.

뭐랄까,

신은 쉴드 외에 존재하지 않는다는 건 이 세계에선 세 살 먹은 꼬맹

이들도 다 알고 있는 지극히 기본적인 상식이었다.

바로 그 지극히 기본적인 상식이 잘못된 것이라면, 그리고 그런 사실을 알고 있는 종족이 오직 인간뿐이라면 당신은 어떻게 하겠는가?

더군다나 우리가 그녀에 대해 알게 된 건 그녀 자신의 입을 통해서였다.

조금 더 정확히 말하자면, 그녀가 이 세계의 주인이라는 확신을 가진 건 쉴드의 신탁을 내려주는 여인의 목소리가 그녀의 존재에 대해 설명했기 때문이다.

설아와 빈이라는 소녀가 큰 소리로 비명을 지르며 하늘에서 떨어졌을 때만 해도 우린 그녀에게 관심을 보이지 않았었다.

우리가 그녀에게 집중하기 시작한 것은 그녀가 '프로그램'이 어쩌고저쩌고 하는 말을 꺼냈기 때문이다.

"이거 사실은 판타지 배경 프로그램이지롱~"

말을 마친 설아는 장난스러운 포즈로 검지를 하늘을 향해 뻗으며 결코 빈이와 시선을 마주치지 않겠다는 듯 먼 산을 바라보았다.

만일 위들이 저 빈이라는 소녀의 입장이었다면, 그리고 인간의 눈에 띄는 것을 아랑곳하지 않는 종족이라면 아마 그대로 설아에게 달려가서 뒤통수를 가격해 버렸을지도 모를 일이다.

"아~ 판타지 배경 프로그램~ 난 또… 뭐라구?! 판타지 프로그램?!"

말 그대로 우리가 그녀를 보고 느낀 첫인상이라는 것이 황당하기까지 한 '판타지 배경 프로그램이지롱'이란 말이었으니, 아무리 추리력이 뛰어난 위라 해도 작은 뼛조각 하나로 그것이 인간의 것인지, 오크의 것인지를 구별해 내기는 어려운 법이다.

판타지가 무엇인지는 모르겠지만 프로그램이라는 말의 의미를 알고 있었기에 우리는 단순히 저 소녀가 미쳤거나, 아니면 우리의 귀가 미쳤다고 생각하려고 했다.

"에헤헤."

"'에헤헤'가 아니잖아! 판타지 배경이라면 드래곤, 마법사, 몬스터, 그런 것들이 우글우글 나오는 거잖아! 어쩌려고 그런 걸 집에서 실행을 시키냐구! 응?! 이 바보야!"

설아의 어깨를 잡고 마구 흔들어대던 빈이라는 소녀가 '판타지 프로그램'에 대한 설명을 해줄 때까지도 위는 그녀의 존재를 믿지 못했다.

더군다나 그렇게 대단한 소녀가 키가 좀 크다고는 해도 같은 또래로 보이는 소녀에게 두 손 모아 싹싹 빌고 있다니… 이건 말도 안 된다고 생각했던 것이다.

"흐잉~ 화 안 내기로 했잖아. 나도 일이 이렇게까지 커질 줄 몰랐어. 흐잉~ 용서해 줘."

설아의 말에 빈이란 소녀는 비명을 지르듯 소리를 버럭 질렀다.

"으아! 난 몰라! 난 몰라!"

"난 우리가 필요한 프로그램을 준다기에 별 생각 없이 받은 건데……."

말끝을 흐리는 설아에게 빈은 매몰차게 소리쳤다.

"우리가 필요한 건 판타지 배경 프로그램이지 우리가 배경이 되는 프로그램이 아니야!"

"프로그램 종료 조건만 알면… 여기서 나갈 수 있을 거야. 그리고 판타지라고 무조건 몬스터가 나오는 판타지만 있는 건 아냐. 평화로운 판타지 같은 것도 있다구. 그러니까 너무 걱정하지 마."

그녀들의 대화를 엿들은 위는 긴장하기 시작했다.

앞서 말했듯이 위는 이제까지 '위'라는 이름조차 부여받지 못했던 존재다.

스스로를 지키기 위해 누구의 눈에도 띄지 않도록 최대한 숨어 지낼 수밖에 없는 '위'가 세 살 먹은 꼬맹이도 아는 이야기를 거짓말이라고 외치고 다닐 수 있을까?

만약 어느 용감한 위가 있어 다른 종족들에게 진실을 밝힌다 해도 과연 위에게 돌아오는 것은……?

…이 세계가 만들어진 이후 줄곧 존재하지도 않았던 또 다른 신을 따를 만한 종족이 있을까?

그리고 그 존재를 따르는 자들이 나타난다 해도 존재하지 않는 자로 여겨졌던 위가 답례를 받을 수는 있을까?

위는 그럴 수 없을 거라는 걸 누구보다 더 잘 알고 있었다.

단발을 연상시키는 축 처진 하얀 귀를 움찔거리며 소녀들을 주시하고 있던 위는 더 이상 소녀들의 대화를 듣지 않기 위해 손으로 두 귀를 꽉 틀어막았다.

위들의 호기심은 스스로도 통제가 불가능할 만큼 왕성하기 때문에 안전하게 있고 싶다면 관심사로부터 귀를 막고 눈을 감는 수밖에 없었다.

그러나 그것은 처음부터 아무것도 듣지 않았을 때나 가능한 이야기였다.

지금처럼 많은 것을 알아버렸을 땐 오히려 고요한 침묵은 상상력을 불러일으키는 법이다.

'지금 저 소녀가 종료라고 한 거지……?

위가 잘못 들은 것이 아니라면 그것은 이 세계를 끝낸다는 말이다.

세계의 종말이라니?!

인간들이 누구이 떠들던 말세라느니, 종말론 같은 그 터무니없는 이야기가 정말이었단 말인가?

순간 두 귀를 틀어막고 있던 손에서 힘이 빠져나가는 것이 느껴졌다.

소녀들은 위가 그녀들의 대화를 엿듣고 있단 사실을 전혀 눈치 채지 못하는 듯 계속해서 말을 이어 나갔다.

"말이나 못하면 밉지나 않지. 종료 조건이 뭔지 알기는 알아?"

빈의 말에 위의 귀가 펄럭거렸다.

종료 조건을 안다는 것은 세계의 종말을 막을 수도 있다는 뜻이지 않은가.

"아니. 그렇지만 그거야 메뉴얼 불러내면 금방 알 수 있지 않아?"

"내가 너 때문에 늙는다, 늙어! 빨리 불러내!"

"알았어, 알았어. 성질만 부리지 마. 메뉴얼 실행."

설아는 양미간을 찌푸리며 계속 말을 이어 나갔다.

10써클의 주문을 외치는 마법사의 목소리도 설아의 목소리보다 두렵게 들리진 않았으리라.

"도움말 실행. 이 판타지 배경 프로그램에 대한 설명 실행."

계속되는 설아의 명령에도 숲이 별다른 변화를 보이지 않자 위는 소녀들이 했던 말들이 모두 거짓이라고 생각됐기에 안도의 한숨을 내쉬었다.

"…설마 불량품?"

빈이의 질문에도 설아가 하늘만 멍하니 바라보고 있자 자신의 말이

씹혔다고 생각했는지 그녀는 미간을 찡그리며 설아를 툭툭 쳤다.

"뭐 해?"

빈의 질문에 설아는 대답 대신 손가락으로 하늘을 가리켰다. 위는 그녀의 손가락을 따라 물끄러미 하늘을 바라보다 자기도 모르게 입을 쩍 벌리고 말았다.

"그게 왜?"

빈은 하늘 아래로 뚝뚝 떨어지고 있는 거대한 글자가 보이지도 않는지 시큰둥한 목소리로 질문했다.

"잘 안 보여?"

"뭐가?"

"자막이 닿는 부분에 한해서 햇빛 차단 프로그램 가동! 스크린화 실행! 자막의 언어화 가동!"

설아가 누군가에게 명령을 내린 후 땅바닥에 편한 포즈로 털썩 주저앉자 빈 역시 그녀의 옆에 앉아서 하늘을 바라보았다.

'이 프로그램은 함께 모험을 떠날 4명이 모여지지 않으면 실행되지 않습니다. 잠시 기다려 주십시오' 라는 자막과 그 자막을 읽고 있는 목소리에 소녀들의 말을 엿듣고 있던 위는 모두 그 자리에 털썩 주저앉아 버렸다.

신탁을 내리는 목소리.

자막을 읽고 있는 목소리는 흔히들 신의 대리자라고 불리는 천사의 목소리였던 것이다.

위는 아무런 말도 할 수 없었다.

도대체 뭐라고 말을 할 수 있겠는가?

이 세계가 누군가로 인해 만들어진 세계라는 것은 변함이 없다.

쉴드가 이 세계를 창조해 냈다는 이야기나 저 평범한 소녀가 이 세계를 창조하고 있는 중이란 이야기에서는 그다지 큰 차이를 느끼지 못하는 위였다.

그렇지만…

창조하는 동시에 멸망해 가고 있는 것이라면……?

이야기가 다르다.

달라도 너무 다르다.

마치 '하늘'을 보며 '땅'이라고 우기고 있는 것처럼 이건 터무니없는 이야기인 것이다.

"으아아아! 위험해! 비켜! 비켜!!"

"꺄아아아! 비켜! 비켜! 비켜!"

또 다른 소녀들의 비명 소리에 위는 귀를 틀어막고 싶은 충동을 가까스로 억눌렀다.

주사위는 이미 던져졌고, 위의 호기심 역시 불이 붙어버린 것이다. 그것도 진실을 알게 된 자로서의 책임감이라는 휘발유까지 붙어버린 불이.

"괜찮아?"

빈이 하늘에서 떨어진 소녀들을 향해 조심스럽게 묻자 소녀들은 좀 겸연쩍은 미소를 지어 보이며 자리에서 벌떡 일어나 옷에 묻은 먼지를 털어냈다.

약간 통통해 보이는 몸매에 오렌지색의 휘날리는 커트 머리의 남주와 그런 그녀의 등을 쿠션 삼아 비교적 안전하게 떨어진 가냘픈 몸매의 갈색 머리 소녀 가희의 출현에 설아는 눈을 크게 뜨더니 곧 걱정하지 말라는 표정으로 입을 열었다.

"당연히 괜찮지. 정신체니까 이 정도로 타격은 안 받아. 음하하하핫!"

"정신체라구?"

순간 하늘에서 웅장하고, 비장한 음악과 천사님의 목소리가 울려 퍼졌다.

—이 프로그램에 더 이상 사람들이 들어올 수 없도록 정신체의 입구를 폐지하겠습니다.

위는 당황했다. '정신체' 라는 말이 무엇을 의미하는지 알 길도 없거니와 천사님에게 거침없이 명령을 내릴 수 있는 설아라는 존재에 혼란을 느꼈던 것이다.

"어, 뭐야? 왜 멋대로 동작을 한다는 거지? 난 명령을 내리지 않았단 말이야."

—이 프로그램은 4명이 모이면 강제 실행됩니다.

친절하게 설아의 말에 대답한 천사님께서는 계속해서 자신의 말을 이어 나가기 시작했다.

—잘 기억해 두십시오. 이 프로그램은 다른 프로그램과 달리 강제 규율이 존재합니다. 첫째, 이야기의 실행자인 설아님께서 이야기를 종료시키기 전까지는 자의든 타의든 아무도 이 세계에서 빠져나갈 수 없습니다. 둘째, 정신체로의 여행이기 때문에 모든 것은 마음먹기에 달려 있습니다. 즉 죽음도, 상처도, 아픔도 모든 것은 여러분의 마음먹기에 달려 있다는 겁니다. 셋째, 이야기는 정통성과 창의성이 인정되어야만 끝이 납니다. 그럼 당신들이 규칙을 지키는 것인가에 대한 감시자를 붙여 드리죠. 뮤!

천사님의 말을 제대로 파악하기도 전에 위는 '감시자' 라고 불린 존재가 어떤 존재인지 상상하느라 바싹 긴장했었다.

물론 그 감시자라는 녀석을 보고 너무나 허탈해서 한숨밖에 나오지 않았지만 말이다.

자신의 몸체 반 정도를 덮어버릴 만한 땡땡이 무늬 리본을 멘 슬라임 두 개를 가로 반듯하게 엎어놓은 듯한 슬라임 덩어리가 감시자라니(그리고 그 정체 불명의 슬라임 덩어리가 나타난 이후 위들은 그 슬라임 덩어리에게 잡아먹히기 시작했고, 이때부터 위와 뮤의 천적 관계가 시작되었다)…….

뮤! 뮤! 뮤~

"이거… 뭐죠?"

가희가 떨리는 손으로 정체 불명의 생명체를 가리키자 천사님께서 기다렸다는 듯 소녀의 질문에 답했다.

─당신들의 감시자입니다.

천사님의 목소리에 솔직히 말하자면 위들도 어이가 없었다.

저런 웃기지도 않는 존재가 자신들을 감시한다는 말에 소녀들도 어이가 없었는지 빈은 대뜸 감시자를 거꾸로 잡아 들어 올렸다.

뮤! 뮤! 뮤!

뮤는 버둥거리며 빈이의 손에서 벗어나려고 몸부림을 쳐댔지만, 빈이라는 소녀의 팔은 꿈쩍도 하지 않았다. 회를 뜬다느니, 애완 동물로 삼는다느니, 한동안 감시자는 소녀들의 손아귀에서 불쌍할 정도로 시달림을 받아야만 했다.

"할 말은 이걸로 끝?"

설아의 말에 산만하던 분위기가 정리되는 듯했고, 천사님은 친절한 목소리로 소녀의 질문에 대답해 주었다.

─아닙니다. 당신들의 속성을 나누어야 이야기가 시작되지 않겠습니까? 먼저 이야기의 실행자이신 설아님 당신이 이 이야기를 이끌어

나가야 하기 때문에 당신은 언어의 마술사로서의 속성이 주어지게 됩니다. 이곳에서 언어의 마술사란 당신밖에 없다는 것을 기억해 주시고 무리한 이야기의 진행은 자제해 주시는 것이 이야기 진행을 원활하게 만들어줄 것입니다.

설아는 고개를 갸웃거리며 생소한 단어를 들었다는 듯 되물었다.

"언어의 마술사라니? 마법사라면 잘 알고 있지만… 언어의 마술사? 그런 것도 있나?"

―그것은 임의로 붙여진 이름입니다. 이야기를 만들어가는 자로서의 호칭이죠. 지금부터 당신의 말은 그대로 이 세계에 반영되어 흐름을 만들어가는 것입니다.

천사님의 설명에 설아는 음침한 미소를 지었다.

"호오, 그렇다면 내가 이 세계의 신이라는 거군. 하긴 누구나 자신이 쓰는 이야기에선 신이 되는 법이니까 내가 만드는 거라면 당연히 이 정도 옵션은 붙어야 쓸 맛이 나지. 우후후후."

…위는 설아의 말에 소름이 돋아버렸다.

이 세계의 신이라니…

어린 소녀의 이야기가 우리의 세계라니…….

"이봐, 이봐, 좀 봐줘. 이런 녀석을 믿고 이야기 끝날 때까지 어떻게 계속 가라는 말이야? 이 녀석, 상당히 책임감없고 근성은 비굴하기까지 하다구. 또 게으름은 어떻고… 막말로 한참 이야기해 나가다 스토리 조금 안 풀린다 싶으면 '나 안 해, 나 안 해!'를 연발할 텐데 만일 그러면 우린 어떻게 되는 거야?"

빈이가 불만스럽다는 듯 설아를 노려보며 툴툴거리자 천사님께서는 곤란하단 말투로 그녀의 말을 받았다.

─일단 언어의 마술사가 이야기를 끝내야만 나갈 수 있다는 것이 원칙이기 때문에 이야기가 끝나지 않으면 나갈 수 없을 겁니다. 모든 것은 언어의 마술사 선택에 달린 것이죠.

위들의 상상은 폭주하기 시작했다. 행성끼리 부딪쳐서 대폭발을 일으키며 세계가 멸망하는 이야기부터 시작해서, 거대한 해일이 몰려와 모든 것을 쓸어버리는 상상까지. 생각해 보면 세계가 망하는 방법은 무궁무진했고, 위가 할 수 있는 일이란 설아가 상상할 수 있는 세계 종말이 그리 끔찍하지 않기를 바라는 것밖에 없었다.

게다가 설아라는 소녀는 가면 갈수록 위가 알아들을 수 없는 소리를 했기에 위는 설아의 말보다는 그녀의 진지하지 못한 태도에 불안함을 느낀 것이다. 그렇다고 해서 그녀가 시종일관 장난스런 태도를 취하지는 않았었다.

천사님께서 '이야기는 설아님께서 진행시키는 것이니 더 이상의 간섭은 원하지 않으시겠죠?' 라고 하신 질문에 위는 소녀의 표정이 차갑게 굳어짐을 느낄 수 있었다.

"이 정도로 충분해. 보나마나 이것 외에도 제약은 잔뜩 있을 테니까. 안 그래?"

─무엇 때문에 그렇게 생각하십니까?

"그거야 이 세계에서 나오려면 내 이야기가 앞에서 말한 정통성과 창의성이 있어야 한다며? 그렇다는 것은 내 이야기가 정통성과 창의성이라는 기준에 의해 평가를 받는다는 말이고 평가 미달이면 그 이야기는 휴지통 어딘가로 처박혀 버려진다는 거겠지. 보나마나 그런 건… 이야기 자체가 새로 시작된다는 거 아니겠어? 그것부터가 가장 큰 제약이지. 게다가 100% 자유로운 글은 없거든. 깐깐한 교수님의 수업 덕분에 깨달은 거지. 자유로운 형식이 어쩌고저쩌고해도 형식이니 무형식이니 하는 것부터가 형식이잖아?"

설아는 계속해서 차가운 목소리로 질문했지만 천사님께서는 소녀에게 적절한 대답을 들려주진 않으셨다.

―당신의 말은 제 데이터에 등록되어 있지 않습니다.

천사님의 말도 말이지만 위는 설아의 말에 더 큰 충격을 받았다.

쓰레기통에 처박한다니?

이 세계가 그 정도의 가치밖에 가지지 못한다는 뜻일까?

소녀들이 티격태격하는 모습을 보고 있자니 위는 이 세계의 앞날이 깜깜하게 느껴졌다.

소환사니, 전사니 하는 설아를 제외한 다른 소녀들의 속성이 나뉘어지자 천사님께서는 소녀들에게 작별 인사를 건넸다.

―그럼 전 이만… 즐거운 모험 되시길.

이 세계의 변화는 그 뒤부터 급격하게 이루어지기 시작했다.

아무런 이름도 받지 못했던 위는 설아가 나타난 뒤부터 '위' 라는 이름을 가진 하나의 종족으로 인정받게 되었고, 그 사실에 위는 의아한 표정을 지을 수밖에 없었다.

마치 그 소녀가 있기 전의 세상은 존재하지 않았다는 듯 모든 것이 변해 버렸다.

그것은 우리들 위의 기억도 마찬가지였다.

소녀들의 감시자인 뮤가 우리들의 숙적이 된 것은 언제부터였는지 정확하게 기억조차 나지 않는다. 뮤라는 존재가 나타난 것은 분명히 그 소녀들이 나타나고 난 뒤부터였는데 우리는 그 소녀들이 나타나기 전부터 뮤에 의해 최후를 맞이했던 기억을 갖게 되었다.

그리고 이것도 사실 정확한 이야기는 아니다.

위들끼리 의견이 충돌해서 두 가지 의견을 모두 적어두는 것에 불과하니까.

아무튼 세계는 마치 예전부터 줄곧 그래 왔다는 듯 변화하기 시작했다.

거대한 하나의 땅덩어리는 여럿으로 나뉘어졌고, 사막과 숲이 생겨나더니 나라가 만들어졌다. 그리고 새로 생겨난 강과 바다도 이 세계의 변화에 한몫 거들었다.

아무도 설아의 존재를 알지 못한다고 생각했다.

위들 외에는 아무도 설아를 막을 수 없으리라 생각했다.

그렇지만 그것은 오산이었다.

더 이상 이야기를 계속해 나갈 자신이 없다는 말로 설아는 이 세계의 종말을 고했었다.

그리고 그때 우리는 놀라운 사실을 알게 되었다.

세계는 설아를 알고 있었고, 그녀를 응원해 줬으며, 설아가 이야기를 끝낼 수 있도록 움직이기 시작했다는 것을…….

한동안 이 세계는 변화하지 못했다.

그녀가 나타나지 않았기에.

우리가 생각한 종말은 아니었지만 이야기의 종말이 무엇을 의미하는지 알 수 있을 것만 같았다. 이야기의 종말은 이야기가 완성되지 않고 잊혀지는 것을 의미했다.

그래서 그 이야기가 존재했었다는 것조차 알지 못하는 것, 우리들의 존재 자체가 다시 백지화되어 버리는 것.

그것이 바로 이야기의 종말이었다.

위들은 설아를 기다렸다.

언젠가 그녀가 돌아올 것이라고 기대했었다.

그리고 설아는 달라진 모습으로 돌아왔다.

우리는 완성된 이야기의 끝은 종말이 아니라는 것을 다시 한 번 깨달았다.

그것은 새로운 시작이었으니까.

위들이 그것을 눈치 채기까지는 많은 시간이 걸렸었다.

솔직하게 이야기하자면 위는 존재하지 않는 존재에게 보답을 해줄 수 있게 된 것이다.

그 존재가 바로 설아라는 것을 알게 되었다.

그녀는 처음부터 쉴드와 달리 위들을 자신의 세상 속에서 살아갈 수 있도록 '위'라는 이름을 주었고, 위에게 이 세계에서의 역할을 주었다.

위는 갈등했다.

조용히 침묵할 것인가, 끝을 향해 치닫고 있는 세계를 구하기 위해 그녀를 방해할 것인가, 그렇지 않다면 설아를 도울 것인가.

쉴드가 나타나 일방적인 살육을 시작하지 않았다면 위는 그녀를 도울 생각은 하지 않았을 것이다.

이 세계의 일부분이기에 끝을 바라지 않는 마음을 이기적이라고 한다면 할 말은 없다.

그렇지만 몰랐으면 모를까, 설아가 이야기의 끝을 알리는 순간 이 세계는 소멸된다는 걸 알고 있는 위로서는 그녀를 돕지 않는다는 쪽의 입장을 선택하는 게 당연한 것 아니겠는가(솔직히 말해 세계의 종말을 자기 손으로 앞당기려는 바보가 세상에 어디에 있겠는가)?

그러나 앞서 말했듯이 이야기의 끝이 이 세계의 종말이 아니라는 걸

위는 깨달을 수 있었다. 최악의 첫인상을 남긴 설아가, 우리들의 미숙한 대장장이가 자신이 대장장이임을 자각한 그 순간 위들과 이 세계의 모든 것들이 기꺼이 그녀의 편에 서기로 마음을 먹은 것이다. 완성된 이야기의 끝이 종말이 아니라는 것을 깨달았기에.

생각해 보면 라토모 역시 쉴드에게 목숨을 잃을 뻔했다.

지금까지 설아와 쉴드가 마주친 적이 없었기에 위는 쉴드와 설아의 차이를 느끼지 못했다. 위들에게 있어서 가장 중요한 것은 일단 만들어지고 있는 이 세계지, 쉴드나 설아가 아니다. 그런 입장은 지금도 변하지 않았다.

몇몇의 위는 가장 중요한 것이 설아라고 이야기하지만 사실 우리는 이 세계에서 존재하는 자들이다.

이 세계가 있기에 존재할 수 있는 자인 것이다.

닭이 먼저인지, 달걀이 먼저인지 따지는 짓은 어리석지만 위는 쉴드와 설아의 차이를 느낄 수 없었다.

라토모가 죽음 직전으로 몰리는 것을 보기 전까지는.

비극의 시작은 빌어먹을 감시자 녀석이 진을 삼켜 버린 뒤부터였다.

사막에서 휴식을 취하기 위해 진은 오아시스를 만들었고, 다시 길을 떠나기 위해 그 오아시스를 정리하려 했었다. 그러나 설아 일행은 오아시스에서 바보같이 미처 빠져나오지 못한 뮤를 발견하지 못하고 그만 오아시스를 정리해 버린 것이다. 땅이 갈라지고 호수가 점점 밑으로 내려앉기 시작하자 뮤의 처절한 비명이 날아들었다.

뮤우—!

위들 같았으면 자업자득이라고 버려두고 갔을 그 감시자 녀석을 남주가 진을 향해 꺼내 오라고 명령을 내렸다. 그리고 그 바보 녀석은······.

앙~!

자신을 구하려고 했던 진을 삼키고야 만 것이다.

"우아아앗! 실프!"

남주의 비명 소리에 소녀들은 일제히 뮤를 향해 눈을 동그랗게 떴다.

"정체 불명의 가방 주제에 진을 먹었어!"

그를 구하기 위해 커다란 눈에 핏대를 세우며 오아시스를 향해 뛰어드는 남주를 소녀들은 미처 말릴 겨를도 없었다. 할 수 있는 것이라곤 소녀들 역시 함께 오아시스로 뛰어드는 것밖에 없었다. 라토모가 경악에 찬 표정으로 뛰어들려는 순간 모든 것을 삼켜 버린 사막의 입은 순식간에 닫혀 버렸다.

"주인님······."

허탈한 표정의 라토모와 남주가 뛰어들 때 그녀의 품 안에서 떨어진 소환서만을 남겨둔 채 순식간에 사라져 버린 설아 일행은 그땐 아마 짐작도 하지 못했을 것이다.

라토모에게도 그녀들에게도 최대의 위기가 닥쳤다는 것을.

"돌아오실 때까지 이것은 제가 지켜 드리겠습니다."

라토모는 소환서를 주워 들며 기필코 지켜내고야 말겠다는 의지를 불태웠다.

그것은 주제넘은 짓이었다.

어디까지나 도구 관리의 문제는 소환사의 영역.

안됐지만 그 책이 남주의 손에서 떠난 그 순간부터 그녀는 더 이상 자신의 주인이 아니라는 것을 알았을 텐데도 그녀가 돌아올 때까지 자신의 의지로 그 자리를 지키고 있었던 것이다. 만일 그곳이 그녀의 영역이 아니고, 그녀가 정령이었다면 비극은 시작되지 않았을지도 모른다.

…솔직하게 말해 쉴드가 라토모를 소멸시키려 했다면 그녀가 어떤 종족이든, 어디에 있든 간에 살아남기 힘들겠지만 쉴드는 처음부터 그녀에게 아무런 관심을 가지고 있지 않았다. 자신이 지켜야 했던 룰만 지켰다면 그런 비참한 꼴은 당하지 않았을 거란 말이다.

쉴드가 원한 것은 라토모로부터 설아 일행이 있는 곳을 알아내는 것과 그녀가 들고 있는 소환서였다. 라토모는 너무나 어리석게도 지키지 않아도 될 의리를 앞세워 스스로를 파멸로 몰아간 것이다. 그녀는 쉴드를 알아보지 못한 걸까?

"이런, 이런, 내가 한발 늦은 모양이군."

쉴드는 장난스런 표정으로 라토모를 향해 미소를 지었다.

비록 지금까지는 설아 일행과 함께 움직인 탓에 라미아임에도 사근사근하게 굴었다고는 해도 그것은 어디까지나 소환사에 대한 예의일 뿐.

한 끼 식삿거리라고 생각하는 인간, 그것도 가장 좋아하는 젊은 남자에게 친절할 이유는 없었다. 라미아 사이에서도 미식가로 소문난 라토모이기에 그녀는 쉴드를 유혹하려다 이내 그만둬 버리는 듯했다.

"그런데 누나가 가진 그 책 말이야, 꽤 좋아 보이는데 나에게 넘겨줄 수 없겠어?"

당연한 이야기일지 모르겠지만 쉴드는 라토모를 조금도 두려워하지 않았다. 오히려 라토모 쪽에서 신경 쓰인다는 듯한 표정으로 잔뜩 미간을 찡그릴 뿐이었다.

"요즘 인간들은 겁이라는 게 없는 모양이군."

쉬―쉿!

라토모는 꼬리에 힘을 주어 날카롭게 만들고는 위협적으로 쉴드의 얼굴에 들이댔다. 말려진 라토모의 하반신이 펴지자 그녀는 매우 거대해진 느낌이 들었지만 쉴드의 표정은 변화가 없었다.

"무척 성질이 급한 누나로군. 평소 같으면 좀 놀아주겠지만 불행히도 내가 지금 시간이 없거든. 누나, 누나가 들고 있는 그 책 주인 어디로 갔는지 말해 주지 않겠어?"

쉴드의 말에 라토모는 코웃음을 쳤다.

"주인님께 무슨 볼일이 있다는 거지?"

"아는 사이야. 이봐, 누나 못지않게 나도 성질 급한 녀석이라고. 피차 피곤하게 토 달지 말자고. 그 녀석들 어디에 있는지 누나는 알고 있지?"

라토모는 본능적으로 쉴드에게서 위험한 향기를 맡을 수 있었다.

그녀는 위의 눈에도 보이지 않을 정도의 빠른 속도로 쉴드를 낚아챘다. 자신의 꼬리로 꽁꽁 감아버린 뒤 쉴드를 향해 그녀는 독기 어린 목소리로 질문했다.

"넌 주인님과 어떤 사이지?"

보통의 경우라면 라미아와 눈이 마주치는 순간 강력한 최면에 걸려 힘을 잃게 된다. 그러나 그는 쉴드였다. 알량한 라미아의 유혹이 먹혀들어갈 리가 없었다.

"누나, 이것 좀 치워주면 안 될까?"

라토모는 자신의 현혹술이 먹히지 않았다는 사실에 당황한 듯했지만 이내 자신이 유리한 상황임을 깨닫고 생긋 미소를 지었다.

"잔말 말고 묻는 말에 대답이나 해!"

으드득!

쉴드의 뼈 부러지는 소리가 위들의 귀에까지 들려왔지만 쉴드의 표정에는 전혀 변화가 없었다.

"정말 말이라는 게 통하지 않는 누나로군."

쉴드는 그 말을 끝으로 자신의 손에 붙잡힌 라토모의 비늘을 잡아 찢으며 그녀의 품에서 벗어났다. 마치 구워지기 직전의 물고기처럼 비늘은 모두 깨끗하게 떨어져 나가 버렸다.

"까아아아!"

'촤아아악!' 하는 소리와 함께 날카로운 라토모의 비명 소리가 울려 퍼졌지만 그는 재밌는 장난감을 발견한 어린아이와 같은 천진난만한 표정으로 미소를 지을 뿐이었다.

"어서 그 책을 나에게 넘기고, 네 주인이 어디 있는지 불라고. 그게 누나 신상에 이롭다는 걸 다시 한 번 가르쳐 줘야 알겠어?"

라토모에게서 붉은 선혈이 뿜어져 나와 자신의 온몸을 적시는데도 쉴드의 표정은 여전히 알 수 없는 미소를 띤 채였다.

"넌… 도대체 누구야?"

극심한 고통 속에서도 라토모는 신음 소리 하나 내지 않기 위해 애를 쓰는 듯했다.

"나? 장석진. 이곳에선 날 쉴드라고 부르는 것 같더군."

라토모의 표정은 경악에 차 있었다.

난데없이 나타난 신이 인간의 모습, 그것도 젊은 남자의 모습을 하고 있으니 믿어지지 않는 것도 당연했지만 자신의 주인이 신과 아는 사이라니…….

라토모는 다시 한 번 그를 노려보았다.

그는 적이 분명하다.

만일 그가 남주에게 호감을 가지고 있는 상대라면 남주의 소환수를 해칠 리가 없었다.

소환수가 받는 고통과 소환사가 받는 고통은 어느 정도 공유되기에 라토모가 죽는다면 남주 역시 무사할 수 있을 리가 없었다.

그런데도 불구하고 라토모의 하반신은 이미 인정사정없이 찢겨져 있었고, 자신의 몸을 추스를 수 없을 정도로 많은 피를 흘렸다.

자신이 죽는다 해도 마스터는 살려야 한다고 생각한 걸까?

라토모의 표정은 비장해 보이기까지 했다.

"누나가 무슨 생각을 하고 있는지는 모르겠지만 셋 셀 동안 대답하지 않는다면 그땐 정말 죽게 될지도 몰라."

살기를 띤 그의 눈에선 아무런 감정도 읽을 수가 없었다.

그는 아무렇지도 않게 살인을 할 수 있는 자였다.

적어도 위들의 눈에는 그렇게 보였다.

"하나."

그의 목소리가 낮게 깔리었다.

라토모는 선택을 해야만 했다.

책과 그녀들의 행방을 알려주고 살아남을 것인가?

"둘."

아무것도 알려주지 않고 이대로 개죽음을 당할 것인가.

"셋."

그렇지 않다면?

"이런……."

거대한 번개가 라토모가 있던 자리에 내리꽂히더니 그녀는 책 속으로 사라져 버렸다. 쉴드는 눈앞에서 놓쳐 버린 라토모가 아깝다는 듯한 표정으로 피식 미소를 지었다.

"어쩔 수 없군. 장난감이 사라져 버렸으니 여기서 기다리는 수밖에."

그에게 있어 라토모에 대한 죄책감은 찾아볼래야 전혀 찾아볼 수가 없었다.

설아가 그의 소행을 눈치 채고 다그칠 때도 그는 장난기 어린 미소를 짓고 있을 뿐이었다.

"선배, 라토모를 어떻게 하셨어요?"

"어떻게 하다니, 뭘 말이야?"

설아는 남주에게 책을 건네며 확인해 보라는 듯한 표정을 지어 보였다.

"라토모와의 계약이 파기되었어. 내 예상이 맞다면 말이야."

남주는 쉴드의 말을 확인하려는 듯 책장을 거칠게 넘겼지만 책장에서 라토모의 기운은 완벽하게 사라져 있었다. 라토모가 살아날 가능성이 아주 희박하다는 것을 그 자리에 있던 위들이 누구보다 더 잘 알고 있었다.

"이거 뭐라고 쓰여 있는 거야?"

남주가 신경 쓰인다는 듯 글씨를 가리키자 설아는 눈에 힘을 주어 책을 노려보았다.

"일정 기간 동안 계약 파기라고 해야 하는 건가……?"

"뭔데?"

"라토모가 위독하다는데… 라토모가 죽으면 그대로 계약 파기일 테고, 살아난다고 해도 회복할 때까진 불러봤자 응할 수 없다고 적혀 있어."

설아의 말에 석진은 낮게 휘파람을 불었다.

"휘유~ 역시 작가는 작가라는 건가? 나도 알아볼 수 없었던 글자를 한눈에 알아보는 걸 보면 대단하긴 대단하군."

"이곳은 제 세계니까요. 저드 모르는 문제가 생기긴 했지만……."

화가 난 듯 날카로운 목소리로 대답하는 설아에게 그는 생긋 미소를 지었다.

"그래서 인사를 하러 온 거야. 일단은 내가 온 것을 알려야 할 테니까."

"그 다음은요?"

"인사를 한 다음엔 본론을 꺼내는 게 예의잖아."

석진은 검지를 치켜들고는 설아의 코앞까지 들이밀었다.

"그래서요?"

"돌아가자, 현실 세계로."

"에엑?!"

"그게 가능해요?!"

남주와 빈이 놀랐다는 듯 동시에 큰 소리를 지르자 석진은 멍멍하다는 듯 살짝 미간을 찡그리며 귀를 만지작거렸다.

"가능해. 설아가 그럴 마음만 먹는다면."

위들뿐만 아니라 이 세계의 모든 것들이 긴장하기 시작했다.

만일 설아가 이 상태로 사라진다면 이 세계는 그녀가 오기 전처럼 돌아갈 수 있는 걸까?

생각해 보면 답은 간단하다.

이미 세계는 그녀의 의도대로 변화했기에 예전의 세계라는 것은 존재하지 않는다.

그렇다면… 우리는 그녀 없이 존재할 수 없다는 답이 나오는 것이다.

그녀가 돌아간다면 우리는 모두 소멸될 것이다.

위들과 이 세계는 무(無)로 돌아가게 되겠지.

"네? 그건 또 무슨 소리예요?"

남주의 질문에 쉴드는 머리를 긁적거리더니 이내 설아를 향해 시선을 고정시켰다.

"그러니까 내 말은 설아가 처음부터 돌아갈 방법을 알고 있었다는 거야."

"에엑?!"

쉴드의 말에 경악한 것은 빈이와 가희뿐만이 아니었다.

위들과 이 세계의 모든 존재들이 설아를 주목하고 있었지만 그녀는 전혀 입을 열지 않았다.

마치 이 공간 속에서 자신만이 이질적인 존재라는 듯 설아는 고립되어 갔다. 계속해서 소녀들이 설아를 옹호하자 쉴드는 차가운 목소리로 소녀들의 대화를 중단시켜 버렸다.

"내가 지금 누구한테 질문했다고 생각해?"

설아는 쉴드의 말에 대답하지 않았고, 쉴드는 가희에게로 시선을 돌렸다.

"어떻게 생각해? 작가 지망생, 아니, 작가로서의 너라면 지금처럼 네 생각만으로 모든 것이 이루어지는 이런 상황에서 친구들이 반대할 걸 뻔히 아는데 이야기할 수 있어? 친구들이 반대하는데 이야기를 계속 진행시켜 나갈 자신 있어?"

어쩐지 추궁하고 있다는 느낌이 들 정도로 집요한 질문이었다.

"선배는 뭔가 크게 착각하고 있어요."

지금까지 탐탁지 않은 눈길로 쏘아보고만 있던 설아가 날카로운 목소리로 말문을 열었다.

"그렇게 거창한 이유 따윈 필요없어요. 원래부터가 난 이기적인 녀석이니까 말이에요."

"뭐?"

의외의 대답에 빈의 눈이 커졌다.

"그야 물론 상의하면 좋았겠지만… 처음부터 난 그런 거 신경도 쓰지 않았어."

"무슨 소리야? …그거 우릴 돌려보낼 수 있었는데 돌려보내지 않았다는 소리로 들리는데… 내가 잘못 들은 거야?"

빈의 말에 쉴드는 가벼운 한숨을 내쉬었다.

"잘못 들은 거 아니야. 설아는 지금 확실히 돌아가는 방법을 알고 있다고 말하는 거야. 그리고 너희들을 돌려보내지 않았다고 말하고 있기도 하고……."

"선배는 끼어들지 말아요. 이건 우리 문제니까."

쐐기를 박는 듯한 빈의 말에 그는 고개를 흔들었다.

"이건 내 문제이기도 해. 누가 뭐라고 해도 이건 내가 만든 소프트니까."

"그래요. 선배가 만든 소프트지만 난 A/S 부탁한 기억 같은 거 없어요."

이쯤 되면 아무리 바보 같기로 소문난 오크라 해도 누구의 편을 들어야 하는지 알 수 있으리라 생각된다.

위는 결심했다.

그녀 없이 존재할 수 없는 위라면, 그녀 없이 존재할 수 없는 세계라면 우리는 이 세계에서 나가지 않으려는 설아를 따라야 한다고.

미숙하긴 해도 우리들의 대장장이를 지키자고.

그녀가 무사히 이 세계를 완성시켜 줄 것이라는 믿음을 가지자고.

위들의 마음이 뭉쳐져 버린 지금 그녀가 분발하는 만큼 위들의 모험도 시작되어 버렸다.

주사위는 던져졌고, 위는 달릴 수밖에 없다.

이왕 시작되어 버린 운명이라면 위는 피하기보다 그 운명을 앞질러가 미숙한 대장장이의 힘이 되어주고 싶다.

위는 기꺼이 설아의 연장이 될 준비가 되어 있다.

그녀가 자신의 이야기를, 우리를, 이 세계를 버리지 않는다면… 이 세계는 완성될 것이고, 위들은 이 세계에서 영원히 머물게 되리라.

〈제6권 끝〉

설정집

안녕하세요. 성희입니다.

그들만의 어드벤처도 6권으로 마지막이네요. 어떤 캐릭터에게 마지막 설명을 맡길까 고민하다가 치사하게도 마지막을 장식하는 주인공이 되고 싶은 마음이 생겨 버려 제가 나서기로 했습니다. 어드벤처 재밌게 보셨나요?

어드벤처를 처음 생각했던 것은 고등학교 때였습니다. 막상 구성을 짜고 나니까 어떻게 써야 할지 막막하더라구요.

마치 의사가 인체 구조를 잘 알고 있다고 해서 화가와 똑같은 인물화를 그려내기 어려운 것처럼 그때의 저는 섣불리 그들만의 어드벤처를 써 내려갈 수 없었습니다.

막연히 지금보다 좀 더 실력이 나아지면 그때 쓰자고 생각하고 있다가 꿈을 꾸게 됐습니다. 단순한 꿈의 기록, 그것이 그들만의 어드벤처의 첫걸음이었죠.

설정을 잡다가 마계라든지, 저승의 관념을 마구마구 섞어버리고, 루시퍼나 마리드처럼 같은 세계관에 함께 존재하지 않았던 존재들을 불러들이다 보니 머리 속이 엉망으로 헝클어져 갔습니다. 마계의 계보를 다시 그려 나가야 했으니 말입니다(웃음).

저승의 안내자 카론의 경우도 그리스 로마 신화에 나오는 전형화된 그로 그려 나가야 할지, 새로운 캐릭터로 만들어가야 할지 고민되었죠. 전혀 다른 특징을 가지고 있는 존재를 '카론'이라고 정해진 이름을 썼다가는 마음대로 바꿨다는 비난을 면하기가 어려울 테니까요.

그러나 가만히 생각해 보니까 카론은 종족이 아니었습니다. 더군다나 그는 '그들만의 어드벤처' 속의 '카론' 이지, '그리스 로마 신화' 의 카론이 아니었거든요.

결국 '그들만의 어드벤처' 의 세계관은 저라는 사람에 의해 만들어졌습니다.

독자님들께서 알고 계시는 상식과 어드벤처 속의 상식이 조금씩 다른 면이 있다면 그것을 상식이 아닌 어드벤처 속의 세계라고 생각해 주셨으면 합니다.

본격적으로 '그들만의 어드벤처' 라는 이야기를 붙잡기 시작한 시기는 데뷔작인 '아데스' 보다 늦었지만 뼈대를 만들어놓기는 그들만의 어드벤처가 먼저였던 것 같습니다.

아데스는 아데스대로, 어드벤처는 어드벤처대로 모두가 소중하고 애착이 가는 이야기지만 아쉬움이 많이 남습니다.

어드벤처에 관한 꿈은 설아가 이야기 속으로 들어가서 역할을 부여받고 나자 더 이상 이어지지 않았습니다. 마감 날짜는 다가오고 어드벤처는 꿈속의 세계를 벗어나 저의 영향력 아래로 내려왔습니다.

어떻게 해야 하나.

많이 고민했지만 결론은 한 가지뿐이었습니다.

열심히 쓰는 것.

다소 부족하긴 하지만 많이 예뻐해 주셨으면 합니다.

그럼 마지막 여행 함께해 주시겠습니까?

1. 타르타로스(Tartaros): 지하의 명계(冥界) 가장 밑에 있는 나락(奈落)의 세계를 의미하며 지상에서 타르타로스까지의 깊이는 하늘과 땅과의 거리와

맞먹는다고 합니다. 신을 모독하거나 대죄를 지은 자들, 반역한 인간들도 이
곳에 떨어졌다고 하죠.

2. 노:자루가 짧은 것을 패들(Paddle), 긴 것을 오어(Oar)라고 합니다.

한자로는 작은 배에 장비하여 짧은 거리를 저어 가는 용도 노(櫓)와 강이
나 얕은 물에서 배를 움직이게 하는 긴 대나무나 막대는 도(櫂)라고 씁니다.
또, 다른 도(棹)는 원시적인 배의 추진 도구로, 배가 대형으로 바뀌면서 범
주(帆走)·동력에 의하여 항해를 하게 된 후로는 사용이 줄었으나 보트 등
에서는 아직도 사용되고 있습니다.

가죽 배, 통나무 배에 쓰이는 노는 자루가 약간 긴 주걱 모양으로 앞쪽을
향해 젓습니다.

한자 표기와 뜻이 다 다르기는 하지만 일상생활에서는 그렇게 구분 지어
말하지 않고 통칭 '노'라고 부르는 것 같습니다.

3. 노깃:배에서 노질할 때 노가 물속에 잠기는 부분을 말합니다.

4. 바곳:옆에 손잡이 자루가 달린 길쭉한 송곳의 한 가지입니다.

5. 리라:하프의 일종으로 공명상자에 두 개의 지주를 세우고 여기에 가로
목을 건너질러 줄을 쳤습니다. 연주 방법은 리라를 무릎 위에 세우고 손가락
으로 연주하거나 손톱으로 튕기는 것이죠. 리라의 원형은 메소포타미아에서
비롯되었으며 이것이 이집트, 아시리아, 그리스에 퍼졌는데, 특히 고대 그리
스에서는 공명상자를 거북의 등딱지로 만들고 지주를 쇠뿔로 만들어 아폴론
이 즐긴 악기로서 신성하게 여겼습니다. 현의 수에 따라 토레콜드(3현), 테

트라콜드(4현), 펜타콜드(5현) 등으로 불리고 7현에서 10현 이상 되는 것도 있죠. 그리스에는 이와 동일한 계열로 키타라라는 공명상자와 지주가 동일체(同一體)로 되어 있는 악기가 있고, 그리스의 음계론은 이 악기에 의해서 성립되었습니다.

6. 공명상자:반향상자(反響箱子)라고도 합니다. 소리굽쇠[音叉]에 부착된 나무 상자를 말하는 거죠. 소리굽쇠의 진동으로 나무 상자 안의 공기 기둥[空氣柱]이 공명을 일으켜 소리를 확대시키거든요. 그러나 엄밀하게 말하면 악기에 부속되어 있는 바이올린의 통 등은 공명상자가 아니고 단순히 현의 진동을 판의 진동으로 바꾸어 소리를 확대시키는 장치죠.

※ 리라와 공명상자에 관한 것은 백과사전에서 발췌했습니다.

7. 반지전쟁:J.R.R 톨킨님의 반지전쟁은 반지 원정대, 반지의 제왕이라고도 불리며, 반지의 제왕으로 영화도 개봉되었습니다.
엘프, 드워프, 호빗 등 다양한 종족들과 그가 창조해 낸 새로운 언어들은 지금의 작가들에게 거의 교과서적인 영향을 주고 있죠.
매년 이 책의 내용을 요약한 삽화가 곁들여진 달력이 각국에서 간행되며, 이 책을 위한 사전이 따로 출판되는 등 대중적인 인기는 물론 학문적 가치를 인정받은 최고의 환상 문학입니다.

8. 로도스도 전기:영국에 반지전쟁이 있다면 일본에는 로도스도 전기가 있다고 할 만큼 대중적으로 사랑받고 있는 로도스도 전기는 미즈노 료의 작품입니다.

엘프, 드워프, 인간 등 다양한 종족과 다양한 가치관이 존재하는 이 작품 역시 소설 외에도 애니메이션이나 캐릭터 상품 등이 제작되었으며 수많은 팬들을 가지고 있죠. 반지전쟁과 함께 판타지 입문서로 불리고 있습니다.

※반지의 제왕과 로도스도 전기는 실존하는 소설이며, 판타지 독자라면 놓쳐선 안 되는 책이기도 합니다. 한 번쯤 읽어보시길……

이것으로 저와의 여행이 끝나 버렸습니다. 즐거우셨나요? 다음에 만날 땐 한층 발전된 모습으로 돌아오겠습니다. 그럼 건강하세요.

마침표를 찍기 위한 중얼거림들

미처 방 정리를 하지 못한 상태에서 저는 설아와 마주했습니다.

"휴, 방이 이게 뭐예요? 당신이 어떻게 지냈는지 보나마나 뻔해요, 뻔해. 원고 하는 내내 이렇게 어질러진 방에서 뒹굴거린 거죠? 그러니 감기가 안 떨어지죠. 어지간하면 청소라는 것도 좀 하고 살 생각은 없는 거예요?"

양손을 허리에 얹고는 잔소리를 퍼부어대던 그녀는 가벼운 한숨을 내쉬더니 이내 생긋 미소를 지었습니다.

"뭐, 어쨌거나 이야기를 다 끝냈으니 일단 수고했단 인사는 해줘야겠군요. 이제 당신의 몫은 이걸로 끝인데 소감이 어때요?"

그녀는 코끝까지 흘러내린 안경을 검지로 쓱 치켜 올리며 저에게 소감을 말해 보라고 재촉했습니다. 우물쭈물거리면서 좀처럼 말을 하지 못하자 그녀는 어깨를 으쓱거리며 입을 열었습니다.

"난 말이죠, 이 이야기가 좀 더 많이 알려졌으면 좋겠어요. 물론 부족한 점이 많긴 하지만, 판타지를 좋아하는 사람이라면 공감하면서 읽을 수 있을 거 같은데. 일단은 약간 속이 시원해졌다고 할까… 당신도 그렇겠죠? 시원섭섭할 거라고 생각하는데 아니에요?"

대답 대신 저는 미소를 지을 수밖에 없었습니다.

이야기가 펼쳐지는 내내 바쁘게 뛰어다녔던 그녀는 아직도 할 말이 많은 것 같네요.

"아아, 조개처럼 그렇게 입 꽉 다물고 있을 생각이에요? 뭐라고 그럴듯한 말이라도 한마디 해야 하는 거 아니에요? 일단은 작가 자신이 마침표를 찍지

않는 이상 끝나지 않는다구요. 이 페이지는… 설마 작가의 말로 한 권 채울
욕심은 아니겠죠? 뭐, 생각해 보니 당신이라면 못 할 것도 없겠지만 그런 건
아무도 읽어주지 않는다구요. 후후."

계속되는 독촉에 제 머리 속에는 많은 말들이 떠돌아다닙니다.

이야기가 진행되는 내내 마치 스토커처럼 그녀의 뒤를 졸졸 쫓아다녔던
만큼 고생시킨 그녀에게 미안하다는 말도 해야 할 거 같고, 고맙다는 말도 해
야 할 거 같은데 좀처럼 입이 떨어지지 않았습니다.

"이봐요, 이봐! 오늘이 당신과 내가 공식적으로 함께 있을 수 있는 마지막
날이라는 걸 잊지 말아요. 할 말이 있다면 지금밖엔 기회가 없다구요. 다시
한 번 말하지만 작가인 당신의 몫은 여기서 끝이에요. 지금부터는 당신의 글
인 나를 만날 독자들의 몫이 시작인 거죠. 그러니까 기회가 있을 때 말해 봐
요. 나한테 할 말 없어요?"

끈질기게 물어봐 주는 그녀에게 저는 작은 목소리로 물었습니다.

"즐거웠니?"

"응, 재밌었어요."

그녀는 고맙게도 고개까지 끄덕거려 주는군요.

"그.렇.지.만! 이걸로 만족할 거라고 생각하지 말아요. 우선은 당신이 여
러 가지로 배워야 할 점이 많으니까 다음 작품에선 좀 더 발전된 모습을 보여
주지 않으면 안 돼요. 알고 있죠?"

허리에 두 손을 얹고는 다시 한 번 깐깐하게 이야기하는 설아에게 저는 생
긋 미소를 지었습니다.

"열심히 할게."

"'열심히'라는 말로는 좀 부족한데요?"

날카로운 눈빛으로 저를 노려보는 그녀에게 저는 고양이 앞의 쥐 신세가

된 것처럼 몸을 잔뜩 움츠렸습니다.

"최선을 다할게."

그제야 그녀는 생긋 미소를 지어주었죠.

"좋아요, 좋아. 진작 그렇게 나오셔야지."

저는 그녀를 향해 조심스럽게 질문했습니다.

"그런데 말이야……."

"어디 가려워요? 몸은 왜 배배 꼬고 그래요?"

쑥스러워하는 제게 그녀는 기분 나쁘다는 듯한 눈빛을 보냈습니다.

"아… 아니, 그런 게 아니라 저기… 사람들이 이 글을 좋아해 줄까?"

"…작가가 그걸 자신의 캐릭터에게 묻는 거예요?"

한심하다는 말투가 섞인 그녀의 말에 저는 필사적으로 변명을 해야 했습니다.

"아… 아니, 그게 원래 그런 면에 있어서 작가는 소심할 수밖에 없다고."

"그런 말을 하면 내가 더 곤란하죠. 일단 내가 사랑을 받아야 하는 입장이니까. 뭐, 잘은 모르겠지만 읽어보고 재밌으면 다른 사람에게 추천해 주고, 자신도 사게 되겠죠. 그렇지 않아요?"

설아의 말에 저는 생긋 미소를 지었습니다.

그런 상상이야말로 설아를 떠나보내고 난 뒤의 최대 행복이니까 말이죠.

"그럼 난 가볼게요. 쉬세요."

설아의 말에 저는 아무 말도 할 수 없었습니다.

뭔가 그럴싸한 말이라도 해줬으면 좋았을 텐데, 어쩐지 타이밍을 놓쳐 버린 것 같았거든요.

음… 이제는 완전히 제 곁에서 떠나 버린 그녀에게 뭐라고 하는 것보다 저와 마주하고 계신 독자님과 대화를 나누고 싶습니다.

그들만의 어드벤처 어떠셨나요?

제가 하고자 했던 이야기가 제대로 전달되었기를, 그리고 보시는 동안 내내 즐거우셨기를 바랍니다.

· 고마운 사람들.

이 글을 읽고 계신 독자님께 마음속 깊이 감사를 드리고 싶습니다.

그리고 한 가지 부탁드리고 싶은 것은, 어드벤처에 관한 이야기라면 어떤 이야기든지 홈페이지에 방문하셔서 저에게 들려주셨으면 합니다.

http://cyworld.com/sungheeny

애정 어린 한마디가 제가 좀 더 성장할 수 있는 원동력이 되어줄 것 같네요.

이 책이 만들어지기까지 고생해 주신 도서출판 청어람의 많은 분들과 그들만의 어드벤처 출연진들에게 일단 감사의 말을 전하고 싶습니다.

그리고 가장 고마운 사람은 역시 저의 담당 기자 민정 씨!

힘들고 지칠 때 힘이 되어줘서 정말 고마워요. 쑥스러워서 제대로 말도 못했지만 언제나 감사하고 있답니다. 민정 씨가 없었다면 어드벤처는 제대로 쓰여지지 못했을 거예요.

앞으로도 잘 부탁드립니다.

글 쓸 때마다 함께해 주셨던 FM음악도시 이소라 언니와 든든한 아데스 칼럼 가족들, 자작 클럽 분들, 매번 격려 문자 보내준 라니, 그리고 부산 모임에서 맛있는 거 사주셨던 카디프님, 경희에게도 고맙다는 말을 전하고 싶네요.

'아플 때 죽까지 끓여줬던 남주! 역시 넌 최고의 친구야. 고마워'라는 말도 잊어선 안 될 거 같습니다.

이름이 빠진 분들이 계시다 해도 너무 서운해하시진 마세요. 단순히 제가 기억력이 나빠서 그런 것일 뿐, 언제나 감사하게 생각하고 있답니다(웃음).

설아가 독자님들께 저를 대신해 많은 이야기를 들려 드릴 수 있기를 바래요.

그럼 좀 더 발전된 모습으로 가까운 시일 내에 뵙게 되기를.

그때까지 건강하세요.

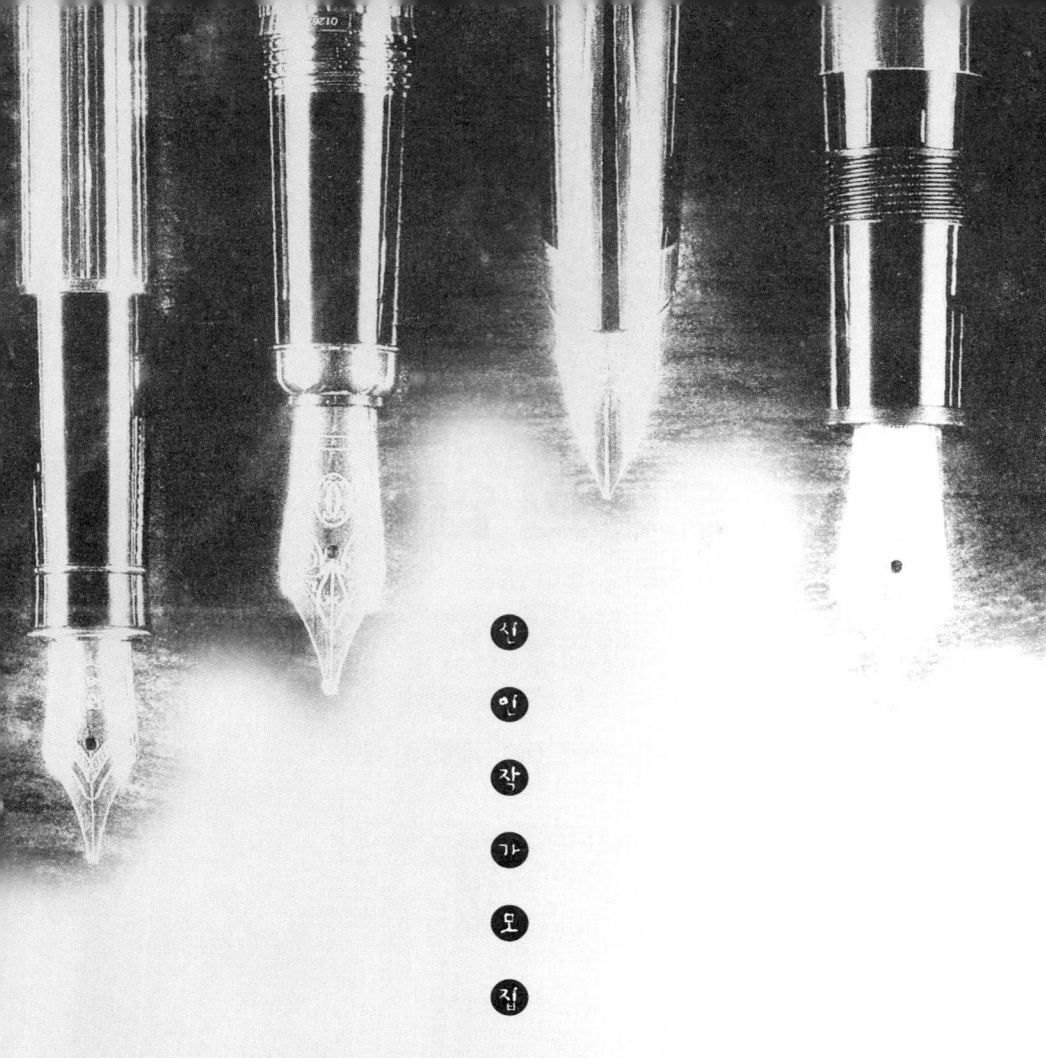

신인작가모집

시작이 반이라고 했습니다.
작가의 길에 대한 보이지 않는 벽을 과감히 깨뜨리십시오!
청어람은 작가 지망생 여러분들의
멋진 방향타가 되어드리겠습니다.

저희 도서출판 청어람에서는
소설 신인 작가분들을 모집합니다.
판타지와 무협을 사랑하시는 분들의 많은 참여를 바랍니다.
소정의 원고(A4용지 150매)를 메일이나 우편으로 보내주시면
검토 후 출판 여부를 알려드리겠습니다.

주소:경기도 부천시 원미구 심곡1동 350-1 남성B/D 3F 우편번호420-011
TEL:032-656-4452 · FAX:032-656-4453
http://www.chungeoram.com
e-mail:chungeoram@chungeoram.com